CHRISTIAN BOURGOIS ÉDITEUR
8, rue Garancière - Paris VIe

Du même auteur
dans la même série

BARBARIE COAST, n° 2031.

FLIC OU VOYOU

(L'Inspecteur de la mer)

PAR

MICHEL GRISOLIA

10|18

Série « Grands Détectives »
dirigée par Jean-Claude Zylberstein
JEAN-CLAUDE LATTÈS

ISBN – 2-264–01307-9

1

Il était tellement pressé, hier soir, d'aller la rejoindre qu'il n'avait songé ni à fermer à clé les portières, ni même à les claquer. Étonnez-vous, après ça, qu'il y ait des voleurs de voitures. Le petit jour, dépassé d'une heure, donnait une pâleur tranquille aux vieux immeubles roses de la place Masséna, et lorsqu'il fut installé au volant de son vieux coupé Chrysler, rose lui aussi, il nota que c'était la seule automobile, presque au milieu du grand parking désert.

Comme il faisait encore frais, il n'appuya pas sur le bouton électrique qui commandait la vitre et se retourna pour sourire bêtement à son sac de voyage où son pyjama avait dû passer une nuit sans histoire – qu'aurait-il fait d'un pyjama chez elle?

Il démarra.

Rien, vraiment, ne l'attendait. Sa Sobranie sans filtre au coin des lèvres, il fit trois fois, lentement, le tour de la place et se demanda, comme cela lui arrivait souvent après toute une nuit d'amour, comment il parvenait encore à plaire. Aucune réponse ne le satisfit.

S'il s'était agi de cinéma, le ciel aurait eu plus de netteté, sans doute, dans le matin paresseux de mai, et on aurait vu, ici et là, des taches de couleurs savantes pour ménager du pittoresque, mais Nice n'avait vraiment pas besoin de tous ces maquillages. Admirable ville, pensa-t-il en freinant au feu rouge comme un petit saint.

Des balayeurs, dans un bel ensemble (bleu), travaillaient.

Encore un tour, décida-t-il en redémarrant, fier d'être un peu débile ce matin-là, pour lui-même et pas pour les autres. D'ici trois quarts d'heure, la moitié de la ville viendrait échauffer la peau écorchée du macadam, mais, pour l'instant, c'était encore possible. Devant la statue de Louis XIV à poil, un quadrige dans les cheveux, il ralentit et la salua d'un bras d'honneur bien mérité. Une vieille qui tirait une poussette lui fit un clin d'œil, et c'est alors qu'il le vit.

Dans le rétro.

Dressé.

L'œil noir, terriblement noir et rond.

Improbable, ici.

Incroyable.

Il eut une brusque envie de se soulager, mais, comme c'est plutôt difficile au milieu d'une place et dans une voiture, il se contenta de ralentir.

Sans violence.

Le mieux maintenant était de tenter une sortie, aussi saisit-il la poignée de la portière.

Sans résultat.

Bloquée. Alors, garé juste devant le jardin Albert quelque chose, à l'entrée d'un autre parking, il se pencha doucement, prenant soin d'économiser le plus possible ses mouvements, car il était toujours observé et ce qui l'observait, parfaitement immobile sur la banquette arrière, n'avait pas du tout l'air pressé.

La portière de droite, aussi, était bloquée, et lorsqu'il appuya, presque à plat ventre, sur le bouton électrique, la vitre teintée ne descendit pas comme elle aurait normalement dû le faire si la voiture, maintenant il n'en doutait plus, n'avait été soigneusement trafiquée.

Lorsqu'il se redressa, toujours sans brusquerie, glacé, un coup de klaxon l'avertit que sa voiture gênait l'entrée du petit parking. Dans sa guérite en verre, le gardien jeta un coup d'œil vers lui, mais il n'eut pas la possibilité de voir quoi que ce soit à travers les glaces opaques.

Le klaxon insista.

Désagréable.

Son regard, dans le rétroviseur carré, croisa celui qui ne se lassait pas de le fixer, de plus en plus noir, eût-on dit, et il sut qu'il n'allait plus tarder à ressentir ce qu'on craint tant, en Inde notamment, à l'époque des moussons.

Il manquait d'oxygène, déjà.

De la boîte à gants il ne tira que des gants, et c'était comme s'il sentait une respiration, un souffle sur sa nuque. Ni plaisant ni déplaisant. Intrus. Enfilant les gants beurre frais, le buste raide, il frappa de toutes ses forces, de tous ses poings le pare-brise bombé. Sans succès : question solidité, la qualité U.S. est irréprochable, pensa-t-il, désemparé.

L'homme au klaxon s'était extrait de sa vieille M.G. grise et tambourinait à la vitre gauche de la Chrysler, furax. Le gardien du parking ne tarda pas à le rejoindre, et lui, il les voyait vociférer, qui ne savaient rien.

A présent, il évitait de regarder en direction du rétroviseur. Deux dames qui passaient en se faufilant parmi les voitures, c'est drôle, tout à l'heure je ne les avais même pas remarquées, les voitures, pas les femmes, les deux dames donc trouvèrent là l'occasion idéale pour arriver en retard au bureau, et il songea, deux ou trois secondes, aux seins de Muriel.

Puis les klaxons le ramenèrent au danger.

La chaleur déjà presque blanche.

Une sueur glacée.

Finalement, il poussa un hurlement rauque et les badauds qui commençaient, intrigués, à s'agglutiner autour de la Chrysler firent un bond en arrière. Le premier qui, s'obstinant, eut l'idée de porter ses mains à ses tempes afin d'inspecter l'intérieur de la voiture était un tout petit homme d'un certain âge, coiffé à la Néron.

– Crise cardiaque, conclut le docteur qui le releva, un moment plus tard.

Pas effarouchés pour si peu, trois hommes imitèrent le cardiaque, mais, comme leur cœur était des plus solides, leur première réaction ne fut pas de s'évanouir mais de crier qu'on appelle la police, les pompiers, vite. D'autres se mirent à tirer sur les portières en souhaitant qu'elles ne s'ouvrent pas trop rapidement tout de même.

Les deux dames se tenaient les mains, demandaient ce qu'il y avait de si terrible dans la Chrysler.

Un agent de police appuya son vélo contre une Land-Rover pour venir voir ce qui se passait et on le lui vola.

Il s'étonnait d'être encore vivant.

Il ne pensait plus tellement à sa peur. Il était au-delà.

Hors de lui-même : c'était à quelqu'un d'autre qu'arrivait l'aventure. Il avait pris ses distances, il était déjà comme absent de lui-même, avec ce détachement superbe et trompeur qu'affichent, en permanence, pour se préserver peut-être, les nantis, les cyniques. Et, dans un sens, il n'avait pas tort, car c'est ce court moment d'abandon que, la coiffe dilatée, le cobra royal choisit pour frapper.

2

– Assassinée, tu crois?

– A peine : trois balles dans le ventre, une au creux des reins, une derrière l'oreille.

– Qui est ressortie par l'œil gauche, c'est écœurant.

L'homme et la femme se regardaient.

Chacun, en silence, paraissait supplier l'autre de trouver une solution rapide, mais surtout de lui éviter plus longtemps l'humiliation qu'il y avait, pour elle comme pour lui, à rester immobiles et sots, de part et d'autre d'un cadavre de sexe féminin en bikini jaune, qui semblait vouloir à tout prix leur faire honte. C'était en tout cas de cette façon que la femme et l'homme ressentaient leur macabre découverte, comme si la jeune morte s'était trouvée là exprès pour leur rappeler leurs amours adultères. Chacun regrettait même amèrement d'avoir tellement tenu à sortir le gros Riva pour une balade en mer, car c'était au retour, en amarrant le canot au bout du ponton de bois, qu'ils avaient vu le corps, bercé par la mer alourdie d'algues.

La femme frissonna en rajustant la bretelle droite de son maillot de bain une pièce. Blonde, la quarantaine figée une fois pour toutes par massages, régimes et masques de gel, elle avait tout de la femme de médecin telle qu'on la caricature, sans raison valable, dans les journaux chics. Dieu s'était montré tendre avec elle, lui disait-on quelquefois, ce qui la faisait sourire. Tendre, le soleil aujourd'hui ne l'avait pas été beaucoup, qui n'avait pas plus épargné ses épaules que ses cuisses, et à la base du cou les salières aussi, demain, seraient prêtes à peler.

– Dis-moi, quand nous sommes partis, tout à l'heure, elle n'était pas là?

– Ça, c'est vrai, elle n'y était pas, fit l'homme, embêté. Ça doit être les courants...

Discrète sans aucun doute, attentive, nerveuse, un peu snob aussi peut-être, elle observait son compagnon et semblait vouloir masquer sous la cendre bleu acier de son regard un drôle d'incendie. A Hollywood, vers 1940, c'eût été la star idéale.

– Ou alors, on ne l'a pas vue, ajouta-t-elle.

Il ne répondit pas à ce qu'elle voulait insinuer : elle voulait toujours insinuer quelque chose, il fallait en prendre son parti. Très brun, super-velu dans son mariner turquoise, il paraissait dix ans de moins qu'elle, facile. C'était le genre de loukoums à costards fines rayures qui devait surveiller le moindre de ses cheveux blancs et changer tout le temps d'eau de toilette, histoire de montrer qu'il en avait. Là, poupin et bête, sur l'étroite jetée de pierre, il ressemblait à une boussole sans aiguille. Il marmonna :

– Qu'est-ce qu'on fait?

– Mon pauvre Paul, on ne va tout de même pas la laisser là, répliqua la femme, d'autant plus agacée que lorsqu'elle avait tiré, non sans mal, la fille hors de l'eau, du côté du dénommé Paul, on ne s'était pas des masses bousculé pour lui donner un coup de main.

Devant eux, la mer. Seulement la mer qui balançait contre le ponton branlant, sans insister, le canot de grand luxe, tandis qu'à leur gauche, à moins de deux cents mètres, la villa coquille d'œuf, deux étages balcon, dormait sous le soleil.

– On pourrait ne pas l'avoir vue. Si elle a échoué ici, elle peut bien s'en aller flotter ailleurs.

Elle haussa les épaules.

– Regarde-la bien, fit-elle, dure.

– Ne me demande pas l'impossible, Hélène.

– Je t'en prie. Ne m'oblige pas à te rappeler trop souvent qu'en dehors de notre vie mondaine, de tes gin-orange et de tes revues de fesse tu n'es pas plus installé dans ma vie qu'un couteau sans lame dont on aurait fauché le manche.

– Un couteau qui te fait jouir, lâcha-t-il en s'approchant d'elle, comme un crabe en période sensuelle.

Puis il se prit le gros orteil entre deux lattes, et s'étala dans un hurlement sur le ponton, ses lèvres effleurant au passage l'œil à moitié arraché de la jeune morte.

– On connaît cette fille, laissa tomber Hélène, plus Andromaque que nécessaire.

– Tu déconnes.

– Relève-toi, et parle-moi correctement, s'il te plaît, je ne suis pas ta mère.

Elle transpirait, mais sa sueur faisait toc. Pas toc-toc-toc, toc. Chiqué, quoi. Paul se releva, ses yeux bleus trop ronds posés sur les collines.

Des groupes d'arbres desséchés, des herbes drues dont on ne prenait plus, et on avait tort, le temps de pleurer la mort. Des villas trop claires et trop semblables, dont les baies vitrées relançaient le soleil. Un décor serein, triste. En sommeil masqué.

– Il n'y a pas longtemps qu'elle est morte, dit Hélène.

– Je m'en contrefiche.

– Aide-moi.

Ça l'emmerdait. Visiblement, ça l'emmerdait de saisir cette fille par les biceps tandis qu'Hélène la tenait, déjà, par les chevilles, ça l'ennuyait aussi de la traîner jusqu'à la villa.

– Si tu crois que ton mari va la ressusciter...

– Ne me parle pas de Charles, répliqua-t-elle, une mèche sur les yeux. Quand je pense que je vais le quitter pour t'épouser...

Docteur Charles Morelli.

Gravées en noir sur la plaque d'or, les lettres avaient du sérieux. Ce n'était pas le cas de la balançoire orange qui unissait, pour des enfants pas encore nés, deux grands pins voûtés et secs.

L'assistante du docteur ouvrit les grilles et rentra garer sa petite voiture dans un crissement de pneus qui ne réveilla personne, car, si tous les stores aux fenêtres des deux étages étaient pieusement baissés, ni Charles, ni Hélène, ni Paul ne dormaient. Seule la morte, sur son lit de camp, sans le savoir, faisait semblant.

– Où étiez-vous, Marie-Odile? Je vous cherche depuis cent vingt minutes.

– En ville, docteur. Il y avait encore des malades à piquer. Ils ont tous regretté que ce ne soit pas vous qui...

– De toute manière, la plupart sont condamnés, fit le docteur Morelli tandis que l'assistante refermait la porte et saluait de la tête Hélène et Paul, assis chacun dans un fauteuil Empire.

La calvitie de Charles Morelli ne manquait pas de race et son visage bronzé faisait de la cinquantaine qu'il venait d'atteindre une complice plus qu'une ennemie. Un fin collier d'or attirait l'œil sur ses salières chiffonnées de rides minuscules.

– Naturellement, vous n'avez prévenu personne, commença le docteur.

– A part toi, personne, répondit Hélène.

Hélène et Paul avaient transporté la jeune fille défunte dans le cabinet du docteur, puis étaient allés se changer et peut-être même faire un peu l'amour, entre deux portes et deux douches, car il leur fallait, au fond, plus d'un cadavre pour leur ôter tout appétit.

– Pourquoi n'avoir pas été au commissariat?

– C'était trop loin, maugréa Paul.

– Et comme, de toute façon, il fallait bien passer par ici pour y aller..., enchaîna Hélène.

– Vous vous êtes dit qu'il ne serait pas désagréable de me faire partager votre découverte. J'apprécie, fit le docteur.

– Et puis, il y en a tant...

– Tant de quoi?

– De policiers, Charles, de policiers, soupira Hélène. Comment choisir?

– A Beaulieu, en tout cas, ça me semble délicat, intervint Marie-Odile qui fut la seule à ne pas accepter de whisky.

Pourtant, vous en buvez quand je ne suis pas là, dit Charles Morelli, pour lui-même. Pensa, si vous préférez.

– Marie-Odile a raison, dit Paul.

– Venez avec moi, fit Charles Morelli.

Hélène et Paul se levèrent, Marie-Odile les suivit des yeux, et on ne pouvait guère lire dans son regard vert ce qu'elle pensait d'eux, du docteur, d'Hélène et de Paul qui l'aurait peut-être volontiers sautée, mais qu'elle faisait toujours semblant de ne pas voir.

Le corps, dans la pénombre de la petite pièce où le soleil, vaincu par le vasistas opaque, ne pénétrait pour ainsi dire jamais, semblait encore plus pâle.

– Alors? fit Hélène, peu patiente.

– Elle porte un bikini de chez Saint-Laurent, dit Morelli. C'est très bien pour une jeune fille.

– C'est tout ce que tu as découvert? siffla Hélène.

– Elle est ravissante, continua le docteur Morelli, sans répondre à sa femme.

– Absolument, dit Paul pour dire quelque chose.

En général, depuis qu'il vivait sous le toit du docteur, il préférait se taire, car il y vivait dans la gêne : sous le play-boy aux occasions nombreuses, Paul cachait une âme bourgeoise et peu aventureuse. Mais son caractère de rémora lui avait néanmoins rapidement fait comprendre qu'après tout il y avait plus immoral que de dormir chez son rival.

– Je ne voudrais pas que cette affaire retarde notre divorce, laissa tomber Hélène, en tailleur-pantalon de jersey.

Paul trouva que ça lui allait bien, même si ça moulait un peu trop son bassin.

– Ça, ma chère, c'est de ta faute.

– Exactement, intervint Paul, qui s'enhardissait, fallait voir. Si on avait laissé cette fille aux piranhas...

– Ils n'auraient pas fait le voyage pour venir la dérober, rectifia le docteur. Ces bêtes-là sont rarissimes à Beaulieu-sur-Mer.

– Eh bien, elles ont tort! répondit Paul.

– Je voulais simplement vous dire que je connais cette fille, je l'ai déjà vue, dit le docteur.

– Toi aussi? ne put s'empêcher de demander Hélène.

Charles Morelli sourit :

– Moi aussi.

– A ton avis, où ça? interrogea Hélène.

– Au même endroit que toi, fit le docteur. Que nous.

Et il regarda Paul, mais Paul ne dit pas un mot.

– Que décide-t-on?

C'était Marie-Odile qui venait de parler. Elle était blonde, mais d'un blond sensiblement plus vulgaire que celui d'Hélène, et elle devait avoir à peu près le même âge, et peut-être même une distinction, elle aussi, mais on aurait dit qu'elle s'ingéniait à la faire disparaître sous des vêtements, des apparences passe-partout. Sa blouse en nylon blanc cassé ne lui allait pas, ses pantalons de serge grise étaient trop stricts : c'était comme un reproche au luxe bohème qui l'entourait villa Morelli, et d'ailleurs, ce qui était le plus embêtant avec Marie-Odile, c'était, selon l'avis d'Hélène et même de Paul, qu'elle avait constamment l'air de vous en vouloir, pour des raisons connues d'elle seule, ce qui ne facilite guère la familiarité. Aussi Hélène prit-elle une expression étonnée lorsque Marie-Odile reprit :

– A mon avis, la police est encore ce qu'il y a de mieux. D'autant plus qu'on ne va pas tarder à signaler la disparition de cette fille. Si ce n'est déjà fait. Je conçois que vous n'ayez pensé qu'à faire du mieux possible en la ramenant ici, mais...

Le docteur, Hélène et Paul, qui semblaient se jauger du regard, devaient, en ce moment, se poser la même question : que faire pour avoir l'air naturel aux yeux des autorités? Comme s'il était honteux, comme s'il était malpropre et indécent de recueillir un cadavre et de le garder chez soi quelques heures? Parce que c'était lui qui avait le plus d'imagination, le docteur sentait qu'il glissait vers l'illégalité, ce qui ne lui plaisait pas. Moins d'ailleurs par intégrité morale que par crainte du jugement d'autrui.

– Si je puis me permettre, poursuivit Marie-Odile, je pense qu'il vaudrait mieux alerter Nice.

– Je pense aussi, approuva Hélène Morelli.
– Mais qui? demanda Paul, ennuyé.
– Marie-Odile, enchaîna le docteur, je vous laisse le soin de chercher.
– Entendu, docteur, mais j'aurai du mal.
– Pourquoi ça?
– Parce que vous êtes assis sur l'annuaire.

3

On l'avait prévenu à neuf heures trente et c'est passablement incrédule qu'il avait raccroché. Puis il avait allumé une Pall Mall menthol et, après en avoir tiré deux courtes bouffées, l'avait glissée entre les lèvres charnues de sa fille unique. Son épouse morte en couches lui avait légué une solitude immense et misanthrope, un héritage de cynisme bon enfant et une petite fille à la langue drôlement bien pendue, qui venait d'avoir seize ans, enfin, l'année dernière, mais pour lui c'était hier. Tout Nice se demandait comment elle avait pu atteindre cet âge-là, son père n'ayant pas été un modèle du genre. Mais l'inspecteur principal David Géant s'amusait fort de ces médisances, de ces regards biais sur sa morale. Les imbéciles doivent se distraire encore plus que les autres, se répétait-il souvent, ce qui reste à prouver.

Entre Lauren et lui, c'était l'entente cordiale. L'indulgence. Très tôt, il s'était juré de fermer les yeux sur toutes les incartades qu'elle pourrait se permettre, mais de ce côté-là rien à craindre : Lauren Géant plongeait déjà plus volontiers dans Sollers que dans le vice. De part et d'autre, cependant, une restriction : il n'aimait pas qu'elle fréquente des jeunes gens aux cheveux trop courts et elle lui interdisait, pratiquement, toute liaison avec l'une ou l'autre de ses camarades de classe : « Je me sentirais à la fois exclue et présente », expliquait-elle, obscure.

Cela mis à part, la confiance absolue, le bonheur. La liberté. Ce matin-là, comme elle avait, la veille, giflé son prof de latin, elle était exclue du lycée pour la journée, quel bol, et avait donc accompagné son père au commissariat.

– Naturellement, tu viens avec moi?

– Comment pourrais-tu m'en empêcher?

– En t'assommant.

– Je crierais au viol.

– Personne ne viendrait : on a l'habitude, ici.

– De mieux en mieux! Quelle chaleur, déjà.

– Tu n'avais pas rendez-vous?

– Si, père. Avec Lynette. Elle m'attendra.

– Et si elle n'attend pas?

– C'est qu'elle est moins conne que je ne pensais. On y va?

Ils y allèrent, et ce qu'ils virent, place Masséna 06000 Nice, n'était pas joli-joli.

Les deux inspecteurs de David les avaient précédés avec un car de Police-Secours et avaient dû faire feu à travers les vitres de la Chrysler rose pour abattre le cobra dont le corps, en trois tronçons inégaux, s'était répandu sur les banquettes, la tête sur la nuque de l'homme qu'il avait dû mordre et remordre et qui gisait, mort, le buste et le visage couchés sur le volant crème.

David n'avait même pas dû dire à Lauren de se tenir à l'écart parce que 1° elle savait que talonner son père sur les lieux d'enquête était davantage toléré que permis, 2° elle aimait mieux les serpents à plume ou de mer que les autres.

De la voiture on avait sorti le corps, qu'on avait

étendu sur le macadam du parking et recouvert d'une toile douteuse.

Sur le corps on avait trouvé des papiers, dont une carte de membre du club de voile et d'aviron et un passeport en triste état, que David parcourait d'un œil distant, car il y avait du sang dessus, poisseux, brunâtre : les balles tirées par les inspecteurs ne s'étaient pas contentées d'effleurer le dénommé Cyrus Gagnew. C'est ce qu'on appelle une bavure.

– Ça vous dit quelque chose, patron?

– Ça ne me dit jamais rien quand tu m'appelles patron.

– Si je vous dis Géant, ça fait con; si je vous dis David, ça fait pédale.

– Et après?

Un temps.

– Après, je vous redemande, dit l'inspecteur adjoint Salvatore, un petit rouquin qui tournait comme une grosse mouche à miel autour des gens quand il leur parlait, je vous redemande si, des fois, Cyrus Gagnew, ça vous évoque du monde.

Lauren, David la voyait, faisait les cent pas, un peu en retrait du cercle des badauds que l'arrivée de la police avait grandement contribué à élargir. Avec ses petites boucles et sa bouche en moue mi-gourmande, mi-boudeuse, ses dents de devant qu'on devinait trop, elle était tellement fillette! Émouvante aussi, sous la lumière de mai – la journée s'annonçait sublime. Si elle avait jamais ressemblé à sa mère, à présent c'était fini. Son blue-jean délavé, son tee-shirt à l'effigie de Serge Lama ne la rendaient pas originale, mais c'était dans le conformisme de surface qu'elle se sentait le plus elle-même. Par pudeur, comme David, dont on attendait une décision.

Il tira une Pall Mall menthol, la sixième de la matinée, de la vareuse kaki que Lauren lui avait achetée au surplus américain et, quand l'inspecteur Salvatore lui offrit du feu, David dit merde au lieu de merci.

– Y a pas de quoi! marmonna Salvatore.

Le médecin légiste précisa que le cadavre était devenu tel à la suite d'une double morsure de cobra, reptile mortel, ce qui n'étonna personne, mais le toubib était un vieux birbe en cheville avec la mafia locale, David n'était pas seul à le savoir, et, quand il fut parti, David demanda si on allait bientôt le mettre à la retraite. Weill, le deuxième inspecteur adjoint, lui répondit que ça n'allait pas traîner, vu que le toubib avait été condamné à mort par un truand qu'on l'accusait, de Marseille à Menton, d'avoir donné aux flics. Cela dit, David baissa les paupières d'un air accablé et demanda qu'on vérifie, non sans diligence, si l'on n'avait pas barboté une bestiole du genre cobra à l'exposition de serpents dont les affiches ornaient tous les becs de gaz de la place Masséna. Ce serait trop beau.

Au bout de seize minutes, Lauren n'en put plus d'attendre. Comme ce n'était pas précisément le genre à tenir en place et qu'elle trouvait toujours le moyen de brûler son énergie, la plupart du temps en gestes vains et en pure perte, elle fendit en jouant des coudes (tachés d'encre violette) la foule en sueur, enjamba le cadavre couvert de Cyrus Gagnew sans même sembler le voir, et les yeux dans les yeux azur de son père, dit :

– Est-ce qu'on ne commence pas à s'emmerder?

Il tendit la main pour lui caresser les cheveux, si doux, si clairs, mais elle esquiva son geste et, se tournant vers les spectateurs ahuris, alléchés – elle ne portait pas, ça crevait le regard, de soutien-gorge sous son tee-shirt – Lauren les prit à témoin :

– Incestueux avec ça, mon père! Oui, madame, c'est mon père. Que voulez-vous, ce ne sont pas des choses qu'on choisit.

David secouait sa tête mal coiffée. Certainement qu'il pensait à ce qu'on pourrait lire de l'incident dans la presse du lendemain.

– Et puis, qu'est-ce que vous foutez là, tous, à nous reluquer? pousuivait Lauren sans se démonter. Allez, de l'air. Au boulot! Au turf!

Et elle termina ainsi le travail qu'auraient dû, théoriquement, faire les agents de l'ordre, nombreux pourtant à transpirer sous leurs képis peu seyants.

– Lauren, murmura David, mais elle ne l'entendit pas de cette oreille, ni de l'autre.

De mauvaise grâce, la foule commençait à se disperser. Des jumeaux faillirent passer sous un bus vert et blanc et Lauren prit alors son père à part pour lui demander, en virtuose du coq-à-l'âne :

– Qu'est-ce qu'on fait des bagnoles des gens qu'on tue?

– Ça dépend. *What for*?

– Une Chrysler rose, avec mes yeux parme, sublime, non?

– Sublime, oui, mais tu n'as que seize ans, si je puis me permettre.

Elle ne répondit pas à son père qu'il ne devait pas, lui, avoir patienté jusqu'à seize ans pour tenir un volant, seulement, lui, c'était un homme et elle se promit aussitôt d'appeler ses copines de la section niçoise du M.L.F. pour leur signaler le sieur David Géant. Elle fixa son père encore trente secondes et, pendant que les inspecteurs faisaient enfin enlever le corps, elle lâcha :

– Connard!

Tournant les talons, elle traversa le boulevard qui ceinturait la place et au pas de course, tout habillée, elle plongea dans le bassin circulaire du roi Louis XIV.

Ses doigts aux ongles parfaits, vernis de gris, cherchaient la poire de la lampe de chevet 1900, mais il n'était pas nécessaire de donner beaucoup de lumière pour remarquer sur le visage d'Hélène Morelli les langueurs d'après l'amour. Près d'elle, Paul Javal grognait d'aise : ils avaient encore mieux baisé que d'habitude et lorsque Hélène, par pitié autant que par tendresse, murmura un suave *splendid*, version anglaise, accent impec, Paul, rassuré, se rendormit.

Elle était sincère, au fond : Paul avait des dons et elle ne regrettait pas qu'il eût accepté de s'installer à la villa. Puis elle se rappela les mots échangés dans le canot où déjà, sous le soleil, il l'avait prise, lui faisant oublier pour un moment leurs différences, leurs griefs, leurs petites rancunes. Oui, elle lui avait répété qu'elle était bien décidée à l'épouser, Charles était d'accord, il n'y avait aucun problème. Surtout qu'ils continueraient à se voir, de préférence tous les trois, dans des réunions, des soirées. Histoire de tenir Charles au courant de l'évolution de leur nouveau couple, enfin livré à lui-même. Quant à Paul, célibataire de profession, il s'habituerait à une présence continuelle à ses côtés. D'ailleurs, elle serait tolérante : une aventure ou deux, de temps à autre. A condition qu'elle connaisse la personne.

Elle promena son regard gris sur le Miró accroché au mur grège de la chambre, cligna de l'œil à son intention, je suis d'un vulgaire, et baissa les yeux sur sa Piaget bracelet de croco : déjà dix-sept heures. Encore une demi-heure et je me lève. En attendant, elle hésita quelques minutes entre *le Premier Cercle* et le dernier Sagan, vérifia que Paul était profondément endormi, avant de chausser ses lunettes.

Dans la chambre voisine, le docteur Charles Morelli savourait ses vacances, qu'il ne passait jamais que chez lui, en écoutant du Mahler. En sourdine : c'était un homme de tact. Sa sieste se passait en lectures diverses qui ne l'empêchaient pas de suivre, froissement après froissement, gémissement sur gémissement, les joutes amoureuses de Paul et d'Hélène, tout à côté. Lectures diverses et bizarres, qu'il ne laissait guère traîner dans le salon d'attente. Des revues érotiques qui ne produisaient en lui qu'un rire muet – il avait une préférence pour celle qu'éditait Paul : sa trivialité quadrichrome le mettait en joie – des ouvrages sur la sorcellerie, des mensuels de tricot. La fumée de son Robert Burns dessina un gros cœur que Charles Morelli perça du scalpel qu'il tenait dans sa main droite et dont il se séparait rarement. Il songea qu'il aurait bien aimé vivre en prison comme le marquis de Sade et s'empara d'un vieux *Modes et Travaux*.

Dans la fraîcheur de la cave aux soupiraux grillagés, la jeune morte, qu'on avait rendue à son lit de camp, ne s'était point réveillée, tandis que dans leur vasque, au beau milieu du jardin, les poissons rouges faisaient des petits. Ils ne virent donc pas qu'on poussait la grille.

4

Spiros Gagnew. Quarante-quatre ans. Américain d'origine grecque. Sept comptes en banque dont six en Suisse. Trois divorces. Célibataire. Non, s'il était trois fois divorcé, il n'était plus célibataire, le célibat c'est comme la virginité, ça ne se perd qu'une seule fois, laisse-moi tranquille, Lauren.

Impossible de rédiger un rapport convenable sur l'homme en saharienne cognac, teint basané, Arden for Men, qu'on avait trouvé bourré de venin sur la plus belle place de la ville. Evidemment, il n'était pas entré dans la police pour dresser des rapports, des contredanses ou des délinquants mais pour essayer de comprendre ce qu'il y avait de pourri, comme disent les canards, au royaume de la matraque. Il n'aimait, au fond, pas beaucoup l'ordre parce que, comme la majorité des gens un peu intelligents, il estimait que l'ordre-à-tout-prix était l'ennemi de la liberté, le bâtard de la volonté de puissance et le père, en exagérant un poil, du néo-nazisme. Voui, monsieur. « Quand je pense qu'on me paie trois cents tickets par mois pour penser le contraire. » Souvent, il se demandait vraiment ce qu'il pouvait bien faire entre les murs de son commissariat.

Du bien, affirmaient ses confrères.

De son mieux, admettait le préfet que l'âge de David Géant ne rassurait pas. A quarante ans, on ne peut pas être inspecteur principal, c'est dingue. Ça ne se fait pas.

Du vent, disaient les autres, enfin tous ceux qui ne croient pas dur comme fer en l'éventuelle loyauté d'un inspecteur.

L'inspecteur de la mer, comme l'appelait jadis quelqu'un qu'il avait beaucoup aimé.

Domicile : Beaulieu-sur-Mer. Villa Virginia Woolf. Aucune activité connue. Famille richissime installée à Athènes et Philadelphie. Socquettes trouées. Fiche-moi la paix, Lauren.

Elle cessa de lui agacer le cou avec une brindille ramassée dans la cour du commissariat.

– Avec trois fleurs noires sur le capot, elle ferait, atchoum, une piaule superbe pour les copains sans gîte, jugea Lauren en contemplant par la fenêtre aux vitres grasses la Chrysler rose, garée en travers.

Aussitôt, elle ajouta :

– En ce qui concerne ton M. Gagnew, j'ai vaguement l'impression qu'il devait vivre sur le dos des autres. Sur leurs dos de chéquiers, veux-je dire.

– Tu dis n'importe quoi, répondit son père en rendant son couvercle à son Olympia portative.

Décidément, il n'aimait pas qu'on ait, presque en même temps, les mêmes idées que lui. Mais ça, il ne l'aurait pas avoué, même sous électrodes.

En fait, il n'y avait plus qu'à attendre.

Lauren avait changé de tee-shirt et de jean.

Elle éternua encore une fois. C'est froid, les bassins niçois.

On avait envoyé, vite fait, des télégrammes à tous les Gagnew du Gotha international, et ce n'était pas ce qui manquait. Il ne restait plus qu'à aller sonner au domicile du mort. Tout à l'heure : il n'y avait pas le feu. Il n'y avait plus.

Seize heures, c'était une période qu'il appréciait peu. Cette partie-là de la journée lui rendait son angoisse du temps où il faisait le guet, au volant des camionnettes, pendant que les copains attaquaient des boutiques de frusques, dans les petits patelins endormis. Chemises, cravates, pantalons. Pantalons surtout : ses potes et lui avaient toujours eu la hantise d'en manquer, d'être obligés, jour après jour, de traîner la même paire, usée jusqu'au trou entre les cuisses, allez voir un peu où se niche l'orgueil. Démarrer au quart de tour, repérer en un clin d'œil le sens interdit à emprunter pour se perdre dans la nature : des automatismes que les copains exécutaient en hurlant de rire, pas méchamment, mais que David avait dès le premier jour pris au sérieux, très au sérieux. En fait, il jouait dans ces fric-frac miteux un rôle trop actif, encore que semer la gendarmerie locale n'ait eu que peu de rapports avec les matinées anxieuses d'un Niky Lauda. Ce qu'il aurait aimé davantage, par exemple, c'est être sentinelle, immobile et debout, dans la rue d'en face. Un œil, rien qu'un œil, rien de plus.

Seize heures lui tendait des pièges : c'était toujours à ce moment précis qu'il se disait ce soir je vais encore bouffer seul mes haricots congelés, régime, régime. Ce soir, précisément, c'était on ne peut plus exact : Lauren dînait chez leur vieille amie Suzanne. Suzanne en mauve, Suzanne en parme, macrobiotique et bois de santal. Suzanne, une amie de... La mémoire de David évita de prononcer jusqu'à la première syllabe du nom et l'inspecteur Salvatore, toujours plus volubile et toujours plus rouquin, entra sans frapper. La porte, claquant sec, fit un peu trembler le poster du « Che » que

David observait, de temps à autre, désenchanté. Un cadeau de ses chers adjoints, qu'il avait réussi à faire augmenter. Pas des masses, mais c'était toujours ça.

– Quoi de neuf?

– On a bien fauché un cobra. A l'expo, ouais. Et on sait même qui a fait le coup : l'un des gardiens a mis les voiles avec l'animal.

– S'il avait le bonheur de s'être fait mordre, lui aussi, on gagnerait du temps, siffla David, qui s'en voulut d'autant plus d'avoir lancé cette gratuité que les murs étaient du style papier à cigarettes et qu'après tout, pour un peu d'avancement, il en connaissait plusieurs qui pouvaient informer, disons, M. le Préfet. Bravo, reprit-il, plus digne de sa fonction. Tu as fait diffuser son signalement?

– Nature! Vous le voulez?

– Vas-y toujours.

– Grand. Efflanqué. Blond filasse. La tronche grêlée d'acné plus tellement juvénile. La trentaine, passée d'un petit poil. Haleine fétide.

– C'est un mec comme ça qu'il me faudrait, intervint Lauren, planquée depuis dix minutes dans un fauteuil Knoll, superbe et dérisoire en cet endroit. Moi qui aime pas embrasser...

Ça ne l'empêcha pas de baiser son père au front et de lui dire surtout n'oublie pas pour ce soir, viens me prendre vers onze heures, pas avant parce que les Dossiers de l'Écran finissent de plus en plus tard et que ce soir c'est un débat sur les flics. Ça devrait drôlement t'intéresser, soit dit en passant. Et puis t'auras droit à une verveine-menthe signée Suzanne, et elle sortit en faisant un signe vaguement coquin à l'inspecteur Salvatore qui n'y faisait même plus attention. On aurait pu croire, au pas où elle dévala les escaliers mal éclairés du commissariat, qu'elle allait piquer à Prisunic le nouvel Elton John, mais c'était pas ça du tout : David avait exigé, un soir d'autorité, qu'elle aille, au moins une fois sur deux, en cours d'espagnol. Et, comme il disait toujours, Cervantes n'aime pas attendre.

– Quel numéro demandez-vous?

– 83.66.45.

– C'est bien ici, mais Mr. Gagnew est absent.

Voix de femme, avec accent.

– Je sais. Vous êtes la domestique? hasarda David.

Hésitation, surprise.

– N... Non. Mais qui êtes-vous?

J'ai faim, terriblement faim, se dit l'inspecteur principal, mais maintenant que j'ai commencé, autant poursuivre. Surtout que l'intuition était bonne : Cyrus Gagnew, il venait d'en avoir la preuve, vivait avec une femme. Voir cette femme, il était temps, la voir, lui parler, la cuisiner, élégamment s'il le fallait. Poser mille questions connes dont une serait, rien qu'une, serait peut-être payante. Bien sûr que je m'en fiche de Cyrus Gagnew, bien sûr que des types comme lui n'ont que ce qu'ils méritent, ou à peu près. Il s'arrêta de penser : que savait-il de Cyrus Gagnew? A l'autre bout du fil, on sentait comme une peur.

– Qui êtes-vous? répéta la voix.

– Il est mort.

Le cri fut terrible. Étranglé, mais terrible. Long, sans harmonie. J'aurais dû la prévenir plus tôt, mais je ne savais même pas qu'elle existait et puis il y a loin de Nice à Beaulieu, et quand on avait téléphoné tantôt, se rassura-t-il, on n'avait eu personne.

Maintenant, si l'inspecteur David Géant avait eu à expliquer pourquoi, au lieu de le faire de son bureau, il appelait la villa Virginia Woolf d'une cabine téléphonique en plein centre de Nice et constellée de graffiti pas distingués, il aurait sûrement commencé par bredouiller.

– Mort, comment? Comment?

La douleur. Elle devait être comme folle. Ou alors elle jouait. Pas le temps de faire la différence. Il dit :

– Je peux pas vous expliquer. Vous ne me demandez plus qui je suis?

– Sur le moment, j'avais cru...

Elle s'interrompit. Ou elle se mouchait en silence ou elle avait fait une gaffe.

– Cru quoi?

– Rien. Vous êtes la police.

Il dit que oui.

– Vous voulez venir maintenant?

– Qu'est-ce que vous en pensez?

– J'aimerais mieux être seule, un moment.

Il comprenait. Ou elle se foutait de lui.

– Vous le serez. Sauf que j'ai envoyé plusieurs de mes hommes pour monter la garde devant la villa.

Il mentait, mais c'était pour voir.

– Des inspecteurs?

Pour la première fois, elle réagit.

– Quelle raison ont-ils de...? poursuivit-elle. C'est vrai, excusez-moi, j'aurais dû vous demander tout de suite comment Cyrus est mort. Ce n'était pas un accident?

– Ce n'était pas un accident. Puisque vous n'êtes pas sa femme, je peux savoir?

Il n'entendit pas ce qu'elle répondait : leur communication fut brusquement coupés et comme il n'avait plus de monnaie sur lui, David, de mauvaise humeur tout à coup, n'eut plus qu'à quitter la cabine, devant laquelle on commençait à faire la queue. Finalement, tant pis. Il la verrait demain. De toute façon, elle n'oserait pas filer, si elle en avait jamais eu l'intention.

Même fictifs, des inspecteurs tapis dans l'ombre, ça dissuade...

De tant pis en tant mieux, l'inspecteur Géant parvint presque à ne plus penser ce soir-là ni à son mort ni à son cobra, et il ne sut jamais ce qu'il alla faire, vers les vingt heures trente, à travers les ruelles du Vieux Nice, qui sentaient l'urine et le vin vomi. Valait mieux ne pas lever la tête vers les fenêtres : on pouvait tout aussi bien vous cracher dessus que vous vider un pot de chambre sur le crâne, en toute simplicité. Ça s'était vu, plusieurs fois même. Demandez aux touristes.

A cette époque, hors saison, il n'y avait plus grand-chose d'ouvert, excepté trois pizzerias sinistres et quelques boutiques de bibelots rares où ça trafiquait dur la coco, disait-on sans savoir. Ce n'était pas en direction d'un lieu précis que David avait laissé son bureau, sans éteindre les lampes tristes, bien décidé cependant à ne pas dîner en tête à tête avec Antenne 2.

C'est ainsi qu'il atterrit au Derrida's.

L'enseigne au néon bleu acide qui vous invitait à entrer se composait des mêmes caractères exactement que l'affiche d'*Amarcord* punaisée par Lauren, un matin de nostalgie, dans la salle de bains, et dès qu'il eut passé la porte, en se voûtant pour sauver sa tête, David remarqua que la fumée était si dense, déjà, qu'on aurait pu se croire, n'était l'odeur des blondes, dans un sauna à toute vapeur.

L'endroit tenait presque autant de la boîte de nuit crado que du café littéraire. Des banquettes de cuir clouté accueillaient dès l'heure du thé les dos les moins délicats de la ville et ceux qui souffraient de sciatique soit restaient debout, soit exigeaient de la patronne un ou deux poufs sur lesquels il valait mieux ne jeter qu'un regard distrait. Celui que David promena autour de lui ne lui rappela rien. Il n'avait pas le souvenir d'être retourné s'asseoir au Derrida's depuis qu'on y avait descendu, histoire de mœurs, cet acteur tellement célèbre que beaucoup, dont David lui-même, oublièrent dès le lendemain du drame son visage et son nom – on est peu de chose.

David avisa une table en coin encore libre et y devança, de justesse, un couple de Suisses. Un lemon-tonic, merci. S'il y avait aux murs pas mal de posters de stars vivantes ou pas, on avait soigneusement évité d'y coller l'effigie du type en question dont la mort en public avait bien failli coûter la vie au Derrida's. Couverts *design*, péniblement, nappes en faux liberty, moquette en tapisom abîmé chocolat. Rien de rare. Sauf les conversations. Ici, on ne refaisait pas souvent le monde autour d'un kir tiède, on défaisait plutôt telle ou telle réputation. On croyait les défaire, mais c'est tenace, ces petites bêtes-là.

Trois fois de suite, le même disque revint sur le plateau du juke-box, mais ce n'était pas véritablement grave car s'il y avait une chanteuse noire que David appréciait, c'était bien Carmen McRae, sa voix de gorge et ses arrangements au sirop de whisky. J'étais déjà là bien avant la naissance du monde, répétait-elle, et on avait vraiment l'impression qu'elle n'inventait rien.

Le *chili con carne* de David, comme il fallait s'y attendre, n'était pas des plus cuits, mais, enfin, il mangea, en savourant ce qui se disait autour de lui.

Noir, tout à coup. Noir absolu.

Tiens, il y a un spectacle, maintenant, et si tôt? David n'avait même pas cherché à savoir, en entrant, ce qui s'offrirait à ses yeux, vu qu'il ne savait même pas pourquoi il était entré. Toujours est-il qu'au moment où il avalait, sans enthousiasme, sa dernière bouchée presque froide, Zarah Leander attaqua, en grattant du microsillon, *Yes, sir,* et du côté du bar un rideau de velours, élimé mais encore possible, s'écarta pour révéler un guéridon qu'éclairait un spot. Lait électrique.

Et elle apparut.

Applaudissement, sifflets.

Elle apparut et grimpa sans qu'on l'aide sur le guéridon, elle ouvrit la bouche pour rattraper Zarah Leander, et ce n'était pas merveilleux comme play-back. Ni comme spectacle : à côté de la vieille femme aux cheveux gris et gras qui se trémoussait sur la table, Golda Meir aurait eu l'air d'une « bathing-beauty Paramount ». Mais ce qui, surtout, frappa David, ce fut le regard de cette vieille, qui devait avoir dans les soixante-douze ans et que quelqu'un de très jeune, à côté de lui, avait appelée Osiris. Osiris, tout à l'heure. Un regard où se lisaient à la fois l'humiliation, David était assez près pour s'en rendre compte, et le plaisir de l'humiliation. Et, tandis que Zarah Leander arrivait presque en fin de mélodie, la vieille Osiris dégrafa sa jupe, sans la moindre grâce. Sur son front, derrière ses oreilles très larges, coulaient ses cheveux; elle levait de temps en temps une jambe, lourdement, et tournait sur elle-même, au risque de trébucher parmi les dîneurs enchantés.

Quand la chanson, plutôt allegretto, de Zarah fut terminée, presque aussitôt on envoya Hildegarde Knef – décidément, l'Allemagne est à l'honneur, songea David – la belle Hildegarde célèbre pour ses jambes, sa voix, ses Mémoires et son cancer. Changement de rythme. Langueur, volupté. La vieille Osiris, toujours, mimait les paroles et quand sa jupe sale tomba, comme elle avait dû le faire, il y avait tant d'années, sous les yeux d'un kapo d'Auschwitz ou d'ailleurs, on vit qu'elle ne portait pas de slip, et plusieurs adolescents, dans un coin, applaudirent. David, dans la fumée, vit leurs yeux briller, entre deux spots verts.

Lorsque enfin Osiris fut complètement nue, ses chairs flasques offertes aux mains qui se tendaient pour les pincer, les palper, lui faire mal peut-être, David vit qu'elle pleurait. Elle pleurait de joie et de honte mêlées cependant qu'on applaudissait à tout rompre, une dernière fois, cet étalage consternant, cloques et croûtes de saleté, d'anciennes blessures négligées, ces seins avachis aux tétons noirs, ce nombril en étoile fripée. Enfin, on l'aida à descendre du guéridon, au pied duquel elle récupéra sa jupe et son soutien-gorge noir.

David fut debout avant qu'on eût refait la pleine lumière, c'est-à-dire une pénombre rougeâtre supposée follement intime, et se dirigea vers le recoin, seulement visible de la table où il avait pris place, dont la vieille Osiris usait comme d'une loge pour se rhabiller.

Dès qu'elle l'aperçut, elle lui sourit et lui offrit une caisse comme siège. Elle-même trônait sur un petit tas de cageots emboîtés les uns dans les autres et dont s'échappaient, semblait-il, des aubergines pourries. Le cagibi était si exigu qu'il devait être difficile de s'y tenir debout, à deux, en même temps. Sur l'un des murs, couvert de poussière, le masque de mort d'André Gide, en reproduction pas chère.

– Vous êtes là depuis quand? finit par demander David.

– Depuis qu'on m'accepte, tiens.

– Et ça vous plaît de faire ça?

– Ça ou autre chose.

De la salle déferlaient des rires, encore plus déplaisants ouïs d'ici.

– Quand je vous ai vue monter sur la table, tout à

l'heure, j'ai eu l'impression que vous aviez peur, mentit David.

Le regard qu'elle lui lança se demandait où il voulait en venir, c'était sûr et certain.

– Mettez-vous à ma place, fit-elle. Dans la journée, je suis artiste peintre, je regarde. Monter le jour, tomber le jour. Le soir, c'est moi qu'on regarde. Vous saisissez la différence?

Roumaine, sans doute, se dit David.

– Ce n'était pas ce genre de peur, insistait-il, fasciné.

– Qu'est-ce que vous voulez me faire dire, espèce de flic? rétorqua la vieille Osiris très sèchement. Si vous croyez qu'on ne voit pas ce que vous êtes! Et puis, il y a les journaux : je suis encore capable de les lire. Même les français.

Elle s'interrompit un instant, pour reprendre son souffle.

– Moi, je suis une poubelle, mais, au moins, je n'essaie pas de m'en cacher.

David détourna un instant les yeux, parce qu'il ne tenait pas tellement à soutenir le regard d'Osiris, et s'aperçut que, derrière le comptoir, qu'on voyait bien d'où il était assis, l'un des serveurs en pelotait un autre, plus jeune encore, occupé à rincer les verres, fallait voir comment.

Osiris maintenant suçait un index qu'il aurait fallu trois jours et trois lessives pour rendre à sa couleur d'origine. Rien que sous l'ongle, il y avait une marée noire installée à vie.

– Je voudrais que vous m'expliquiez, fit David. Je ne suis pas en service.

– Que je vous explique ce que je fais là? Je vous l'ai dit.

– Pas vraiment.

Un temps. Elle prit une Bastos dans son sac. Son sac à dos.

– Contrairement à ce que vous pourriez croire, et dont je me fous, je ne suis pas une artiste incomprise ou ratée. En tout cas, je n'ai pas l'impression. Je peins, et je vends ce que je peins. Même qu'on me respecte. Mais, justement, c'est ça que je ne peux pas supporter. Pas complètement. Aussi je m'arrange pour trouver des endroits où il y a des gens qui meurent d'envie de cracher sur quelqu'un, en pensée, de se moquer. C'est leur mépris que je cherche, tu vois? Ça te dégoûte?

Il ne dit rien parce qu'elle aurait été sûrement surprise par sa réponse.

Pendant qu'on versait à la vieille Osiris son cachet, trois grands verres de vin mauvais, David se retourna pour observer la salle. Des minets, des tablées de filles bruyantes. Un prêtre-ouvrier à barbe en pointe. Deux conseillers municipaux à moustaches, qui se tenaient par la main. Derrière eux, qui faisaient écran entre David et lui, un homme efflanqué se leva. Blond filasse, mince, en bleu nuit. La peau du visage abîmée. David ne le vit pas sortir, car il s'était de nouveau retourné pour dire encore deux phrases à la vieille Osiris, mais celle-ci avait disparu, derrière un rideau mural sous lequel filtrait un courant d'air. David tira le rideau grège, et se retrouva dans un couloir d'immeuble qu'éclairait avec parcimonie une ampoule jaune toute nue.

Le bas des murs s'ornait de moisissures, il y avait dix boîtes aux lettres environ, dont deux à terre, et au plafond la peinture verdâtre s'était depuis longtemps fait la malle. David se trouvait pratiquement sous l'escalier en colimaçon, bois vermoulu, dangereux. La porte qui aurait dû donner sur la ruelle n'était pas visible, le couloir finissait donc en angle droit pour enchaîner sur un autre.

David n'était pas là, incertain, depuis deux minutes, que six types surgirent de l'angle droit, et ces types qui avançaient vers lui, lentement, sous la lumière douteuse, avaient ceci de particulier qu'ils étaient tous armés d'une canne blanche. Autant que David pouvait en juger, car ils avançaient comme des automates, quasiment l'un derrière l'autre, tant le couloir était étroit, ils portaient tous la même casquette, des petites lunettes noires identiques, étaient très blonds, très raides et sensiblement de la même taille.

David n'aimait pas du tout le martèlement de leurs bottes sur les dalles inégales et Carmen McRae qui avait repris sa mélopée, il l'entendait en sourdine, de l'autre côté du rideau, ne pouvait lui être, cette fois encore moins que les autres, d'aucun secours.

David voulut reculer, mais la lumière s'éteignit et, dans la nuit complète, même les cannes blanches sont invisibles, pensa-t-il, juste avant de tomber. Invisibles mais pas indolores : des dizaines de fois, elles frappèrent sa tête, ses côtes et ses testicules. Les bouts de bottes martelèrent son menton, du liquide ruisselait de son oreille droite, il reçut un coup de genou dans l'aine, ce qui prouve que les possesseurs de cannes blanches ne sont pas forcément toujours aveugles, et lui que le sang, justement, aveuglait, pensa à tous ces braves gens qui paient, quelquefois des fortunes, pour se faire flageller ou clouer les seins sur des planches en bois.

Ça lui faisait mal. Atrocement. Surtout qu'au bout des cannes on avait bien pris soin d'enlever la rondelle de caoutchouc réglementaire. Atrocement, et malgré cela il éprouvait presque la sensation de subir, non pas une punition, mais un désagrément mérité. Et il ne se sentait pas réellement maso, parce que la souffrance qu'il préférait, c'était, de loin, celle qu'il n'avait pas prévue, pas pu prévoir. De ces accidents du hasard, auxquels, parfois, il forçait un peu la pogne, il tirait un plaisir dont il se vantait peu, on n'aurait pas compris.

Quand il émergea, fœtus en chien de fusil, de ce formol étrange qu'est parfois l'inconscience, il maudit la vieille Osiris et se mit à genoux pour atteindre le commutateur qu'un point rouge lumineux indiquait, dans la nuit fraîche du couloir. Si des gens de l'immeuble étaient rentrés chez eux, entre-temps, on ne pouvait pas dire qu'ils avaient le cœur sur la main et le tricostéril prodigue : personne n'avait réveillé David pour lui porter secours. Peut-être qu'on l'avait pris pour un clochard. Lorsqu'il réussit à allumer, il ne pouvait plus se permettre de maudire la vieille Osiris : elle dormait à trois mètres de lui, son soutien-gorge noué autour du cou.

Mortelle cravate.

5

Le fer forgé des grilles de la villa Virginia Woolf dessinait des vagues pétrifiées dans la tourmente, tandis qu'au fin fond du jardin en pente, qu'on devinait vaste et fort bien entretenu, d'autres vagues plus douces, inlassablement, venaient caresser le sable gris-rose de la plage privée. Juste avant de sonner, David porta la main à sa nuque pour voir si, par malheur, la plaie ne s'était pas remise à saigner, mais non : le pansement que lui avait fait son amie Suzanne lorsqu'il était passé chez elle, la veille, pour récupérer Lauren, était de bonne qualité. Normal : Suzanne était pharmacienne.

Contrairement à ce qui arrive en général, en pareil cas, David Géant, qui suait dans son imper de chez Old England, ne se rappela ni son épouse défunte ni sa fille adorée lorsque Florinda Foldan vint à sa rencontre. Dès qu'il était amené à rencontrer une femme, David savait que quelque chose, en lui, se bloquait, et c'était comme si les sentiments qu'il éprouvait alors ne lui appartenaient pas, comme s'ils émanaient d'un autre, que la pudeur n'étouffait pas. Ce n'était donc pas vraiment David qui découvrit, d'emblée, chez Florinda Foldan une sorte de beauté sauvage, abrupte et fascinante dont il n'avait même jamais soupçonné l'existence, hormis durant la projection de tous ces films du *nuovo cinema* qu'il avait tellement adoré, fut un temps. Une beauté sauvage et faite, pour ainsi dire, de défauts harmonieusement répartis. Peut-être un cou trop long, des bras presque trop maigres, un visage anguleux, à la peau mate. Mais, vêtue d'un long peignoir tête-de-nègre qui semblait glisser sur le gazon ras, Florinda avait une allure. Le vrai David, le David d'avant, ne l'eût sans doute pas remarqué, tout à son amour, mais celui qu'il était devenu, à force de maîtrise de soi et d'attitudes, y était sensible, de plus en plus, tandis qu'il la regardait venir à lui. A peine plus de trente ans, les yeux noisette, le menton volontaire, une assurance indéniable dans le geste de tendre simplement la main, et pourtant c'était la tristesse qu'on distinguait, d'abord, en elle. Pas véritablement la douleur, la douleur c'était hier. La tristesse.

David en fut ému.

Ils se présentèrent, elle le fit entrer.

Le salon qui donnait sur le jardin le prolongeait, d'une certaine manière, avec ses sièges en rotin, ses paravents indonésiens et ses caoutchoucs géants qui auraient bien grimpé jusqu'à l'étage si on les avait laissés faire, mais il y avait les plafonds qui renvoyaient leur image aux plantes car ils étaient entièrement recouverts de glaces. Tout était spacieux, sans désordre, et David avait du mal à imaginer que les habitudes d'un homme aient pu s'intégrer, vingt-quatre heures sur vingt-quatre, à ce cadre trop sage, qu'il apprécia immédiatement : aucun objet n'arrêtait le regard, ne l'agressait, ne brisait le fil de la pensée, l'attention. Et il lui sembla aussi qu'ici tout au moins Cyrus Gagnew était mort depuis longtemps, bien longtemps.

Curieusement, il n'avait pas envie de parler et

lorsqu'elle lui désigna, certainement anxieuse de ce qu'il allait dire, un fauteuil cannelé, il garda le silence. Alors, elle fit un effort pour lui proposer une cigarette turque, lui dit qu'elle était brésilienne, et du bout des lèvres, comme s'il avait peur de troubler l'atmosphère, l'air si apaisant qui baignait la pièce, il répondit qu'il s'en doutait.

– Je vous écoute, sourit Florinda Foldan, calée au fond d'un divan vert absinthe débordant de coussins assortis, multiformes – cœurs, piques, trèfles, losanges.

– Je vous écoute aussi.

– Que voulez-vous savoir?

Il se lança :

– Vous étiez la maîtresse de Cyrus Gagnew depuis quand?

– Quelques années.

– Ça a commencé comment?

– Nous nous sommes connus à Athènes. Je tournais un film.

Elle guettait sur le visage de David une réaction qui ne vint pas. Comme c'était beau quand elle roulait les *r*! Il aurait bien fermé les yeux, mais déjà elle précisait :

– Comme attachée de presse. Je n'aimerais pas jouer la comédie devant des caméras. La jouer dans la vie est bien assez pénible.

Ou elle en fait trop dans le style abnégation, ou c'est sa nature, jugea David.

– Je n'ai jamais su ce qu'il faisait là, sur le tournage. Peut-être avait-il mis un peu d'argent dans le film. Nous nous sommes revus, le soir même ou le lendemain, chez des amis. Il m'a présentée à des gens de sa famille, les rares avec lesquels il n'était pas en froid.

Le *r* de *froid* roula comme une vague, trouvant comme un faible écho dans la mélodie à la guitare sèche, évadée d'un pick-up invisible et qui s'ingéniait à retrouver le mouvement des vagues. Elle a dû mettre un disque en allant chercher à boire, pensa l'inspecteur. Pour me charmer.

Des vagues, oui. Partout dans la maison, du moins dans ce qu'en voyait David. Les grilles, la plage, la musique et les tableaux sans cadre où David noyait un peu son regard lassé. Il lui sembla brusquement qu'elle le dévisageait pour autre chose que pour ses blessures à la joue, à la lèvre, aux paupières.

– Il n'a jamais dit qu'il pourrait vous épouser? demanda-t-il.

– Nous n'en avons jamais parlé, mais je sais qu'il avait déjà connu trois divorces. C'était suffisant.

– Qu'est-ce qui vous fait croire que votre union se serait terminée par un divorce?

– Rien, une impression.

– Vous ne me demandez pas comment il est mort.

– Je l'ai lu dans le journal, je l'ai vu à la télévision, je l'ai entendu à la radio et, en plus, une voyante le lui avait vaguement prédit. Enfin, quelque chose dans ce genre. Elle avait dit, je me souviens : « Méfiez-vous des poisons. » Il avait ri. Beaucoup. Aujourd'hui, l'ironie du sort, ça ne m'amuse plus.

Il n'osa pas tout de suite poser la question que motivait pourtant l'air presque indifférent, dans la tristesse, qu'affichait Florinda Foldan. Elle décroisa les jambes, écrasa sa cigarette turque dans le terreau d'un pot de strelizias, et il hasarda :

– Vous n'étiez pas là, quand on a appelé, hier, pour vous avertir?

– En effet, non. C'est un mal?

David sourit en secouant la tête.

La musique avait cessé.

– Je peux savoir où vous étiez?

– Je vous l'aurais déjà dit hier soir, si notre conversation n'avait été coupée. J'ai attendu que vous rappeliez, vous savez.

Il ne dit pas qu'il avait téléphoné d'une cabine, elle se serait dit quel farfelu.

– J'étais chez mon amant.

David n'avait donc plus de raison de retenir plus longtemps sa question :

– L'amour entre Cyrus et vous, c'était donc terminé?

– La question classique!

– Quelle est la réponse?

– Ambiguë : nos sentiments sont le reflet de la vie que nous menons, je pense, et vice versa. Cyrus vivait bizarrement, il était donc bizarre, et moi aussi. En ce qui le concerne, je crois bien que c'était de famille.

– Famille riche?

– Richissime. Mais il n'entretenait plus aucun rapport avec elle depuis qu'il avait simulé un enlèvement pour leur extorquer un milliard. Qu'il n'a jamais eu, d'ailleurs. Les milliardaires n'ont d'autres enfants que leurs dollars, n'est-ce pas?

– Ça ne me dit pas...

– Excusez-moi! Au début, nous étions inséparables, puis il s'est mis à vouloir sortir beaucoup. Moi, au contraire, je n'aime que le repos. Les gens qu'on rencontre me brouillent la vue, j'en deviens aveugle et sourde, oui, oui, ça m'arrive. J'ai peur de la foule.

– Et c'est suffisant pour...

– Pour tiédir un amour, oui. Surtout que ça n'avait quand même pas été la passion. Je crois bien, même, qu'au début il m'avait prise, aussi, pour que je fasse parler de lui.

Il la trouva sévère, désenchantée, et songea également que Cyrus Gagnew n'avait pas su saisir une chance comme celle-là. A moins que Florinda, bien sûr, ne joue la comédie. Dans ce cas, elle n'en faisait ni trop ni trop peu. Mesure pour mesure.

– Il avait des maîtresses?

– Oui.

– Plusieurs à la fois?

– J'imagine.

– Vous ne savez donc pas où il a passé la nuit qui a précédé sa mort?

– Peut-être que si.

– Mais vous ne voulez pas le dire.

– Je n'ai pas à dénoncer quelqu'un qui m'est tout à fait étranger.

Il n'y avait plus de doute : elle craignait quelque chose et ce qu'elle redoutait la forçait à jouer l'indifférence, peut-être même à orienter par ses réponses les prochaines questions de l'homme qui était en face d'elle, irrité mais, déjà, imperceptiblement conquis. Si l'on pouvait mener, sinon les enquêtes, du moins les interrogatoires par téléphone, il n'y aurait pas ce moment d'abandon des armes qu'est une rencontre, presque inévitablement, et ce don de sympathie que, sauf cas d'exception, on apporte à l'autre en même temps qu'il vous l'offre.

Et puis, dans les yeux noisette de Florinda, cete lueur soudaine. Affolée, tellement affolée, semblait-il, que David pensa qu'elle pouvait d'un instant à l'autre se jeter sur lui pour qu'il la protège. A moins que ce ne soit un vieux fantasme, dans ce cas il fut chassé par la sirène d'un paquebot qu'on pouvait imaginer, au moment de la brume du soir, disparaissant pour la nuit là où se brouillent les lignes, les traces.

– Le nom de votre amant, est-ce que je peux vous le demander? lança David en se forçant.

– Vous pouvez, mais cela non plus, je ne vous le dirai pas.

– Il est marié?

– Pas que je sache.

– Et vous ne vous installez pas à ses côtés?

Elle détourna les yeux, elle ne lui présenta que son profil quand elle lui répondit :

– Je suis à ses côtés depuis tant d'années...

Plus il l'observait, plus il la sentait assujettie, et s'il n'osait trop y croire pour ne pas tomber de haut, il était néanmoins contraint de se rendre à l'évidence et c'est armé de son courage, de toutes ses habitudes retrouvées en un instant de muflerie, qu'il laissa tomber :

– Vous avez tout pour être heureuse, en apparence. Mais lequel est-ce, de Cyrus ou de l'autre, lequel est-ce qui vous oblige à vous droguer?

La réaction de Florinda ne tarda point : le verre avec lequel elle jouait depuis un moment tomba et roula, heureusement vide, dans les longues mèches de la moquette, tandis que ses cheveux noirs suivaient en cascade lente le mouvement de sa tête et de son corps qui chutaient en avant.

– Pardonnez-moi, fit, en se levant, David qui n'aimait pas s'excuser comme tout le monde.

Alors, Florinda se mit à ramper sur le sol, le visage enfoui dans la moquette, les coudes relevés. David la saisit aux épaules. Elle tremblait et prononçait des phrases peu distinctes, des mots étranges d'une langue qu'elle devait inventer à mesure que son manque devenait plus fort, que la crise augmentait d'intensité. Là, elle ne joue pas, pensa David en la forçant à se relever.

– Je la sentais venir, depuis tout à l'heure, articula la jeune femme. Vous avez dû remarquer que je vous regardais d''une drôle de manière. En fait, je ne vous voyais plus. Plus du tout.

– Quelle drogue est-ce?

– Je ne peux pas vous le dire.

Ça non plus. C'est fou ce qu'elle disait ne pas pouvoir dire, et, malgré cela, David Géant n'arrivait pas à la ranger dans le camp d'en face. M. le Préfet n'eût guère apprécié ce genre d'a priori, mais comme il n'était pas, sauf erreur, caché dans les armoires claires de la villa Virginia Woolf, David pouvait bien se permettre une indulgence, et le téléphone sonna.

Florinda sursauta, avec un petit cri. David craignit que sa crise ne reprenne, mais déjà elle décrochait :

– Qui? Oui, un instant, je vous le passe.

Elle tendit le combiné à David, mais en se penchant elle vacilla et retomba sur la moquette, en croisant ses bras, en se griffant la peau des avant-bras, en rampant autour des chevilles de David qui dit :

– Mais oui, c'est moi.

Lauren était au bout du fil, qui demandait si Florinda Foldan, dont elle ignorait encore les nom et prénom, elle dit juste : la femme fatale, était bien ou pas.

– Droguée. Je l'emmène.

Lauren siffla, tandis que Florinda, en rampant, renversait un lampadaire, sa chevelure se nouant aux pieds des tables basses et des sièges.

– C'est tout? s'informa David en soulevant le fil du téléphone, des fois que Florinda voudrait s'étrangler avec – il y avait déjà assez de la vieille Osiris.

Mais ce n'était pas tout : un certain docteur Charles Morelli avait appelé trois fois l'inspecteur Géant, Géant mon œil, ajouta Lauren, pour signaler la disparition du cadavre qu'il tenait au frais dans la cave de sa jolie villa.

6

Le sédatif qu'avait administré cette bonne amie de Suzanne, appelée à la rescousse comme toujours en cas de coup dur, à Florinda Foldan ne s'était pas révélé moche puisqu'elle avait dormi toute la nuit, toute la matinée et qu'elle dormait encore quand Lauren et Lynette Rochat, sa copine coiffée 1944, prirent l'ascenseur qui ne se pressait jamais pour grimper jusqu'au septième étage, où Lauren crut d'ailleurs bien avoir perdu la clé de l'appartement à la plage. Lynette fulminait déjà, dans sa robe à fleurettes, quand Lauren la retrouva, planquée entre deux barres de chewing-gum à l'abricot, cent pour cent chimique, une merveille, et trois rangées de pilules antimôme.

Quand elles entrèrent, elles eurent beau faire, sans malice, tout le bintz qu'on fait généralement entre treize et dix-huit ans, rien n'y fit : Florinda dormait toujours, en travers du lit de Lauren, le peignoir entrouvert sur deux mandarines.

Elles s'affalèrent dans les transats du balcon.

– Qu'est-ce que tu fais, toi, ce soir? demanda la fille de David.

– Rendez-vous.

– On peut savoir?

– Non, je serais obligée de te dire un gros mensonge.

– Comme si ça allait t'empêcher de fermer l'œil. C'est le Redford à moustaches qui t'a montré sa queue en sciences nat?

– J'aurais mes chances, mais c'est pas ça.

– Je suppose que tu vas me dire n'insiste pas.

– Exactement.

Elles burent du jus de fruits sans sucre, c'était écrit sur l'étiquette et, comme deux bécasses, elles y croyaient.

– Comme tu voudras, ma vieille.

– Et ton vieux? fit Lynette d'une voix pointue.

Du point de vue strictement visuel, Lynette Rochat avait le charme rural d'une publicité pour yaourt de ferme made in Basse-Normandy. Potelée, le teint frais, la bouche pas vermeille. Dans ses yeux passaient des poissons coquins à défaut d'une intelligence que ses parents, des anciens potes de David, avaient omis de lui léguer : ils n'étaient, eux-mêmes, pas outillés pour.

– Il arrive. Je l'attends.

– Et il va venir, c'est sûr. Tu as de la chance. Moi, les miens, ça fait plus de seize ans que je les attends. Ils arrivent jamais. Quelquefois, j'ai envie de foutre le camp, et puis, j'ose pas.

– Tu me l'as déjà dit mille fois. Qu'est-ce que tu veux que je te réponde? Barre-toi. Ou fais-leur un coup vache.

– Je peux pas. J'aime pas leur raconter des histoires.

– Pourquoi? Tu leur en racontes?

Lynette évita de répondre en regardant l'heure et dit que c'était à sept heures et demie, dis donc, je vais être en retard, qu'on lui avait donné rendez-vous.

Elles s'embrassèrent sur le seuil, et Lauren n'eut

même pas besoin d'appeler l'ascenseur pour son amie, car, au moment où elles allaient s'embrasser une seconde fois, la porte s'ouvrit et David dit bonsoir les filles.

– Salut.

– Salut, Lynette. Tes parents vont bien?

– Oui, hélas!

Quel numéro, se dit David quand la copine de Lauren s'en fut allée. Il avait eu une journée harassante : les recherches concernant le passé de la vieille Osiris n'avaient rien donné, les habitants de l'immeuble où il s'était fait tabasser étaient tous en congé maladie, ailleurs qu'à Nice bien entendu, et même au Derrida's on n'avait pas pu dire grand-chose aux adjoints de l'inspecteur Géant. Simplement qu'Osiris montait un soir sur deux sur le guéridon, histoire de montrer ses dons et son cul, et qu'elle vivait seule avec son doberman, dans le dernier hôtel particulier de la promenade des Anglais. Si elle avait vécu, elle aurait touché gros pour son expropriation. Quant aux cannes blanches, personne ne les avait vues : comme avait dit Salvatore, y en a, parmi tous ces témoins à la manque, qui auraient sacrément besoin d'en acheter une. Enfin, seule relative satisfaction, David avait rendez-vous le lendemain avec le docteur Morelli : après tout, on avait le temps.

– Tu m'invites? tenta Lauren.

– Pourquoi pas?

– Cinoche ou resto?

– Les deux si tu veux.

– Impossible. Je te plaque à dix heures.

– Trop aimable. Qui est l'élu?

– Un poète, mon cher.

– Tu veux de l'argent?

Elle dit qu'elle lui en avait piqué, dans la poche de sa vareuse, pendant qu'il prenait sa douche, et comme

Florinda dormait toujours, ils ne l'invitèrent pas à les accompagner sur le port.

« Chez Solange » est réputé pour ses fruits de mer, mais David prit une choucroute (bien) garnie (aux poissons) et Lauren des crevettes à la neige, à la nage rectifia le serveur, avec du Pepsi. Puis elle se lança dans quelques déductions dont celle-ci :

– Histoire de came, alors?

– Sois pas vulgum.

– C'est la faute à mes lectures. Les traductions de Chandler laissent à désirer.

– Si tu ne te faisais pas les ongles en classe d'anglais, bientôt, tu pourrais le lire dans le texte.

– Oui, mais ce serait trop bien. J'aime mieux quand c'est moins bien. On n'est pas obligé de respecter.

– Puisque tu as rendez-vous avec un poète, prends du café.

– Merci. Plutôt une banane royale.

David ouvrit des yeux incrédules et pensa qu'il devrait la ramener dans ses bras, puis songea qu'au fond Florinda ne devrait plus tarder à se réveiller et qu'alors, sans doute, elle s'affolerait, elle appellerait, elle crierait.

Tu débloques, David.

– Et le Gagnew, tu crois qu'il se droguait?

– Trop malin pour ça. Et l'autopsie a révélé le contraire.

L'addition, merci. Lauren sauta dans un taxi, et David la vit se perdre dans les flots de voitures, les petites lumières rouges qui le faisaient penser, toujours, à l'Amérique où il n'était jamais allé qu'en rêve, de série noire en série blême. A quoi bon faire le voyage, du reste? Il n'était pas pressé de vérifier que le technicolor, dans la vie, ça n'existe pas. Parfois, l'inspecteur de la mer nageait dans des abîmes.

Florinda l'attendait, assise en tailleur sur le lit. Dans l'obscurité.

– Vous auriez pu allumer.

– Non, je préfère le noir. Pour les visions, c'est bien.

– Vous avez des visions, même en état de manque?

– Ce n'est pas exactement un état de manque. Mais j'en ai. Elles sont différentes, mais j'en ai. A propos, je vous remercie.

– De quoi?

– Je vous suis très reconnaissante de ne pas m'avoir fait examiner.

– Pas de quoi! A propos, vous connaissez le docteur Morelli? fit-il en dénouant sa cravate jaune en laine. Sous ses aisselles, la chaleur avait peint des auréoles qui s'obstinaient à ne pas vouloir se résorber. Sur les murs tendus de toile de jute mastic, des affiches de films japonais voisinaient avec des copies de Buffet Bernard consacrées à des femmes en gaine. Une idée de Suzanne, un cadeau.

– J'aimerais mieux pas, répondit Florinda, qui avait légèrement tressailli.

– Sympathique?

– Odieux.

– Dans quel sens?

– Dans le sens où un homme profite de votre désarroi pour vous avilir et vous enfoncer davantage.

Elle s'interrompit. David se gratta la poitrine à hauteur du cœur, pensa qu'il crèverait probablement bientôt d'un infarctus et demanda à Florinda dans quelles circonstances elle avait rencontré le docteur Morelli.

– Dans diverses circonstances : une première fois avec sa femme, au cours d'une des rares soirées où je me sois laissé entraîner. La seconde, chez lui. J'avais peur d'être enceinte.

– Vous n'aimez pas les enfants?

– On peut les aimer sans en vouloir. Et celui-là m'était interdit.

A l'évidence, elle n'en dirait pas davantage et David commençait à se reprocher de l'avoir ramenée chez lui quand il lui vint une idée :

– Le docteur Morelli n'est pas le seul médecin de Beaulieu. Et, d'après les renseignements dont je dispose, il est généraliste.

– C'était le seul qui fût un ami de Cyrus.

Bien sûr, Cyrus.

– Parce que c'était Cyrus qui ne voulait pas l'enfant?

– Non, c'était moi.

– Et lui? Pardonnez-moi d'insister.

– Lui, il n'était pas le père.

Il faillit dire j'aurais dû m'en douter, mais il était bien assez goujat comme ça dans la vie courante. Il préféra demander :

– Cyrus Gagnew connaissait beaucoup de monde. Mais avait-il dans ses relations un gardien de musée d'histoire naturelle, ou quelque chose d'approchant?

– Ça m'étonnerait.

– Il était trop snob?

– Dans un sens, oui. Énormément. Quel rapport avec le docteur Morelli?

Il s'assit près d'elle. Équipage, d'Hermès. Il avait cette odeur en lui depuis qu'il l'avait prise dans ses bras, la veille, pour la coucher sur la banquette arrière de sa Méhari prune.

– Le docteur Charles Morelli vient de me faire savoir que le cadavre d'une jeune fille, qu'il conservait je me demande bien pourquoi, lui a été subtilisé.

– C'est très étrange. Il ne vous a pas dit pourquoi il gardait ce cadavre?

– Pas encore. Je le saurai sans doute demain.

– Est-ce qu'il vous a décrit cette jeune fille? interrogea Florinda, dont David nota la nervosité soudaine.

– Je ne l'ai pas eu personnellement au téléphone, et je crois me souvenir que ce n'est pas lui qui m'a directement appelé. Mais, d'après ce que m'ont dit mes adjoints, il n'a encore livré aucun détail. Pourquoi cette question?

– Parce qu'on n'est jamais trop jeune pour mourir, laissa tomber Florinda, mais ce n'était pas une réponse et après lui avoir, de nouveau, donné un sédatif, après l'avoir couchée, Lauren dormirait sur le canapé-lit du living, David plongea dans ses draps couleur café.

Du temps où il n'était que David, il aurait instantanément trouvé le sommeil, rassuré par la présence et le souffle régulier de celle qui l'avait rendu heureux, trop peu de jours, mais depuis longtemps il avait du mal à s'endormir : revoir le passé, se raconter des histoires anciennes et roses suscite le sommeil, disent les livres, mais pour lui ce n'était pas vrai. Aussi David Géant, ce David qu'il n'aimait pas, dut, pour s'endormir enfin, se masturber, en pensant à Jean Harlow.

7

Il n'y avait guère que des journaux féminins dans le salon d'attente du docteur Morelli. Des patios sur papier glacé à 12 F le mensuel, des hebdomadaires pour maigrir sans y penser et puis, oublié ou placé là exprès, entre deux *Marie-Claire* un peu froissés, le journal du matin. La photo qui était présumée rendre hommage à Magdalena Polipesco, dite Osiris, ne la rajeunissait que d'un an, grand maximum. On pouvait lire, en encadré, sa biographie, et David secoua la tête en se disant que, vraiment, elle avait pas eu de chance : ses deux filles étaient mortes en déportation, elle-même avait subi des expériences, on ne précisait pas mais ça suffisait amplement à vous dégoûter de pas mal de choses, à commencer par les salles d'opération.

David s'étonnait de voir qu'à l'intérieur des vitrines de l'énorme bibliothèque brûlaient, même en plein jour, des tubes de néon. Prétention nouveau riche, jugea-t-il, et pour éclairer du Georges Duhamel, vraiment, quel gaspillage. Il y avait aussi du Georges Ohnet, du George Eliot et du George Sand, mais l'inspecteur Géant était persuadé qu'en ôtant le premier rang de bouquins on devait pouvoir trouver des trucs pas mal, mais, comme il ne pouvait en aucun cas se le permettre, il dit simplement je vous suis à la femme blonde qui lui dit le docteur vous attend.

– Et vous, qui vous attend?

– Ça dépend des jours.

Plus il la détaillait, qui le précédait le long du couloir, et plus elle lui rappelait, non pas une personne particulière, mais un souvenir. Comme si on lui avait parlé d'elle.

Quand elle le laissa enfin en présence du docteur, David se sentit maladroit. Pourtant, il n'avait encore rien dit, rien tenté, mais quelquefois resurgissaient en lui des complexes, sans raison apparente, et il était alors capable, d'un seul geste un peu trop raide ou d'un décalage entre sa parole et sa pensée, de changer une digne attitude en gag pitoyable.

Le docteur ne se leva pas pour lui tendre la main, et David se sentit encore plus empoté. Charles Morelli se contenta de lui montrer, de son scalpel, l'un des deux fauteuils, devant son bureau en fer à cheval. Le cabinet s'étalait en longueur et on devait vite avoir l'impression d'y étouffer, peut-être à cause des plantes qui grimpaient le long des murs, et même si, derrière le haut fauteuil Louis XIII où le docteur, pour jauger l'inspecteur, avait joint le bout de ses doigts, le scalpel posé devant lui, même si la mer était visible, au travers des groupes d'oliviers dont l'envers des feuilles bruissait en brillant sous le soleil. Du sol montaient des piles de livres et David remarqua que l'un des pieds du bureau en arc de cercle était fait d'un amoncellement bohème de boîtes de médicaments, incroyables, de toutes les tailles.

– Qui vous a donné mon numéro de téléphone personnel? s'enquit l'inspecteur, dès qu'il fut assis.

– L'annuaire, qui est épatant pour ce genre d'opérations.

– Entendu, mais pourquoi précisément moi?

Instantanément, ses complexes avaient fondu.

– Parce que Beaulieu-sur-Mer recèle davantage de retraités richissimes que de policiers de valeur, que le seul inspecteur de la localité m'a volé mes trois premières assistantes pour en faire ses maîtresses ou je ne sais quoi et enfin parce que ma dernière assistante, Marie-Odile, que vous avez vue tout à l'heure, vous a trouvé séduisant dans le journal.

Ça remontait à quinze jours environ. On avait pu admirer, en effet, David et Lauren s'ébattant dans la baie des Anges encore un peu fraîche. Entre eux, Marlon Brando, hôte d'honneur de la ville, où il devait tourner un film qui depuis avait été retardé, tentait de cacher sa calvitie en ramenant à toutes forces ses derniers cheveux en avant. Lauren l'avait trouvé chouette, quoique un peu rude, surtout quand il ne parlait plus de Tennessee Williams et de pollution. Naturellement, David ne crut aucune des explications que venait d'avancer, d'une voix encore plus suave que prévu, le docteur Morelli. Celui-ci écrasa une mouche dans le cendrier en forme de phallus et David en profita pour tirer un carnet rouge de son jean bleu.

– C'est très aimable à vous d'avoir appelé, enfin d'avoir demandé à votre assistante, c'est bien ça, de nous appeler pour nous signaler qu'un cadavre venait de quitter votre domicile, mais pourquoi n'avoir pas signalé qu'il avait pris pension chez vous?

– Elle.

– Comment?

– Elle avait pris pension. Il s'agit d'une jeune fille, qui était morte depuis, disons, quelques heures. Un jour, pas plus.

Le docteur cessa de parler un instant, le temps de balayer l'air chaud de la pièce avec son scalpel, puis reprit :

– Bien sûr, j'aurais pu... Mais je voulais tenter une expérience.

– Savez-vous que c'est interdit?

– Évidemment, sinon où serait le charme? Mais je ne parle pas du type d'expériences auxquelles vous semblez faire allusion. Je désirais simplement savoir combien de jours passeraient avant qu'on ne signale une disparition. Cette jeune fille, très jolie, m'a-t-il semblé, malgré le désastre causé par les projectiles, que voici d'ailleurs (il sortit de la poche droite de son veston en madras, trois ans de retard sur l'avant-dernière mode, quatre projectiles bien propres et les tendit à David), cette personne avait certainement une famille.

– Vous savez, si elle vivait seule, on peut très bien ne pas s'inquiéter avant des jours et des jours. Pouvez-vous me la décrire?

– Jeune, oui. Très jolie. Cheveux châtain clair. Elle ne portait qu'un maillot de bain ultra-révélateur. De chez Saint-Laurent.

– Quand l'avez-vous découverte?

– Ce n'était pas moi, mais ma femme, qui était allée faire une promenade en mer avec Paul.

– Paul?

– Mon rival.

– Parfait, fit David, sans se rendre compte. Connaissiez-vous cette jeune fille, je veux dire : l'aviez-vous déjà vue quelque part?

Le docteur Morelli ne réfléchit même pas une seconde pour répliquer :

– Absolument pas. Et je puis vous dire qu'Hélène, mon épouse, et Paul sont dans le même cas.

– Si vous n'y voyez aucun inconvénient, je le leur demanderai moi-même.

– Je vous en prie. Ils doivent nous attendre au soleil.

– Encore une ou deux questions : à quelle heure a-t-on subtilisé le corps ?

– Sans doute dans l'après-midi. Pendant l'heure de la sieste. Ma femme et son amant étaient au premier étage en train de faire l'amour et, comme je suis en vacances, je crois bien que j'étais dans ma chambre, écoutant de la musique. Mahler, me semble-t-il. La cinquième symphonie. L'adagietto, vous connaissez ?

On s'est tous emmerdés à *Mort à Venise*, pensa David.

– Elle a donc été assassinée ? coupa-t-il.

– Mais oui, c'était évident.

– Aucun signe particulier, sur son corps ?

– Je vous l'aurais dit tout de suite.

Morelli en avait assez, visiblement. David aussi. De lui. Il se leva :

– Allons voir votre épouse, fit-il d'un ton sans réplique.

– Passons par là, répondit le docteur en ouvrant la porte-fenêtre.

Le ponton de bois où était amarré le Riva et sur lequel étaient étendus Hélène et Paul avait l'air d'une cicatrice sur la mer à la peau d'huile. On apercevait, pas très loin au large, des rameurs en huit barré, des pédalos paresseux et même deux ou trois amateurs de ski nautique qui pouvaient donner, l'espace d'un instant, l'impression que la saison d'été avait commencé alors qu'on en était encore à la mi-mai, et qu'il y aurait, peut-être, d'ici la mi-juin, des averses comme jamais, des orages gros comme ça.

Allongé sur le ventre, Paul les vit le premier. Il se mit debout et éternua.

– Il n'arrête pas, lança Hélène. Par moments, c'est très gênant. Inspecteur Géant, *I presume* ?

D'emblée, David la trouva séduisante mais fabriquée. A la fois désirable et froide.

– Voyez, c'est ici, exactement, que nous avons trouvé cette pauvre fille.

– Elle flottait bien, intervint Paul.

– Avant ou après la promenade?

– Après, quelle horreur! fit Hélène. Vous n'imaginez pas que nous aurions pu aller nous balader en mer avec l'image de ce corps criblé de balles?

– Je n'imagine rien, mentit David.

– Mais peut-être désirez-vous faire une promenade? Vous ne devez guère avoir le temps, d'habitude, et comme nous sommes dimanche...

– Très volontiers.

D'autant plus volontiers qu'il avait noté combien le docteur Morelli, à l'idée de cette sortie au large, avait paru contrarié. Maintenant qu'il avait à peu près épuisé la routine auprès du trio, il ne lui restait plus qu'à se coller à eux un moment encore, histoire de respirer le même air qu'eux, de surprendre un regard, de se familiariser avec l'hypocrisie parce que, pour David, c'était plutôt contre ces gens-là que ses confrères auraient dû s'acharner. Contre ces bourgeois qu'il enviait un peu, au passage, plutôt que contre ce qu'on appelait encore, allez savoir pourquoi, les gauchistes. Et lorsqu'il avait des pensées comme celle-là, brusquement, il se sentait drôlement plus jeune. Puéril même, auraient dit les fanatiques de la nuance.

– Vous, madame, et vous, monsieur Paul...

– Javal.

Ça disait quelque chose à David. Il poursuivit :

– Vous n'aviez jamais vu la morte?

– Jamais, firent Hélène et Paul dans un bel ensemble.

Lorsqu'elle posa le pied sur le Riva, David se demanda si elle n'avait pas appris sa démarche à l'Actor's Studio de New York ou peut-être qu'elle a lu les Mémoires de... Il avait oublié le nom du pontife de l'Actor's.

– Je vous attends ici, décréta Charles Morelli.

David se tourna vers Hélène, déjà installée au fond du canot, et dans ses yeux il vit une brève lueur de désespoir qui le suppliait de ne pas insister, par pitié, pour que son mari les accompagne.

– Si vous ne craignez pas les insolations, fit-il à l'intention du docteur Morelli, c'est d'accord.

– Et puis Marie-Odile s'occupera de lui, siffla Hélène, divine comme toujours dans l'insinuation, mais ça, David l'ignorait encore et Paul fit démarrer le canot, cependant qu'Hélène Morelli, les yeux posés sur son époux qui devenait petit, tout petit à mesure qu'on s'éloignait du ponton privé, laissait tomber : C'est un être adorable, vous savez. Il ferait un amant lamentable, mais, comme époux, il n'y a pas mieux.

Et, se penchant vers David, elle lui glissa :

– Je me demande même pourquoi d'ici deux mois nous aurons divorcé.

David dit que cela c'était son problème et Paul éternua.

– Vous pouvez vous mettre à l'aise, permit Hélène.

David retira sa chemise et songea que si M. le commissaire divisionnaire le voyait, poitrail velu au vent, ça confirmerait définitivement ce qu'il pensait de lui et de sa manière de mener les enquêtes, mais le commissaire divisionnaire était en villégiature aux Antilles pour huit semaines, et David pouvait bronzer tranquille avant de mourir idiot. Il garda tout de même son jean parce qu'il moulait beaucoup plus éloquemment son sexe que ne l'eût fait un slip de bain : mieux vaut faire envie que pitié.

Il respira à pleins poumons : l'odeur de l'essence, qui polluait les vagues, valait pour lui tous les 5 de Chanel de l'univers. Il s'étendit sur le dos, entre Hélène Morelli et son amant, ce Paul Javal dont le nom lui trottait par les méninges depuis un bon moment, et il oublia sans mal les cadavres semés sur sa route solitaire pour ne plus penser qu'au bonheur d'être en mer. Il ne lui manquait que Lauren pour goûter un plaisir sans mélange.

Ça ne l'empêcha pas de risquer :

– Y aurait-il des jumelles à bord?

– Plutôt deux paires qu'une, répondit Hélène, luisante d'ambre solaire, passablement inutile d'ailleurs : qu'elle le veuille ou non, elle pèlerait avant la fin de la semaine à venir. Paul adore violer l'intimité des gens. C'est d'ailleurs ce qu'il viole le mieux.

Les mains rivées au volant du Riva, Paul ne fit pas attention à cette minuscule méchanceté gratuite. Il se demandait plutôt pourquoi l'inspecteur réclamait des jumelles, tout à coup. Surtout qu'on n'avait pas besoin d'elles pour apprécier le paysage. Pas une brume sur les collines, pas un nuage sur les massifs de pierre grise où cognaient les rayons et, si le canot s'était brusquement arrêté, on n'aurait plus entendu, alors, que le silence qui remplissait à cette heure-là les aquariums du temps. La dentelle grossière des villas plantées sur les rochers, à tous les niveaux entre la mer et les hauteurs, habillait la côte en confection.

– Il n'y a rien à voir, fit Hélène, à demi assommée par la chaleur.

– On ne sait jamais, rétorqua David.

– Si vous cherchez à observer notre villa, nous sommes trop loin.

David ne dit pas qu'il avait dans la tête autre chose, car, débouchant d'un groupe de rochers qui finissaient une presqu'île, il aperçut un canot automobile lancé à toute allure et qui venait vers eux, poignard blanc déchirant les vagues arrondies.

– Vous avez vu ce cinglé? dit Paul en donnant un coup de volant un peu brusque.

Hélène tourna sur elle-même et lâcha sa cigarette.

– On dirait qu'il nous en veut, reprit Javal.

– Je dirais même plus, qu'il nous suit, fit David. Passez-moi les jumelles.

Paul lâcha le volant pour les tendre à David, et le Riva fit une embardée. Des paquets de mer, d'écume et de sel mêlés s'abattirent sur le canot et ses occupants. Les cheveux d'Hélène n'étaient plus du tout beaux à voir et il eût fallu avoir très faim pour désirer les caresser.

– Plus vite! hurla David.

– Difficile, ânonna Paul, affolé.

Le hors-bord se rapprochait, mais David n'avait pas un équilibre suffisant, debout ou même couché, pour braquer les jumelles dessus et tenter d'identifier le pilote.

– Est-ce qu'il y a des poissons volants, en Méditerranée? hasarda Javal.

– Peu, fit Hélène.

– Alors, on nous tire dessus, conclut Paul, et David fut exactement du même avis, surtout qu'il faillit recevoir une balle dans l'œil.

Ce fut Oscar Peterson qui la reçut, en plein milieu de *Waves*, dans le transistor, pulvérisé en un éclair.

Hélène arracha les jumelles des mains de David, sans doute pour se rendre utile, mais le Riva frappait l'eau avec trop de violence, et, comme elle avait encore moins le pied marin que David, elle se démenait en pure perte. David se rendit compte que le conducteur du hors-bord blanc était seul et coiffé d'une casquette de marin, ou d'autre chose, en tout cas d'une belle casquette style officier.

Mangez du yaourt Rigolo, c'est le soleil dans votre

pot, disait une banderole qu'un avion de tourisme écarlate traînait dans le ciel bleu pâle.

Paul avait rebroussé chemin et tentait de regagner le port privé des Morelli. C'est à ce moment-là que la surprise se produisit : le canot qui les avait pris en chasse lui aussi rebroussa chemin, sans changer de vitesse, et il s'éloigna vers le large, tandis qu'Hélène reprenait ses esprits, plus vite que Paul. Celui-ci ralentit l'allure dès qu'on fut à une distance raisonnable du ponton des Morelli et, comme Hélène frissonnait, Javal confia le volant à David pour aller la prendre dans ses bras. S'ils avaient été tous les deux seuls, il lui aurait fait l'amour, mais, comme il y avait quelqu'un en plus, il n'osa pas. Pourtant, David Géant n'aurait rien trouvé à redire à ça. Sa chemise et son blouson d'acrylique roulés en boule chiffonnée au fond du bateau, les yeux brûlés par le sel et la réverbération, il ne pensait qu'au tireur dans son hors-bord. D'où venait-il? Où allait-il accoster? Qui l'envoyait? Pourquoi les avait-il abandonnés brusquement?

Ça n'avait peut-être aucun rapport, mais le docteur n'était pas sur le ponton pour les accueillir.

Attirées, comme fascinées, par la lampe-torche qu'on braquait sur elles, les murènes affamées sortirent de leurs trous, leurs yeux ronds et vides posés sans le voir sur l'homme en noir qui les aveuglait, souriant, en promenant la torche tout autour de l'aquarium où les murènes s'entortillaient entre elles et se mordaient, ennemies par plaisir. De sa main gantée de noir, l'homme laissa tomber dans l'aquarium deux poussins. Les murènes se ruèrent, gueule béante. Affreuses. Alors, l'homme braqua la torche, à la verticale, sur son propre visage et se regarda à travers l'aquarium aux murènes. Avec ses yeux morts et sa peau dévastée, il trouva qu'il leur ressemblait.

8

L'adjoint était en faction depuis trois quarts d'heure environ devant la villa Virginia Woolf lorsqu'il entendit très distinctement la sonnerie du téléphone. Dès qu'elle eut cessé, il grimpa d'un bond sur le mur de la clôture, râpa son coude aux tessons de bouteille protecteurs et retomba souplement dans le jardin. Lorsqu'il fut arrivé devant la fenêtre de la cuisine, il nota une nuance d'angoisse dans la voix de Florinda qui venait de répéter, pour la quatrième fois :

– Qui téléphone ? Oui, c'est moi.

Elle ramena en arrière une de ses mèches et commença à trembler. L'inspecteur Salvatore la voyait nettement, car la cuisine donnait directement, sans porte de séparation, sur le living.

– Parlez.

La mèche retomba sur le front de Florinda.

– Parlez plus fort. De toute façon, je me doute bien...

La mer s'était un petit peu démontée. Florinda aussi.

– Je vous en supplie. A genoux.

La mèche couvrait presque l'appareil, caressant le combiné.

– Parlez.

La respiration qu'elle distinguait à l'autre bout du fil lui coupa la sienne quelques fractions de seconde. Ses narines se pincèrent, et tout, autour d'elle, devint jaune. Jaune doré. Comme une gelée d'or coulant vers elle et recouvrant les meubles, les cloisons, les objets. Elle renversa sa tête en arrière comme elle le faisait fréquemment.

– Je vais, je vais raccrocher.

L'inspecteur Salvatore était convaincu que la personne qui tenait tant à effrayer Florinda devait connaître ses moindres habitudes et surtout sa capacité d'affolement.

La mer avançait lentement. On prétend qu'elle n'avance pas, que ce sont des ondes, mais c'est faux. Du moins à l'œil nu. Vers Florinda progressait également cette lave dorée, qu'elle confondait presque, maintenant, avec la mer, cette lave dorée qu'elle voyait chaque fois qu'elle avait très peur.

– Oui, je sais que vous êtes là. Vous m'avez déjà appelée hier. Vous me guettez, vous voulez quoi?

Dans son rêve, dans son flottement, il y avait aussi un enfant, qui marchait à petits pas sur l'onde jaune, sur l'onde d'or, sans difficulté, en l'effleurant à peine.

– Enfin...

Salvatore aurait donné cher pour entendre la voix que Florinda, soulagée, venait de recevoir.

– Je savais, j'étais sûre...

Elle se tut, elle écoutait.

– Non, protesta-t-elle. Non. Je ne peux pas. Pas ça. On ne peut pas me demander une chose pareille.

Est-ce qu'elle était consciente, est-ce qu'elle inventait cette voix au téléphone, est-ce qu'elle jouait pour l'inspecteur, qu'elle avait sûrement repéré, un rôle de victime, est-ce que... Finalement elle raccrocha. Comme par magie, la mèche rebelle réintégra son pli d'origine et, à six heures, la mer, qu'elle fût jaune ou vert bouteille, enveloppa Florinda Foldan.

La pochette caramel du trente-trois tours bousillé de John Coltrane était si brillante qu'on pouvait très bien s'y mirer. Lauren le faisait d'ailleurs treize fois par jour. Uniquement vêtue d'un poncho à larges mailles aubergine et de sandales égyptiennes, elle n'arrivait pas à déterminer si elle était mode ou seulement décadente lorsqu'un bruit sec dans la serrure lui indiqua que son flic de père était de retour. Elle lança une fléchette sur le portrait de la reine Victoria en bermuda collé au mur et l'inspecteur David Géant parut. L'œil en vadrouille, le cheveu en broussaille, trempé, un coup de soleil sur le nez. Il sourit faiblement tandis qu'elle ôtait le disque du plateau de l'électrophone à piles.

– Toi, tu as encore failli mourir, soupira Lauren.

Il l'embrassa sur le front et s'écroula contre elle.

– L'eau était bonne?

– Exquise. Et piégée, ricana David.

En passant d'autres vêtements, il lui raconta.

– Ta conclusion? cria-t-elle depuis la cuisine où elle préparait en même temps un grog et un bain de pieds.

– J'aurais mieux fait d'être alpiniste. A part ça, rien. Le marasme.

Et il finit par avouer:

– Je suis un naïf.

– Ça ne date pas d'hier.

– En tout cas, j'ai vu des choses curieuses.

Il pensait au trio Morelli.

– Moi aussi, lança Lauren en débouchant la bouteille de rhum. Le prof de philo a voulu me violer.

– Lui aussi? Il a du goût.

En gros pull ivoire trop lâche à la taille, on pouvait

le prendre pour un très vieil étudiant abonné aux oraux et donnant des conseils à tous ceux qui passaient avant lui. Il ne lui manquait que la pipe, mais il se contenta de fumer une Pall Mall menthol qui ne le réchauffa pas. Heureusement vint le grog. David toussa un peu, et plongea ses pieds dans un bain à base d'arnica.

– Si tu veux mon avis, les Morelli t'ont invité à aller te faire descendre en pleine mer. Ils étaient de mèche avec le mec du hors-bord, c'est sûr.

– C'est une solution. A propos, ils nous ont invités à déjeuner pour demain. Ils veulent te connaître.

– J'en ai rien à foutre.

– Encore ton poète?

– Non, demain, il écrit une chanson sur Nice. Une commande du maire, à ce qu'il dit. Non, mais j'ai pas envie d'aller voir ces cons-là.

– Pourquoi des cons?

– Parce qu'ils ont voulu te tuer, tiens.

– Tu es trop bonne. Et si futée que je tiens à ce que tu sois là demain. Au cas où un détail m'échapperait.

– Finalement, tu devrais me faire appointer. Dis, tu crois qu'il y a un rapport entre Cyrus Gagnew et la fille en bikini?

– C'est ce qu'on voudrait que je pense, non?

– C'est comme si quelqu'un jouait avec toi, sans te donner tous les pions, ou en pipant les dés.

– Tu as trouvé ça toute seule? Je retire ce que j'ai dit, à propos de ta finesse d'esprit.

– J'ai de qui tenir, me dit-on souvent.

Elle lui essuyait les pieds, tendrement, et dans l'éclairage du soir c'était comme un Millet nouveau genre.

On sonna à la porte.

– Encore un emmerdeur. Si c'est pour les cannes blanches, envoie-le chier, fit David.

– Si c'est moi qui vais ouvrir, passe-moi ton Magnum.

– Ma chérie, il te faudrait trois mains pour le tenir. Non, j'y vais.

Il y alla, pieds nus.

C'était l'inspecteur Salvatore. Rouquin comme pas deux, et l'œil gauche au beurre noir.

– Qu'est-ce que tu m'annonces?

– Qu'il ne faut jamais peloter les cuisses d'une autostoppeuse belge. Cela dit, vous inquiétez pas, patron...

David lui fit les gros yeux.

– Excusez-moi, j'oubliais. J'ai laissé deux collègues aux alentours de la villa Virginia Woolf. Dites donc, vous savez que la belle reçoit des coups de fil plus ou moins mystérieux?

– Plus, ou moins?

David invita l'inspecteur Salvatore à s'affaler sur le canapé-lit, et Lauren, par politesse, replia ses jambes.

– Bizarres, en fait. A l'autre bout, y avait quelqu'un qu'elle connaît, manifestement, et qui prend un malin plaisir à lui foutre la trouille. Vous trouvez ça normal?

– Je ne trouve jamais rien normal, c'est trop facile. Mais ces appels ont sûrement un rapport avec le fait que j'ai amené Florinda ici, que je lui ai parlé, plutôt longuement, et surtout que je ne l'ai pas gardée dans nos locaux.

– C'est naturel, après tout : elle n'est pas suspecte.

– Pour l'instant, elle ne l'est pas, et c'est ce qui doit emmerder son correspondant.

– Si ça l'emmerde tant que ça, il n'avait qu'à laisser des indices pour la faire coffrer.

– Tu t'imagines qu'on laisse des traces sur un serpent, toi? Et puis, quelle raison aurait-elle eue de faire tuer son ami?

– Elle ne vous a peut-être pas tout dit.

David dut convenir que son adjoint n'avait pas tort : Florinda s'était montrée peu loquace et chacune de ses phrases ponctuait l'affaire d'un nouveau point d'interrogation.

– J'aurais peut-être pas dû la laisser retourner vivre à la villa, fit-il en baissant les yeux vers ses pieds qui avaient retrouvé, comme d'ailleurs l'ensemble de son corps épais, le goût de vivre.

Salvatore ajouta qu'elle ne risquait pas grand-chose, avec ses collègues et lui-même en faction quasi permanente aux alentours de Virginia Woolf, et Lauren en profita pour ironiser lourdement à propos des dons protecteurs de la police, sur lesquels elle avait des idées précises, quoique sans nuances. Une question d'âge. Comme ni Salvatore ni son père ne lui en demandèrent le détail, elle émigra dans la cuisine et quand elle en revint, avec deux boîtes de corned-beef et une salade pas lavée, ils passèrent à table.

– T'aimes ça, au moins? s'informa David.

– Ça me change du cheval. Tu sais, excusez-moi, vous savez que j'en bouffe midi et soir, quand je suis *at home.* Y a deux fois moins de calories chez le cheval que son ami le bœuf. Et c'est donc deux fois moins cher.

– Le donc est de trop.

– Quoi?

– Mange pendant que c'est froid.

Lauren se dit qu'avec un peu de chance, si l'inspecteur Salvatore avait un fils dans son style, et surtout avec sa couleur de tifs, elle se le ferait bien. Elle se disait tout le temps des choses comme ça, Lauren, sans doute pour se consoler de ne pas les faire vraiment, car c'était malgré les apparences une jeune fille très comme il faut. Pas couche-toi là, pas couche du tout. Une rêveuse, plutôt, tout bêtement.

– Je peux poser une question? hasarda-t-elle, à deux minutes du café.

– Pour t'en dissuader, faudrait t'abattre, maugréa tendrement son père.

– A votre avis, cette histoire de cadavre envolé, c'est vrai ou c'est du bidon? Voilà, c'est tout, maintenant je me tais.

Subjuguée par Guy Lux, en gros plan, Lauren était maintenant en train de verser le café, c'était gentil de sa part, vraiment, même si elle avait complètement oublié d'apporter les tasses.

– Ça ne fait rien, c'est du tergal, bredouilla Salvatore en épongeant son pantalon avec une serviette en papier.

Quand Lauren se fut enfermée dans la cuisine, munie de la casserole et d'un fou rire carabiné, David éteignit la télévision, tandis que Salvatore ôtait son pantalon en risquant :

– Qu'est-ce qu'elle voulait dire?

Il avait des dessous mandarine.

– Rien, comme d'habitude. Tu sais comme elle est.

Du coup, il la faisait passer pour une débile, et du coup, aussi, il s'en voulait de la diminuer aux yeux des autres, mais c'était le seul moyen qu'il connaissait de ne pas succomber à la béatitude bêtifiante que lui inspirait Lauren, à toute heure, en tout lieu. Une béatitude qui ne lui masquait d'ailleurs pas la logique de sa fille : peut-être n'était-il, en cette affaire, qu'une balle de flipper qu'on se renvoyait suavement, avant de la laisser engloutir par le trou noir des fins de partie.

Une heure plus tard, Salvatore renfila son pantalon sec et partit. La tache resta.

Odieux et inexplicable attentat, hier après-midi avenue Jean-Médecin, à Nice. Un convoi funéraire comprenant environ deux cent cinquante personnes à pied, suivies d'une trentaine de voitures, accompagnait Mme Renée Giberno, chocolatière en renom que toute la ville aujourd'hui regrette et pleure, lorsque, pour des raisons encore inconnues des enquêteurs, le corbillard explosa, dans la panique générale, causant de nombreux dégâts, pulvérisant vitrines et glaces des véhicules. Plusieurs proches parents de la défunte sont sérieusement blessés. Personne n'a, jusqu'à présent, revendiqué cet acte d'une inqualifiable lâcheté. Fait étrange : M. Lucien Terrazoni, directeur de l'établissement de pompes funèbres auquel appartenait le corbillard, a disparu de son domicile sans laisser la moindre explication.

9

Lauren était en train de se demander si oui ou non l'essence précède l'existence quand son père tomba du lit, les yeux rouges encore du bain de sel de la veille et le corps tout courbatu. Son thé de Ceylan l'attendait.

– Déjà au boulot? Tu m'étonneras toujours, bâilla David en se laissant tomber sur l'un des tabourets de la cuisine.

Sous les stores à demi relevés se glissait une clarté que les habitants de Dieppe ne connaîtraient pas avant leurs prochaines vacances dans le Sud. Il se gratta le sommet du crâne et prit de la viande froide, sur une soucoupe assiégée de mouches, qu'il chassa mollement.

– J'ai une interro écrite de philo, tout à l'heure.

– J'aurais pu te faire réciter.

– L'inspecteur Salvatore aussi. Seulement, vous étiez trop contents de regarder Guy Lux, la gueule ouverte.

– Tâche au moins d'avoir la moyenne.

– Ça dépend à côté de qui je serai assise.

Il vida son bol et avisa le canard.

– Tu es déjà descendue?

Il ne s'était même pas aperçu qu'elle portait déjà sa

salopette en grosse toile olive et son petit débardeur assorti.

– Ça valait la peine, jette un coup d'œil.

Elle déplia le journal et il prit connaissance de l'attentat. Laconique et mal imprimé, l'entrefilet manquait d'air entre une réclame pour séchoirs et la vie des poissons-chats russes.

Des isolés. Des isolés irresponsables. C'est toujours ce qu'on pense, dans un certain milieu, en pareil cas, histoire de soulager sa conscience avant de passer à autre chose. David n'en pensa rien.

– Si tu trouves ça intéressant...

– Oui, fit Lauren en se beurrant un toast. Surtout la disparition du mec.

– Ne me dis pas qu'il a piégé lui-même son corbillard.

– J'ai pas dit ça.

– De toute façon, c'est pas moi qui suis chargé de l'enquête, bâilla David.

– Non, évidemment. Ça t'arrange, hein?

– On peut pas faire trente-six choses à la fois. Moi, j'ai mes crimes, les copains ont leurs attentats...

Il s'interrompit : quelque chose la chiffonnait.

– Tu as peur pour tes petits amis gauchistes?

– Y a plus de gauchisme, et je te signale que ce sont autant tes amis que les miens. En principe.

– Moins fort, les murs ont des oreilles.

– Je m'en bats. Ce que je voulais dire, c'est qu'il y a d'un seul coup beaucoup de mystères sur la Côte d'Azur.

– Et encore, on ne sait pas tout, répondit David, pour la faire enrager.

Ça réussit : elle explosa.

– Mais enfin, bon Dieu! Tu es payé pour quoi? Un type mordu par un serpent, un cadavre qui met les voiles, s'il existe, une pauvre cinglée étranglée par ta faute, un corbillard dynamité, et toi, tu prends ton temps. Tu laisses venir. Ça devrait, au moins, t'exciter. Non, Monsieur met la conduite automatique. Il n'y a pas d'autre mot : c'est scandaleux.

Quand elle prenait, sans même s'en rendre compte, la défense d'une police théoriquement efficace, tac-tac-tac, il jubilait. Elle n'était peut-être pas encore assez mûre pour comprendre et surtout pour imaginer qu'on pût attendre et que cette attente pouvait faire partie du quotidien. Il se contenta de répondre, calme :

– Tu vois un lien entre tous ces événements?

– Je suis certaine que tu en vois un aussi, et ce qui me révolte, c'est que tu guettes au lieu de bondir. Encore combien d'assassinats avant que tu te prennes vraiment au jeu?

C'est lui qui fit la vaisselle. Rapide : deux bols, ce n'est pas le Ritz. Dans un silence désagréable, elle replongea au fond de l'essence et lorsqu'il jaillit de la douche, elle ne savait toujours pas si l'existence passe avant l'essence. Quelle question.

Neuf heures sonnèrent quand il dit qu'il était prêt.

– Je t'emmène?

Elle grommela un oui gros chagrin.

– N'oublie pas qu'on déjeune chez les Morelli.

– Ah! oui, c'est vrai.

Elle bondit, en haussant les épaules, donna un coup de poing au foie de son père et plongea sur le téléphone.

– Je descends. N'oublie pas de fermer les fenêtres.

Comme si c'était le moment de téléphoner. Il leva les yeux au ciel.

– Je décommande Lynette, expliqua Lauren. On avait des courses à faire.

Dans l'ascenseur, il alluma sa première Pall Mall

menthol de la journée. Journée dure. Plus que ne l'imaginait Lauren. D'abord savoir s'il y avait du neuf côté Gagnew. Si Florinda se portait mieux et si elle n'avait pas reçu d'autre appel déprimant. Si l'on avait des nouvelles, par on ne sait quel miracle, du faux gardien de l'expo en cavale. Si les minets aux cannes blanches s'étaient remanifestés, ici ou ailleurs. Naturellement, tous ces blancs dans le texte ne seraient pas remplis aujourd'hui, David en était conscient, mais ça ne lui faisait au fond ni chaud ni froid. Lorsqu'il était entré dans la police, c'était en se méprenant sur son caractère. Il s'était cru fait pour l'action, alors qu'il était plutôt coupé pour l'attente. En plus, comme souvent dans une affaire un poil compliquée, ça commençait toujours par un échec. Du brouillard. Pour l'heure, il mettait les codes. Et lui qui ne trouvait jamais rien de normal se laissait aller, sans se forcer, à sa nature passive pour se dire qu'après tout, l'immobilisme, parfois ça fait du bien, c'est humain, c'est naturel. En réalité, comme l'avait écrit un journaliste, une fois, à son sujet, l'inspecteur principal David Géant était une publicité d'un mètre quatre-vingt-deux pour l'*Éloge de la Paresse*, édition augmentée.

Le parking ressemblait à tous les autres parkings souterrains de tous les nouveaux immeubles, sauf qu'en plus des voitures qui dormaient au frais de la nuit bétonnée, d'autres, dont celle de David, avaient pu bénéficier, moyennant supplément, d'un véritable garage, muni d'un vrai rideau de fer attrape-rouille.

David remarqua que le sien n'était pas tiré jusqu'en bas et se dit Lauren, Lauren, quelle négligence, comme ta mère, qui sait ce que t'es encore venue fouiller là-dedans. Il se baissa donc pour empoigner à deux mains le bas du rideau de fer et se les remplit de poussière noire. Quand le rideau fut, après deux minutes de gémissements incongrus, complètement enroulé sur lui-même, David eut, comme à chaque fois qu'il descendait au parking, beaucoup de difficulté, même en plissant fortement les yeux dans le noir, à distinguer, ne serait-ce que vaguement, l'intérieur du box et, se fiant à ses habitudes, il fit deux pas maladroits vers la droite en direction du commutateur.

C'est juste avant de l'atteindre qu'il se cogna le front à une masse molle et froide que le choc fit se balancer. Instinctivement, David se baissa en tendant les bras devant lui et, lorsqu'il put enfin donner de la lumière, il eut un haut-le-cœur : suspendu à l'une des poutrelles et enveloppé dans un long sac de plastique transparent tanguait un corps de femme. David se saisit de l'échelle appuyée contre le mur pour monter détacher la morte et il était occupé à la délivrer de son enveloppe de plastique quand Lauren arriva. Elle ne détourna pas le regard, elle ne poussa pas un cri, mais, saisie à la gorge par l'odeur putride qui se dégageait du sac, elle s'enfuit en courant pour vomir entre deux voitures. En état de décomposition avancé, le corps était celui d'une jeune femme, d'une toute jeune fille même dont l'œil gauche avait, semble-t-il, été arraché par une balle, et qu'il ne fallait vraiment pas être dégoûté pour avoir transportée jusqu'ici, se dit David, le cœur aux lèvres.

Elle portait un bikini jaune.

Ici Radio-Monte-Carlo. Nos informations d'onze heures. L'inspecteur principal David Géant, qui, comme vous l'ont révélé nos précédents *flashes* de ces jours derniers, a pris en main l'enquête sur la mort de Cyrus Gagnew, cet Américain mordu par un cobra en plein centre de Nice, eh bien, l'inspecteur Géant, apprend-on de source officielle, a découvert il y a un peu moins d'une heure, dans son garage, le corps d'une jeune fille seulement vêtue d'un bikini jaune de grand couturier. Comme elle ne portait, bien entendu, sur elle, aucune pièce d'identité, les autorités judiciaires de la ville de Nice nous prient de vous communiquer son signalement. Le voici : Blonde. Menue. Taille : un mètre soixante-sept environ. Autant qu'on ait pu en juger, par l'état du cadavre, elle avait les yeux bleus, les ongles peints en vert clair et portait à l'index de la main gauche une chevalière plate en argent représentant un alligator. Toute personne susceptible d'apporter des renseignements au sujet de cette jeune fille est priée d'appeler, de toute urgence, le 80.26.65, discrétion assurée. Notre prochain bulletin à treize heures, pardon, à midi. Merci de notre, de votre attention.

L'homme sourit, tourna le bouton du transistor et arrêta l'Audi super-luxe vert pomme devant les grilles, mais avant de quitter le volant, pour aller les faire ouvrir d'un coup de sonnette, il se regarda dans le rétroviseur : on aurait vraiment dit que sur son visage s'étaient attardées toutes les véroles de l'Occident.

10

– Moi, j'aurais aimé organiser des hold-up, minauda Madeleine, la femme du bijoutier, rousse un peu grasse.

– Mais, ma chérie, c'est exactement ce que vous faites à chacun de vos clients, rétorqua Hélène Morelli, que ce déjeuner dans le jardin de la villa mettait en joie. Encore un peu de chester?

Paul refusa, Lauren aussi, mais pas Madeleine, qui ne se souciait plus de sa ligne depuis qu'elle lisait la vie de Rubens.

– Il n'est pas trop tard pour vous lancer, chère Madeleine, dit en riant Me Adolphe Singer, avocat au barreau de Menton. Savez-vous que j'ai actuellement dans mon cabinet une dizaine de clientes poursuivies pour abus de confiance, escroqueries et même vol qualifié?

– C'est incroyable! s'exclama Hélène, qui ne parvenait pas à dégager sa cheville droite des assauts de Paul.

– Il est vrai que maintenant les femmes ont des carnets de chèques, dit le bijoutier, lèvres pincées.

– Mon pauvre Gustave, je ne vois vraiment pas le rapport, répondit Madeleine, que Lauren imaginait il y a vingt ans reine de beauté pour stations balnéaires en voie de développement.

– Et vous, inspecteur, qu'en pensez-vous? intervint le docteur Morelli, qui faillit se mettre à découper la tarte aux blettes avec son scalpel.

L'œil gris mais noir d'Hélène l'en dissuada.

– J'en pense du bien, commença David. Les statistiques sont là pour le prouver : la criminalité féminine n'augmente pas. Seulement...

Lauren, qui ne prit pas de tarte, non merci sans façon, se demanda ce qu'il allait ajouter. Elle observait Marie-Odile qui n'ouvrait la bouche, depuis le début du repas, que pour manger. Pour grappiller. Il lui sembla que même pour porter à ses lèvres une miette de dindonneau elle prenait un air rancunier.

– Seulement, reprit David, si sur environ vingt-huit mille détenus en France il n'y a que mille cinq cents femmes, grosso modo, le visage de la délinquance est de plus en plus jeune.

Le soleil frappait les fronts, les tempes. La brise de mer avait oublié de visiter Beaulieu. On transpirait, élégamment.

– Vous voulez dire que cette jeune fille morte qu'Hélène et Paul ont trouvée, qu'ils ont ramenée ici, qui a disparu et qu'on est allé, je me demande bien pour quelle raison, placer à l'intérieur de votre garage, pourrait avoir été une délinquante type, avança Charles Morelli qui mourait d'envie, depuis l'apéritif, de remettre le cadavre sur le tapis.

– Par exemple, oui, répondit David. Bien que je ne voie pas ce qui peut vous faire croire...

– Il n'y a aucune raison, en effet, coupa Marie-Odile, et tout le monde fit un effort pour ne pas regarder en sa direction.

A force de la voir porter et desservir les plats tout au long du déjeuner, on avait fini par la considérer comme une domestique, alors qu'elle avait simplement tenu à ne pas laisser la cuisinière s'appuyer le boulot toute seule. Elle devait bien sentir, d'ailleurs, qu'à cette minute elle était en porte-à-faux entre deux mondes. Elle n'en baissa pas pour autant les yeux et poursuivit :

– J'ai vu, de mes yeux vu, cette pauvre fille. Elle était bien trop distinguée, croyez-moi, pour faire une délinquante.

– Si on l'a assassinée, il y a tout de même une raison, dit Hélène.

– Elle avait le droit d'être une victime, répliqua Marie-Odile avant de se réfugier à l'intérieur.

– Ma foi, Marie-Odile n'a pas tort, concéda Me Singer.

– C'est drôle, brusquement, cette défense. On voit qu'elle en veut à la terre entière, conclut Hélène Morelli, sibylline et futile.

Madeleine et son époux, déjà, n'écoutaient plus, ils venaient de terminer le café qu'avait servi le docteur lui-même. Dans sa tasse, Hélène Morelli avait laissé tomber une pastille édulcorante. Paul avait demandé la permission de s'étendre sur l'herbe, si cela ne vous dérange pas trop, on l'y avait autorisé, et Lauren se barbait dur.

– Je voulais seulement dire, fit David, que le visage de toutes ces femmes qu'on envoie en prison, d'une certaine manière, se virilise.

– Quelle horreur! protesta Hélène.

– Non, ce n'est pas ce que vous pensez, précisa l'inspecteur. Il y a peu, encore, de femmes chefs de bande, mais ça va venir. Sur ce sujet-là aussi, elles ont droit à l'égalité.

Beau discours, songea Lauren. Elle avait bien cru qu'il la regardait tout à l'heure, lorsqu'il avait attaqué sur la délinquance, juste après l'intervention de

Me Singer, mais elle savait maintenant à quoi il pensait encore et, si elle s'était trouvée en tête à tête avec son père, elle lui aurait pris la main, peut-être les deux, et elle aurait murmuré moi aussi, moi aussi elle ne me quitte pas, tu sais, et il aurait sûrement secoué la tête, aurait enchaîné sur autre chose parce qu'il était, combien de fois ne l'avait-elle pas remarqué depuis qu'elle était en âge de faire semblant de comprendre, la pudeur même. En revanche, il n'avait pas eu mal, pas eu mal un seul instant lorsqu'il avait évoqué la morte en bikini, sur les insistances du docteur. D'abord, il avait hésité, pour ne pas imposer aux autres hôtes un sujet trop délicat, mais le docteur Morelli avait assuré qu'il n'avait rien à cacher à ses amis, et c'était Madeleine qui la première avait fait mine de s'offusquer, de défaillir au récit de David trouvant le corps. Et puis on était passé à table, l'inquiétude qu'il avait cru déceler sur les visages d'Hélène et de Paul s'était estompée devant les crêpes aux fruits de mer, et, quand ils prirent congé, David ne pensa que ces mots :

– Les salauds.

Le reste du trajet Beaulieu-Nice se fit dans le silence, encore que le vent dans les portières en toile de la Méhari prune n'ait pas été d'une absolue discrétion.

– Qu'est-ce que tu vas faire maintenant? demanda Lauren en descendant de voiture, devant les grilles du lycée.

– La routine. J'ai quand même envie de savoir si les appels radio ont donné quelque chose. Tiens, voilà Lynette.

Plus yaourt que jamais, la petite Rochat glissa de son Solex pour venir dire bonjour.

– Dis donc, merci pour ce matin. Tu m'as drôlement manqué. Si t'avais été là, au moins, bonsoir

David, j'aurais pu pomper, mais seule à mon banc dégueulasse, zéro. Feuille blanche.

Lauren lui expliqua en deux mots bafouillés les raisons de son absence, qu'elle était remontée se coucher deux trois heures, après avoir vomi, et Lynette trouva qu'elle avait toujours tellement de chance, Lauren. Puis David les vit disparaître au fond de la cour plantée de marronniers, sous lesquels des garçons les attendaient, en pantalons grand-père.

C'était la première fois que Stéphane se laissait prendre. D'ordinaire, il sodomisait, encore que sa préférence aille aux caresses face à face, quand l'imagination au repos fait place au plaisir de voir le partenaire, mais lorsque Bertrand lui avait murmuré à l'oreille je te ferai pas mal, je te promets, Stéphane s'était dit qu'après tout il pouvait bien céder, ne serait-ce que pour l'avantage bref de souffrir un peu, et puis Bertrand était si beau et finalement si peu viril d'apparence que Stéphane n'aurait même pas l'impression d'être dominé en lui cédant.

A chaque mouvement du garçon étendu sur lui, Stéphane devinait que son ventre, il le sentait, s'égratignait un peu plus sur les cailloux entassés qui leur servaient de litière, entre les hauts buissons secs. Face contre les pierres brûlantes où s'aventuraient encore quelques insectes déboussolés, Stéphane écoutait la mer et les soupirs de Bertrand. Les bras dans le prolongement de son corps, il touchait presque, avec ses doigts fins, la grosse boîte en carton bouilli, percée de petits trous, qu'il fixait depuis quelques minutes. Quand ils étaient descendus se baigner, tout à l'heure, juste après avoir fait connaissance entre deux rochers pointus, elle n'était pas là, cette boîte. Je l'aurais remarquée. Peut-être qu'elle est à lui, se dit Stéphane en fermant les yeux, et il gémit de douleur : Bertrand aurait pu se montrer un peu moins brusque, malgré tout.

En contrebas, des garçons nus faisaient les idiots dans les vagues douces en s'aspergeant et en criant parfois qu'elles étaient froides, rudement froides pour la saison. Ensuite, ils grimpaient en frissonnant sur les immenses dalles de pierre qui surplombaient la mer et se félicitaient, sous ce ciel de fin d'après-midi, que le chemin séparant la plage de la route et des gens dits normaux soit si peu pratique : ici au moins, dans ce vert paradis du naturisme, les flics ne viendraient pas les emmerder.

Stéphane n'osa pas informer Bertrand qu'il lui faisait de plus en plus mal, qu'il n'avait pas une grande habitude, il se contenta de s'accrocher à la boîte et quand il poussa un hurlement, Bertrand jouit, sans s'apercevoir immédiatement que son ami n'exprimait pas le bonheur de l'orgasme, mais la terreur.

– Qui c'était ? demanda l'inspecteur Salvatore lorsque David eut raccroché.

– Les collègues du port.

– C'est rare qu'ils appellent.

– Ce qui leur arrive est encore plus rare. Figure-toi qu'ils ont dans leurs locaux deux jeunes homos morts de trouille.

– Vous trouvez ça rare ?

David se demanda ce que Salvatore pouvait avoir contre l'homosexualité. Peut-être une nostalgie mal maquillée, qui sait ? Il enchaîna :

– C'est rare quand ils trouvent une boîte en carton en faisant l'amour et que dans cette boîte il y a un serpent avec un petit mot collé au col : *Voici le cobra volé à l'exposition. Bonne chance, inspecteur Géant.* Heureusement, l'animal était drogué, paraît-il.

Salvatore secouait sa grosse tête rousse.

– Ils sont sur place? demanda-t-il finalement.

– Les copains du port? Je crois, oui.

– Et vous avez l'intention d'aller cueillir l'animal?

– Et comment!

– On se fout de nous!

Exactement. On se fichait d'eux, David finissait par en convenir. Depuis le début. Le cobra fauché à l'exposition internationale n'était qu'un prétexte pour détourner l'attention, fausser les pistes, retarder les recherches. Il enfilait son blouson quand l'huissier septuagénaire jeta sur sa table l'édition spéciale de *Nice-Matin* et David sortit sans voir qu'à la une s'étalait, ingrate et grise, la photo de la morte en bikini.

11

– Keith Jarrett. *The Köln Concert.*

– Carol King. *Tapestry.*

– Original soundtrack from *Barry Lyndon.*

– Chick Corea. *Improvisations*, number 2.

– Marie-Paule Belle. *La Parisienne.*

– *Brazil.* Jobim. Antonio Carlos Jobim.

– Pas celui-là, non, pas celui-là. Surtout pas.

– Si, je l'adore. Laisse-moi le casser.

– Sinatra. Double album. Quelle merveille! Passe-moi le marteau.

Si elles s'étaient contentées de détruire leurs disques favoris, Lauren et Lynette n'auraient guère encouru de reproches et les passants, les voisins auraient simplement trouvé ça bizarre, mais maintenant qu'ils en recevaient les morceaux sur leurs balcons, sur leurs crânes, ça n'allait plus du tout. Il y eut même une dame pour lever la tête vers le balcon au moment précis où une miette de Jacques Brel ratait de peu son œil droit.

– Mae West. *Great Balls of Fire.*

– Gardons-le, dit Lauren, je le déteste. Tu sais ce que ça veut dire?

– *Balls*? Couilles, je suppose.

– Exact, approuva Lauren en dévisageant son amie,

assise en tailleur, comme elle, sur les petits carreaux bleus et blancs de la terrasse.

Depuis quelque temps, elle lui trouvait non pas un air vraiment spécial, mais la mine de quelqu'un qui s'efforce de vous persuader qu'il garde un secret d'importance. Quelque chose, comme ça, dans les brusques évasions de son regard vers des ailleurs tapissés de velours. On aurait dit que Lynette tenait à se préserver des autres. Un peu plus impatiente, un peu plus fuyante, un peu trop exubérante en groupe. Les conjectures de Lauren se perdirent, pour changer, dans les saute-mouton de son inconstance.

– Lucienne Delyle. Tu as acheté ça? s'étonna Lynette.

– C'est un cadeau.

– De ton paternel?

– Non, lui, ce serait plutôt Franck Pourcel. Pour rire, je précise. Lucienne Delyle, ça vient de Don Lionel.

– Ah! oui, ton poète.

– Et le tien.

– Si peu.

– C'est déjà loin, c'est vrai.

Lynette baissa les yeux et Lauren se dit tiens, elle regrette de ne pas avoir été bien vis-à-vis de Don Lionel. David arriva juste à temps pour éviter aux deux adolescentes la glissade au fond des monologues explicatifs.

Lessivé, David.

Dix ans de plus, dans les miroitements d'un crépuscule dont même les plasticiens de la carte postale n'auraient pas voulu. Trop de rouge, d'orange, d'artifice.

David bifurqua vers le vestibule pour se débarrasser de son blouson et jeta un œil prudent autour de lui avant de se renifler les aisselles. Il suait, d'accord, mais c'était encore sans effluves. Valait mieux se rendre compte : Lynette était super-chatouilleuse à ce sujet. Question d'éducation : un éclair, David eut à l'esprit l'image figée des parents de Lynette Rochat, et du coup se passa le visage sous le robinet de l'évier : deux verres à soda y traînaient, encerclés de petites guêpes chiantes.

La visite à la plage où les deux types avaient trouvé le cobra n'avait rien donné. On avait ratissé les bosquets, les buissons, les grottes naturelles, mais comment diable débusquer des traces de pas sur de la pierraille branlante ? Naturellement, l'arrivée de la police à l'instant où on s'y attendait le moins avait opéré des trouées sensibles dans l'armée des invertis du voisinage et David en avait même vu qui levaient le camp sans se rhabiller. Tant que l'intolérance portait des talons aiguilles, elle leur foutait la paix, mais pour une fois elle avait chaussé des tennis et c'était la panique.

Pourquoi là ? Pourquoi transporter le reptile à cet endroit, plutôt qu'ailleurs ? avait été la grande question des policiers. Cela ne voulait certainement pas dire qu'il fallait orienter les recherches du côté des homosexuels, ou alors c'était vraiment un drôle de bonhomme, le tueur, comme avait dit le petit commissaire du port. David pensait plutôt qu'il s'était agi, pour l'assassin de Cyrus Gagnew, de lui faire perdre encore un peu plus de temps et d'installer dans ses déductions la fille au bikini, même si elle n'avait, elle, pour l'instant, aucun rapport avec un reptile. A laquelle des deux affaires devait-il raccorder le meurtre de la vieille Osiris ? Lauren, qui avait son idée là-dessus et qui ne la lui confiait pas, bon Dieu, qu'est-ce qu'elle attend, lui demandait au moins deux fois par jour s'il songeait à cette Osiris ? Et il maugréait, maugréait qu'il ne faisait que ça, y penser vingt-quatre heures sur vingt-quatre.

Il vint s'asseoir auprès d'elles.

– Raconte.

– Racontez, oui.

Il s'exécuta, après les avoir priées de ne plus balancer leurs débris de microsillons par-dessus la terrasse, car on commençait à glisser sur le trottoir tout noir.

Lorsqu'il eut terminé son petit récit et deux Pall Mall totalement menthol, Lynette intervint la première :

– Je connais pas cet endroit. Et toi?

– J'ai entendu parler. La planque. Ce que tu as dû les emmerder!

David dit qu'il n'y pouvait rien.

Et Lauren lui tendit le journal.

– Ah! ils l'ont publiée.

– Oui. M'est avis que demain matin tu vas avoir du boulot, fit Lauren.

– Faut espérer.

David observait Lynette, qui ressemblait de plus en plus à son père et qu'il trouva comme un peu gênée, confusément gênée. D'habitude, quand elle souriait, quand elle riait, c'était toujours spontanément, à l'orée de l'enfance, mais ce soir, lorsqu'il s'était mis à décrire ou à imaginer, tout en restant très correct, ce qu'il avait vu sur la plage aux invertis, Lynette avait manifesté trop de surprise et bien trop bruyamment. Alors, il s'était dit que ça devait rappeler des choses à la jeune fille, ou bien qu'elle était vraiment coincée quant au sexe. Et, une fois qu'elle eut dit ne jamais avoir entendu évoquer cet endroit, avant ce soir, David fut tout à fait certain qu'elle mentait.

– Tu devrais nous accompagner au cinéma, fit Lauren, enjouée soudain.

En se forçant à fixer bien en face le soleil qui déclinait déclinait, il dit non merci.

– C'est vrai que maintenant, le cinoche et toi...

– Je suis fatigué.

– On va vous laisser, dit Lynette Rochat.

Quand elle se leva, David nota qu'elle avait encore pris cent grammes. Cent, deux cents, peut-être plus.

Dès qu'elles furent parties, Lauren serait là vers minuit, pas avant, parce qu'après la séance elles iraient écouter du piano-punaise dans un bar de la promenade, dès qu'elles furent dans l'ascenseur, David appela Florinda.

Personne ne répondit.

Et le whisky-coca qu'il avala n'eut pas le goût de whisky.

A vingt-deux heures trente-six, il s'étendit tout habillé parce qu'il savait, depuis le début de cette soirée solitaire où la bruine s'immisçait en fausse amie, qu'il ne pourrait rien contre l'insomnie, encore une fois, et qu'en l'absence de Lauren il allait, c'était inévitable, changer de peau ce soir, abandonner à la fois sa vieille dégaine de David-cool, celle de jadis, du temps de l'amour, et son enveloppe, acquise après tant et tant d'efforts, de Géant-le-masque, jamais pris en défaut, rarement sentimental, toujours sceptique, jusqu'au cynisme. D'ici quelques instants, il ne serait plus ni le père de Lauren ni l'inspecteur de la mer, mais quelqu'un d'autre, la doublure inespérée, miraculeuse, de celui qu'il aurait tellement voulu être, dans sa jeunesse. L'anonyme absolu.

Et maintenant qu'il enfilait son imper, qu'il glissait son P. 38 sous son aisselle, plus rien ne comptait, ni sa fille ni l'affaire, ni rien de ce qui justifiait son existence d'homme responsable. Quand il se mit au volant, comme la première heure du Pop-Club de José Artur mourait sur France-Inter, c'était sans but particulier. Ou plutôt si : depuis des années, tant d'années qu'il était flic, même avant la mort de Marianne, mais depuis c'était pire, presque de la frénésie quelquefois, David n'avait qu'une manie à satisfaire. Une seule, toujours la même. Et personne, parmi ses collègues, n'était au courant, et il valait mieux, car le commissaire divisionnaire et le préfet n'auraient guère apprécié le passe-temps de l'inspecteur principal Géant : sans raison, sans motif, par pur besoin, David, la nuit, suivait des inconnus.

Couche-toi, m'attends pas, je suis sur un coup, avait-il écrit, à l'intention de Lauren, sur un bout du *Nouvel Observateur*. Était-elle dupe, une fois par mois, lorsqu'elle lisait un mot de ce genre? David l'ignorait : ils n'en avaient jamais parlé.

Une heure plus tard, il fut à Cannes.

Il rangea la Méhari sur la Croisette, fit quelques pas à hauteur des jardins dont l'herbe mouillée, tondue du matin même, répandait une odeur mi-danger mi-invite, puis il traversa, frissonnant malgré la douceur de la nuit, pour gagner la rue d'Antibes où ce n'était pas la foule, loin de là. L'un après l'autre, les derniers bars tiraient déjà leur grille sur la recette quotidienne et la fatigue du personnel. David dépassa une sorte de clochard géant, quasiment enroulé, nez au bitume, autour d'un panneau d'interdiction de stationnement, et s'il s'était penché, David aurait sûrement reconnu là l'un de ses metteurs en scène favoris. Un Amerloque, enfermé depuis quinze ans dans les geôles étanches du Pernod 45.

Soudain, David repéra deux hommes qui marchaient côte à côte, sans hâte, devant lui. Il leur emboîta le pas, à distance, et bientôt trouva plus judicieux de les suivre, depuis le trottoir d'en face. De temps en temps, les deux hommes, qui avaient sensiblement la même taille, s'attardaient devant les rares vitrines éclairées. Hermès. Cacharel. Maisonbelle. Gastine-Reynette.

Qui pouvaient-ils être, et avaient-ils même quelque chose à se reprocher? David s'en moquait éperdument, ce n'était pas la question. Laissant vagabonder son imagination, il leur attribuait un métier, parfois même un nom quand il se décidait à suivre ces hommes inconnus dans la ville et s'il savait en un clin d'œil distinguer, en plein jour, le truqueur étriqué du bourgeois sans histoire, la nuit, il n'essayait pas. L'anonymat des hommes, presque toujours des hommes, qu'il se plaisait à filer leur convenait si bien qu'il aurait voulu, pour être digne d'eux, ne plus avoir, lui non plus, d'identité.

Ce n'était même pas de la surprise qu'il demandait à ces gens-là, croisés au hasard : s'il y en avait, tant mieux; sinon, les suivre lui suffisait.

Les deux hommes, en imperméable vert tous les deux, bifurquèrent pour emprunter une avenue bordée d'arbres, à demi privée, que les poseurs de lampes à arc avaient oubliée : seuls deux vieux becs de gaz d'avant le néon dispensaient, à chaque extrémité de l'avenue, un peu de lumière glauque, entre le jaune sale et le blanc douteux. Blafarde.

David se baissa entre deux voitures quand l'un des deux hommes se retourna pour tâcher de savoir sur quoi il venait de glisser. Une merde de chien, il y en a partout. Une plaie. Les deux hommes rirent en disant à peu près que ça portait bonheur.

Lorsque David reprit sa filature, deux autres hommes lui apparurent, débouchant d'une rue de lui invisible, et il eut juste le temps de se précipiter vers une encoignure au moment où les quatre hommes se croisaient. Ceux que suivait David dirent bonsoir, peut-être parce qu'ils avaient peur, et l'un d'eux demanda :

– Vous n'auriez pas une cigarette?

Accent anglais.

– Non, fit sèchement l'un des autres hommes.

– Vous n'avez qu'à travailler, ajouta, plus sec encore, son compagnon.

Silence.

Les deux hommes que pistait David devaient être surpris par la réaction de leurs interlocuteurs, qui reprirent leur chemin. Ils devaient être fraîchement débarqués, s'imaginait David, et encore peu au fait des coutumes locales, xénophobie and co.

Dès qu'ils eurent dépassé la porte où il se planquait, David s'apprêta à reprendre son étrange passe-temps, mais quelque chose lui suggéra d'attendre deux minutes. L'habitude, l'instinct de conservation auquel, pourtant, il s'efforçait de ne pas croire. En tout cas, bien lui en prit : tandis que les quatre hommes s'éloignaient de leur point de rencontre, l'un des deux accostés, celui qui avait répliqué cavalièrement, sortit un 22 long rifle et tira. S'il s'était trouvé sur l'avenue à ce moment-là, David aurait reçu la première balle. Il se dit que ça commençait bien, quoiqu'un peu vite.

Il entendit un cri sourd et vit, juste sous l'un des deux vieux becs de gaz du bout de l'avenue, l'un des deux hommes en imper court s'écrouler. Son compagnon se jeta à terre, à plat ventre, cria :

– *Bastards!*

Puis plus rien.

David retenait son souffle : c'était merveilleux d'être là et de n'avoir soudain aucune importance, dans l'ombre.

Le blessé tentait de se relever en expliquant à son

ami que c'était son talon qui avait dégusté. Fracassé. Une seconde rafale passa au-dessus de leurs têtes, et aux fenêtres d'un immeuble ancien parurent des lumières.

Le tireur et son copain s'étaient évaporés dans la nuit, et quand David sortit enfin de sa planque, ce fut pour croiser des gens, des femmes en peignoir fermé à la hâte, qui couraient vers l'endroit d'où étaient partis les coups de feu.

Pas de mort, pensa David. Quelquefois, lorsqu'il sortait ainsi de sa routine pour aller frôler la vie des autres, il y en avait, des morts, mais c'était rare. Dans ses filatures officieuses, David assistait surtout à des rencontres, ou bien à rien du tout, parfois il suivait un parfum, une vieille femme, des groupes d'enfants rentrant de chez grand-père, n'importe qui. Comme, ces soirs-là, il n'était plus lui-même, peut-être croyait-il, confusément, avec la naïveté des gosses, qu'il retrouverait Marianne, qu'ils se rencontreraient à nouveau et que rien, cette fois, ne les empêcherait de s'aimer.

Une femme assez jeune, décoiffée, aux trois quarts endormie, dut lui trouver un air officiel, car c'est d'un ton persifleur qu'elle lui lança :

– Vous pourriez bouger, au lieu de rester là. Appeler quelqu'un. La police, je veux dire. C'est un monde... Ce serait pas, par hasard, des collègues à vous ? ajouta-t-elle avant de s'éloigner en direction du blessé qu'on remettait maladroitement debout, et David ne sut jamais si elle avait voulu faire allusion à des flics ou à des truands.

Il dut convenir que de son point de vue à elle, la femme n'avait pas tort : David aurait dû intervenir. Mais il n'y avait pas songé, pas un instant, et la dame l'eût trouvé encore moins sympathique si elle s'était doutée que même en cas d'incendie, de fusillade, ou de braquage nocturnes, l'inspecteur Géant serait resté neutre. Toujours. Et si elle avait eu connaissance de quelques-unes de ses drôles de soirées, elle n'aurait même pas osé sortir de chez elle.

Parce que, en ces occasions-là, couleur de nuit couleur de sang, l'inspecteur de la mer n'était qu'un regard.

Nice. Le quartier du lycée a été, la nuit dernière, tiré de son sommeil par une très violente déflagration. Il était, en effet, deux heures quinze lorsqu'un cocktail Molotov d'une puissance inouïe a explosé sur les marches de l'église du Vœu. On recherche activement les auteurs de cet acte inqualifiable. L'abbé Bonissant, aumônier de la paroisse, qu'on attendait ce matin au commissariat du premier district, ne s'est pas présenté.

12

Il réfléchissait depuis une heure dans son bureau, allant et venant du perroquet portemanteau à la soirée de la veille, lorsqu'on lui annonça qu'une femme, plutôt replète, la cinquantaine mais encore pas mal, surtout si on aime la vulgarité, trop blonde, avec un teckel à poils ras, des yeux verts et des mains couvertes de bagues, demandait à lui parler. D'urgence.

Il boutonna sa chemise, la rentra dans son jean de velours miel, passa une veste qu'il n'aimait pas, oublia David, redevint Géant.

On fit entrer la personne.

– Madame?

Elle avait pleuré. Longtemps, même. Elle portait un tailleur sombre qui avait dû lui aller mais qui à présent la boudinait sans indulgence. S'il avait été dans la peau d'un moraliste réactionnaire, David aurait certainement jugé qu'il émanait de cette femme une petitesse peu attirante, que le parfum de la prétention est toujours bon marché. Il se contenta de lui offrir un fauteuil.

– Madame? répéta-t-il, soucieux d'entendre un nom, vite.

– Zardo. Christine Zardo.

Il prit note.

– Que puis-je...

C'était tellement banal qu'il n'acheva pas, mais tellement pratique qu'il aurait dû poursuivre. Heureusement, elle parla presque tout de suite, sans doute pour ne pas recommencer à pleurer.

– Je l'ai reconnue immédiatement, vous savez, commença-t-elle d'une voix brisée. Et pourtant la photo n'était pas bonne. C'est... abominable... Depuis qu'on avait donné son signalement à la radio, je m'attendais à un malheur. J'avais aussitôt pensé à elle...

– Vous aviez une raison de penser qu'il lui arriverait...

– Je l'avais prévenue, plusieurs fois. C'est horrible à dire, mais, quand ces choses arrivent, on est presque soulagé. Elles vous donnent raison.

David décida de couper court aux digressions de Mme Zardo, et demanda simplement le prénom de la jeune fille.

– Muriel. Muriel.

– Est-ce qu'elle vivait avec vous?

– Non, elle vivait seule.

Elle détourna ses yeux verts pour ajouter :

– Enfin, elle vivait sans moi. Je suis sûre qu'elle avait une liaison. D'ailleurs, pourquoi pas?

– Elle ne songeait pas à se marier?

– Pas que je sache. Elle ne m'en avait jamais parlé.

– Mais de quoi donc l'aviez-vous prévenue? Contre quels dangers l'aviez-vous mise en garde?

– Contre la solitude, les mauvaises rencontres. La vie de fille libre. Naturellement, elle ne m'avait jamais écoutée. Mais enfin, ce sont des choses qu'on dit. Je les ai dites.

Au moins, Mme Zardo ne tenait pas à se faire passer pour une mère poule, c'était déjà ça. Surtout que poule, elle devait l'avoir été, dans une autre acception du terme.

– Vous vous voyiez souvent?

– Rarement, et quand ça arrivait, c'est qu'elle se forçait.

– Vous ne faisiez jamais le premier pas?

– Elle avait renié son milieu. Je n'aime pas ça.

Cependant, elle avait pleuré, elle pleurerait encore dès qu'elle serait chez elle, dans un décor que David, malgré tout, imaginait mesquin et coloré, clinquant et convenu.

Il n'en avait pas fini avec elle, avec son passé, avec Muriel.

Il ouvrit le tiroir gauche.

Déclic.

Christine Zardo. Mon mari est mort deux ans après la naissance de la petite. J'aurais pu me remarier, je ne l'ai pas fait. Appelez ça de la réserve ou de la sottise, mais je suis restée toute seule avec Muriel. C'est là qu'elle a dû apprendre à me détester. Je n'étais pas précisément un modèle de vertu, monsieur l'inspecteur, on ne se refait pas. Et le regard de ma fille, j'ai eu très tôt l'impression qu'il voulait me faire de la morale. Enfin... En classe, elle ne faisait que ce qui l'intéressait, c'est-à-dire pas grand-chose. Après, elle s'est mis dans la tête de devenir danseuse. Danseuse classique. Je lui ai fait donner des cours, ce n'était pas bien cher à l'époque, surtout que j'avais une combine, bref on s'est rapidement rendu compte qu'elle n'était pas douée. Comme on ne roulait quand même pas sur l'or, j'ai dit stop. Vous savez, à ce moment-là, en fait c'est pas vieux, cinq six ans peut-être, je travaillais dans une usine de matières plastiques, je fabriquais des sacs en respirant des saletés toute la journée.

Quand je rentrais, j'étais morte et Muriel n'était pas souvent là. Elle était de plus en plus jolie, ça n'incite pas à tourner en rond dans un studio... C'est là qu'elle s'est dit que la publicité, peut-être... A force de feuilleter des magazines... Je n'étais pas enthousiaste, au début, mais comme elle a presque immédiatement décroché un contrat, oh! pas la lune, pour une série de photos, des pastilles de menthe, je crois bien, j'ai dû m'incliner. On voyait sa figure sur tous les autobus de la ville, je ne pouvais pas lui en vouloir. Moi aussi, ça m'aurait plu. Après, elle a voulu s'installer. Indépendante, vous comprenez. Un deux-pièces, dans le Vieux Nice. Loin de là où je travaille, bien entendu. A ce que je sais, au début, elle ne fréquentait pas grand monde, et elle ne m'aidait guère. Remarquez que je ne lui demandais rien et que, d'un sens, elle se vengeait. Et puis j'y arrive tant bien que mal. C'est tout. C'est tout, il me semble.

M. Carrera. Oui, je l'ai reconnue tout de suite. Elle avait posé pour nous. Ses lèvres avaient servi de réclame pour des bonbons. Ses lèvres seulement. Sinon, je crois que vous auriez eu du monde dans votre bureau, inspecteur : tout Nice aurait reconnu ses traits. Seulement, une bouche, ça ne frappe personne. Elle était gentille, oui. Jolie, distante. Pour avoir davantage de détails, il faudrait que vous voyiez notre photographe, Luc Lindon, mais, en ce moment, il erre dans les rues de Cannes. Le festival commence après-demain. S'il appelle, je lui dirai de se mettre en contact avec vous.

Mélanie Judrin. Excusez-moi de ne pas m'être manifestée plus tôt, monsieur l'inspecteur. C'est mon mari qui m'a montré la photo, dans le journal. J'étais dans l'arrière-pays, en représentation. Pas de théâtre, non. Pour des produits de beauté. Muriel Zardo et moi, nous avons travaillé ensemble. Oh! pas longtemps, quelques semaines. Très agréable, elle était. Peut-être un peu absente, par moments. Mais ça me changeait des moulins à paroles qu'on me donne trop souvent comme coéquipières. Au commencement, évidemment, elle était timide, c'est moi qui faisais l'article, et puis, peu à peu, elle s'y est mise. Et puis, un matin, nous l'avons attendue, nous sommes allés sonner chez elle. Personne. Un mot sur la porte, simplement : *Ne comptez plus sur moi. Je change de vie.* C'est beau de pouvoir changer de vie.

Luc Lindon. Le genre de fille que j'oublie très vite. On les saute, on les jette. Misogyne, moi? Pas qu'un peu. Il faut, dans ce métier, sinon vous restez amateur toute votre vie. Muriel était comme les autres. Et en plus, je crois bien qu'elle avait un amant. Donc, moi, les emmerdes, c'est pas mon style. Dommage, j'adorais sa bouche. Faut dire qu'elle s'en servait comme une reine. *Gorge profonde*, c'était rien à côté de Muriel. Pauvre fille.

M. Belgrand. Oui, la mère et la fille. Toutes les deux. Je m'étonne que Mme Zardo ne vous en ait pas fait part. Il faut dire que, sans vouloir lui jeter la pierre, Christine Zardo n'est pas le meilleur exemple de régularité qu'on puisse trouver. Dans le travail, je veux dire. Toujours à quémander quelque chose. Dignement, je précise. D'un air enjôleur, prometteur même. D'autres s'y sont sans doute laissé prendre. Moi, pas. Je dirige une usine de cinquante-trois employées, je n'aime pas les histoires. Toutes pour la plupart de pauvres femmes, qui se retrouvent seules, après un divorce, un veuvage, une vie ratée. Disons-le carrément : lorsque Mme Zardo est venue, à la suite d'une annonce, pour une place d'emballeuse, elle m'a amené Muriel. Aussitôt, j'ai compris, car ça sautait aux yeux, que la fille haïssait sa mère, et qu'elle avait honte d'elle. J'ai engagé la mère, et pris la fille à l'essai. Je ne pouvais pas faire plus. Comme je suppose que ce n'est pas sur la mère que vous enquêtez, inspecteur, je pense qu'il vaut mieux que vous voyiez mon fils Alain.

Alain Belgrand. Bien sûr que je l'ai reconnue. Mais, vous comprenez, maintenant je suis marié, j'ai deux gosses, des jumelles. On est moins motivé... Oui, c'est vrai, j'ai couché avec Muriel. Comme ça, deux trois fois. Sa mère s'en est aperçue, elle en était très jalouse, un jour elle est même entrée dans mon bureau et s'est carrément offerte à moi pour que je fasse la différence, vous vous rendez compte. Je n'ai rien dit à Muriel, mais je crois que ça ne l'aurait pas étonnée... Elle était ambitieuse. Ambitieuse mais pas arriviste, j'ai l'impression. Quand elle a quitté l'usine, c'était pour faire de la publicité, quelque chose comme ça. Je lui ai souhaité bonne chance. A mon avis, elle ne pouvait pas prétendre à une très grande carrière, mais ça ne lui coûtait rien d'essayer.

Le patron du « Drakkar ». C'est Lucien, le barman, qui m'a montré le journal. Moi, je le lis jamais. Non, pas par manque de temps. Par rigueur politique. Depuis qu'il fait du gauchisme, je préfère qu'il me tombe pas sous la main. Chacun ses idées, pas vrai? Mais la petite, vous pensez si je l'ai reconnue. Elle venait deux ou trois fois par semaine. Accompagnée, toujours. Un type grand et mince. Très brun. Très courtois et richard. D'ailleurs, avec les prix que nous pratiquons, la clientèle se sélectionne d'elle-même. Tenez, hier soir, on avait Michel Sardou. Ils dînaient, ils avaient leur table. On aurait dit des jeunes mariés. Même si lui faisait quand même plus âgé. Si vous voulez mon opinion, monsieur l'inspecteur, lui et elle, ils n'étaient pas très assortis. Surtout qu'il était étranger, en plus. Il ne nous a jamais fait de confidences, mais on voyait, quoi. L'accent, les manières. Et ce qu'il ingurgitait. Enfin, il laissait toujours beaucoup de pourboire, et quand dernièrement il a cessé de venir, les garçons l'ont trouvée mauvaise...

Lucien, le barman. Un « Lucky Lady » pour lui, un San Pellegrino pour elle. Toujours pareil. Et toujours la même heure. Vingt et une heures quinze, voyez. Trois fois par semaine, je dirais. De la classe, comment vous dire, ils n'en avaient ni l'un ni l'autre, mais c'était tout de même pas le style truand et sa donzelle. Tiens, je me rappelle qu'un soir, il y a quelques mois de ça, une femme est rentrée, oh! pas très tard, parce que tous les deux, surtout la fille, ils avaient une tête à se coucher tôt, une femme s'est dirigée vers leur table, il y avait du monde mais je l'ai remarquée, et elle les a fixés, longuement, tous les deux, sans rien dire. Enfin, je suppose, parce qu'elle me tournait le dos, je voyais seulement son chapeau à larges bords, et des boucles brunes qui en dépassaient, c'est tout. Et puis elle a commencé à tout casser sur leur table. Les verres, les bouteilles, l'abat-jour. Balayé, tout ça. La jeune fille avait l'air terrorisée, et son compagnon a giflé la femme, qui a fichu le camp aussitôt, très digne les mains dans les poches de son imperméable vert. La jeune fille est allée aux toilettes, je crois que c'était pour nettoyer sa robe, qui était pleine de sauce partout, et quand elle est revenue ils ont pris encore un café chacun et sont partis. Depuis l'incident, ils sont revenus une bonne dizaine de fois. Mais la femme à l'imper, elle, on l'a jamais revue. C'est dégueulasse, ce qu'on a fait à la fille. Elle nous plaisait bien, comme cliente. Discrète, presque distante. J'aimais assez quand elle fixait ma cicatrice, sur la paupière.

Paule Negri. Concierge, oui. Depuis trente ans, y a pas de quoi sourire. Si, si, j'ai bien vu que vous avez souri. Depuis trente ans, et pas la moindre histoire. C'est pas comme dans les autres maisons. Tenez, y a pas dix jours, on a eu une drôle de bagarre dans un couloir, tout à côté, au Derrida's, c'est une boîte, à deux pas d'ici, pourquoi vous souriez, monsieur l'inspecteur, j'aimerais vous y voir, vous. On n'ose même plus sortir après sept heures. Bon, d'accord, j'y viens. Muriel Zardo, c'est au troisième qu'elle habitait. On peut pas dire qu'on la connaissait, ni qu'on l'aimait beaucoup. Jamais bonjour, jamais bonsoir. On voit que c'était une fille de fille de rien, passez-moi l'expression. Sa mère, quand elle était jeune, tapinait en hôtel, rue Masséna. La fille, elle, c'était autre chose. Plutôt poseuse, je crois. Ça, ça devait venir du fait qu'elle boulonnait dans le cinéma, ou les photos. L'autre matin, tenez, on est venu la chercher, c'était presque à l'aube, je venais de sortir les chiens. Elle était sur une civière, un homme et une femme la portaient. Avec une casquette, l'homme, et la femme, elle, portait un imperméable vert et un chapeau, je crois bien, un grand chapeau. Elle était brune, y me semble. Derrière, y avait un autre homme qui tenait une caméra. J'ai demandé quel film on tournait, un roman-photo qu'on m'a répondu. Et puis ils sont tous montés dans une camionnette, et ils sont partis. Depuis, la Muriel

Zardo, je l'ai plus revue qu'à la première page de *Nice-Matin.* La pauvre, quand même. Pour Noël, elle était mignonne, faut être juste. Elle donnait un gros billet. Surtout les derniers temps qu'elle habitait la maison, les deux dernières années. Et cinq cents francs, monsieur l'inspecteur, ça n'a jamais fait de mal quand on a, comme moi, un mari à qui on change le sang deux fois par an. Je présume que vous voulez la clé?

13

Des pantoufles en caoutchouc blanc crème, de l'ambre solaire, des livres de poche de la collection policière, une crème hydratante, des chapeaux à larges bords, noirs, tu verras, le noir protège mieux, des matelas couverts de fleurs bien rondes, et n'oublie pas le sac. Si on en prenait deux?

Quand elles jaillirent dans le soleil par la porte sud des Galeries Lafayette, juste là où on avait pendu les deux types, à la Libération, Lynette et Lauren ressemblaient à des Suédoises en visite. Front humide, portefeuille sec, regard entre les deux.

Sur l'avenue Jean-Médecin défilait la terre entière. Dans les bus dernier modèle, en voiture ou sur leurs vélos, les Niçois cinglaient vers leur salade de tomates au basilic, leur thon à l'huile et la fraîcheur des appartements où les enfants, affamés, les précédaient à peine, encore couverts de l'encre des écoles ou du sel de la mer.

– On pourrait tout de même aller se baigner, avec ce qu'on a acheté, dit Lynette.

– Trop tard, tu sais bien, j'aime mieux aller plus tôt, quand on peut encore choisir sa place, et sa plage.

– Toujours tes complexes, dit son amie.

– Tu peux parler, rétorqua Lauren.

Elles ne se ressemblaient que parce qu'elles s'imitaient. De plus en plus, surtout quand approchait l'été, elles fuyaient l'originalité de parure, Lauren par paresse et Lynette par manque d'imagination.

– Naturellement, tu as rendez-vous avec ton père, dit Lynette.

– *Natürlich.* Tu me paies un cornet?

Lynette lui offrit une glace à l'italienne, douce et molle, et se fit cadeau d'un croissant à la framboise. Dangereux pour les hanches. Mais, bizarrement, Lynette ne se surveillait qu'en hiver. Par habitude, on se retournait sur elles comme sur toutes les autres jeunes filles un peu jolies et, quand ça les agaçait vraiment, elles disaient deux trois mots en pseudocroate. Beaucoup de dragueurs, alors, perdaient courage.

L'air sentait l'ambre, on aurait dit que les limites des avenues, des immeubles, assouplissaient leurs angles dans la lumière et qu'il n'y avait plus de barrière entre les coutumes et la liberté.

Un à un, les magasins fermaient leurs portes selon la coutume provinciale si exaspérante pour les Parisiens soudain paumés. Un cinéma à prix réduit écarta ses grilles avec fracas et Lynette confia qu'elle avait vu trois fois le film qu'on y donnait.

– Les deux premières fois, j'avais la main d'un garçon entre les jambes, alors, tu sais...

Délivrance.

Leur prof de philo leur avait recommandé le film pour sa plastique mais leur avait dit de se méfier, c'est pas mal facho.

Quand elles arrivèrent au pont de la Gare sur qui venait de passer le Paris-Vintimille, Lynette stoppa net.

– Je vais te dire quelque chose, commença-t-elle.

Lynette haussa les épaules.

Une femme en noir les croisa, majestueuse, tenant en laisse un guépard en bas âge.

– C'est tout à fait ce qu'il me faudrait, dit Lynette.

– Un guépard chez tes vieux?

– Non, un milliardaire dans la poche.

Elles rirent. Un peu.

– Non, je voulais te dire...

Lauren s'écroula sur un banc, Lynette fit de même.

– La fille morte, là, Muriel Darzo.

– Zardo, plutôt.

– Zardo, d'accord. Je la connaissais. C'est cette fille au guépard qui me la rappelle.

– Je suis sûre que non.

– Que non quoi?

– Que non que c'est pas la fille au guépard qui te la rappelle mais que ça fait longtemps que tu as envie de m'en parler et que t'oses pas à cause de mon père. Tu sais, j'y répète pas tout. Et lui aussi il me cache des choses. Enfin, j'espère.

– Tu m'énerves.

– Tu l'as connue où? Pas au lycée, je suppose.

Lynette zieuta sa montre en forme de cœur.

– Faut que je rentre.

– Tu as remarqué, fit Lauren, on se sépare toujours quand ça devient intéressant. C'est à croire que quelqu'un est toujours en train de rédiger notre existence.

Lynette siffla d'admiration, quand tu penses, dis donc, ça va loin, et elles se quittèrent deux croisements plus haut, devant l'immeuble où habitait Lynette Rochat.

Lauren entreprit de redescendre l'avenue pour y relécher quelques vitrines puisqu'il restait une heure avant qu'elle ne retrouve son petit papa au commissariat et qu'elle n'avait pas de cours. Elle aurait pu s'installer dans un coin de parc pour lire ou ne rien faire, mais elle préférait bouger, se donner l'illusion d'être active.

Dans le couloir de l'immeuble, qui sentait la soupe à l'ail, Lynette attendit quelques instants, adossée au mur des boîtes aux lettres métalliques qui juraient avec la vétusté 1880 de la construction. Il faisait frais dans la semi-pénombre. Elle alluma une Gitane internationale. Quand elle l'eut écrasée sous son talon, la concierge va encore gueuler qu'on risque de foutre le feu, elle ressortit sur l'avenue, la traversa en dehors des clous et demanda un jeton de téléphone au barman de la brasserie d'en face, un blond sympa qui lui aurait bien mis la main quelque part, ses yeux brillants l'affirmaient sans honte.

Au sous-sol, Lynette opta pour la deuxième cabine et composa un numéro. Sur le mur, une main malhabile avait donné rendez-vous à Josette mon cœur, ma bouillabaisse d'amour, on ira au Carnaval ensemble.

– Maman? Oui, c'est moi. Écoute, je voulais te prévenir. Je suis retenue. Mais non, pas au lycée, j'ai passé l'âge. Oui, ne m'attendez pas pour déjeuner. Des rougets? Quel dommage. Garde-m'en un pour ce soir. D'accord, vers huit heures. Fait chaud. Embrass'pap'. Tu es allée chez le docteur? Bon, tu me raconteras.

Elle n'eut pas longtemps à attendre le bus vert et blanc. Elle demanda ses quatre tickets et descendit à l'arrêt du Port. Là, elle n'eut que quelques pas à faire pour atteindre l'abri-bus des cars du Littoral et, quand arriva le premier qui empruntait la Basse Corniche, elle le prit.

– Cap-de-Nice, s'il vous plaît; excusez-moi, je n'ai pas de monnaie.

Elle eut l'impression qu'on la regardait d'un drôle d'air.

La Mauresque. Le Val Fleuri. Grand Large. Villa Mon Rêve. Résidence Aphrodite. Hôtel Garbo.

Protégées par leurs haies de cyprès bas, les maisons du Cap faisaient la sieste, de chaque côté du chemin qui menait à la mer. Un chemin plutôt pentu, tapissé d'aiguilles de pin sur lesquelles il valait mieux ne pas glisser si on tenait vraiment à la vie. Un chemin qui mourait en escalier, plus abrupt encore. Deux cent douze marches. A la dernière, Lynette transpirait.

Sur le sentier de larges pierres inégales, plates et si blanches que les yeux, chaque fois, vous en piquaient, Lynette ôta sa blouse-tunique de toile imprimée, la roula en boule dans son sac et contempla la mer.

C'était un instant silencieux, seulement troublé de temps à autre par le ronronnement calme des barques à moteur où des pêcheurs tardifs, en maillot de corps bleu nuit, sautaient un repas pour guetter la prise du siècle.

Les oiseaux ne s'amusaient pas à donner des coups d'ailes dans ce paysage grec, que dominait le casino inachevé, vaines poutrelles et aciers rongés de rouille, dont Stavisky, disait-on, aurait voulu faire l'égal du casino de Monte-Carlo. En face, la montagne. Pas l'Himalaya, mais de drôles de collines désolées, broussailleuses, qui flambaient quelquefois. De la mousse millénaire et roussie, du thym d'un autre âge. Des lézards, deux ou trois cigales. Il y avait là, comme en relief, l'équivalent exact de ces photos assommantes de luminosité dont les livres de latin fourmillaient jadis pour vous faire avaler plus aisément Rosa, Rosam, Rosas, rosarum rosis rosis.

Pour grimper jusqu'à l'endroit où elle projetait de s'étendre, Lynette dut franchir un étroit pont de pierres, au-delà duquel de la terre brune et glissante favorisait les chutes. Pas de pitié pour les talons aiguilles.

Mais Lynette n'en portait pas, elle s'était d'ailleurs mise pieds nus et tenait ses sandales de corde d'une main de ballerine à la barre. Dans les bosquets, des sauterelles se mirent à bavarder, l'eau était limpide, le soleil frappait de son mieux.

Lynette leva le nez.

Personne sous les fondations du casino, et pas davantage de monde au pied de la villa Orlamonde où Maurice Maeterlinck et sa femme la comtesse avaient fini leurs jours. Juste sous la demeure, le soir, la rumeur publique voulait qu'il se passât des choses.

Lynette regardait depuis quelques minutes dans cette direction quand le soleil vint se refléter, là-haut, dans un miroir.

– Je suis à l'heure, murmura Lynette en esquissant un sourire.

Elle commença à gravir la pente. Au bout d'un quart d'heure interminable, la jeune fille en nage fut à la hauteur des fondations et ne repéra personne. Elle choisit une dalle ovale, entre deux pins courbés, et enleva son deux-pièces noir.

Lorsqu'elle était en tête à tête avec le soleil, parfois, elle se disait qu'il serait si bon de disparaître, de fondre sa trace dans la trace des autres, de mériter, peu à peu, l'oubli de ceux qui vous aiment, d'effacer le moindre indice de son passage dans l'amitié, l'amour des proches.

En bas, les pieds dans l'eau d'une cuvette entre les rochers, des naturistes s'aspergeaient. Tranquilles : quel gendarme s'aventurerait jusqu'ici? Pas sûr, au fond. Dire qu'on venait de trouver, ici même, un cobra royal, quelle horreur! Je me demande si David m'a crue quand j'ai dit que j'avais jamais entendu parler de la plage. *Pédale Rock*, comme disent les Nissards.

Car pour les homosexuels, ici, c'était bien. Connu de

l'Europe entière, l'endroit voyait, l'été venu, des diplomates et des hommes de lettres se croiser du regard et du geste. Sans omettre les profs en vacances, les étudiants, les professions libérales. Pas de préséances dans la nudité.

Avant la pleine saison, seuls les habitués se hasardaient à exposer leur corps sur les rocailles et rare étaient les femmes qui s'aventuraient ici. Quelques familles allemandes, courant août, rien de plus.

Elle se retourna sur le ventre. Oui, bien sûr, elle aurait pu dire à Lauren de l'accompagner, c'eût été gentil. Mais comment lui expliquer?

Elle s'ingénia à ne plus penser à rien, elle savait que d'ici peu on viendrait la surprendre et lui faire oublier, avec tendresse, amour peut-être, qui elle était. Et puis elle se releva sur un coude, une ou deux fois, au cas où le signal se renouvellerait, mais à quoi bon? C'était convenu, c'était comme ça.

Si ses parents savaient...

Lynette n'avait d'ailleurs pas l'intention, ni surtout l'impression de faire quelque chose de mal. Mais ils n'auraient pas compris, si vieux jeu tous les deux, ils auraient sûrement pensé qu'elle faisait cela en réaction contre leurs préjugés.

Lui employé de voirie, elle caissière dans un salon de thé du centre. Ça y est, elle ne pouvait s'empêcher de revenir à eux. Finalement, je suis moins libérée que je le prétends. Depuis le temps qu'elle aurait dû partir, couper le cordon, comme on dit. Peut-être qu'elle aurait eu besoin d'un coup dur brusque, un décès dans la famille, tiens. Déclic. Mais les exemples, elle songeait à Lauren, ne servent généralement qu'à vous conforter dans votre vérité. Ils n'entraînent pas, ils figent.

Pour l'heure, Lynette n'était plus qu'une banquise

brûlante, luisante d'ambre solaire, une publicité pour magazines, un peu comme Muriel, la pauvre, une image de rêve à bon marché. En bas, quelques types, déjà très bronzés, se baignaient, faisaient la planche ou se caressaient doucement dans les vagues; on n'entendait que sourdement, épisodiquement, le bourdonnement des autos sur la route, loin de cette enclave à la banalité qu'était la plage entre midi et deux.

Quelquefois, vous percevez un bruit, vous entendez un sifflement, un détail diffus, et vous vous rendez compte ensuite que c'était votre imagination, seulement votre imagination. Parfois aussi, il se passe réellement quelque chose et vous ne l'entendez pas, votre ouïe refuse, parce que vous vous croyez seul, que le moment n'est pas propice à la vigilance et qu'il est bon, de temps en temps, de résister aux sollicitations. A la distraction. Aux petits pièges extérieurs.

Lynette ne sut pas si elle avait véritablement entendu une branche brisée tout près ou si elle se faisait du cinéma, parce qu'on perd immédiatement conscience lorsqu'une flèche de fusil sous-marin vous transperce la nuque.

14

Entre douze et quatorze, le repos, souvent la sieste, un autre rythme, le farniente bien réglé, après un repas rapide. Dans presque toutes les belles maisons jaune passé du Vieux Nice, on n'entendait plus les enfants, les femmes laissaient la vaisselle pour le soir et, dans les bistrots, ceux qui ne rentraient jamais déjeuner en famille s'asseyaient autour des tables en bois pour laisser refroidir leur café, pour arrêter le temps.

Au lavoir, des pigeons tournaient sans conviction autour d'un gros labrador endormi et du côté du marché découvert, qui fermait boutique, les arroseuses métalliques faisaient leur devoir de propreté tandis que les vagabonds triaient parmi les cageots renversés les derniers légumes possibles.

Il faisait frais chez Muriel Zardo.

Dans la première pièce de l'appartement, la plus spacieuse, traînaient des disques dans leurs pochettes aux coins abîmés, des bouquins rangés sur d'étroites étagères au rebord vert cru. Des livres de poche, surtout. Un gros réveil anglais, aussi. Stoppé à sept heures, du matin ou du soir. A droite, touchant presque la haute fenêtre qui donnait sur la ruelle, un hamac accueillait depuis la mort de la jeune fille toutes les araignées du quartier.

David en écrasa une sous son talon de flic décontracté et s'assit sur un banc de bois noir pour prendre des notes, et revoir les anciennes.

Il n'avançait guère, pour changer.

N'écrivait que des bêtises.

Manquait d'enthousiasme.

Et se disait : Mettons que les Morelli me mènent en bateau. Qu'ils m'aient branché sur cette histoire de cadavre simplement pour juger de ma réaction, et qu'ils me l'aient finalement collé dans les pattes. Mettons qu'ils aient descendu la môme Zardo. Pourquoi? Hypothèse 1 : Paul Javal trompe Hélène, elle veut se venger et paie un type pour débarrasser la Côte d'Azur de Muriel, ou bien avec la complicité de son mari, elle tue elle-même la jeune fille. Non, c'est complètement bidon : le signalement du compagnon de Muriel ne correspond pas tellement à Paul Javal. Plutôt à Cyrus Gagnew. Donc hypothèse 2 : Muriel Zardo est la maîtresse de Gagnew, elle gêne, elle gêne qui, elle gêne Florinda, qui la descend, avec la complicité des Morelli puisqu'ils connaissent l'existence du cadavre. Oui, mais alors pourquoi assassiner Gagnew? Florinda n'a pas le genre ma-vengeance-sera-terrible, mais sait-on jamais? De toutes les manières, on a l'air aussi de vouloir ma peau, à petites doses.

Deux marches menaient à la cuisine, il les franchit. Ensuite, c'était la salle de bains, ripolinée turquoise, avec une minidouche, au rideau déglingué. Pour que la lumière, dans la pièce, reste allumée, il fallait glisser un bout d'allumette sous l'interrupteur. Ce bricolage d'homme pressé fit sourire David. Muriel était négligente ou bien elle se contentait de faire du camping entre quatre murs. Ou elle habitait le plus souvent ailleurs, ce qui n'était pas, semblait-il, le cas. D'après la concierge. Il barbouilla deux petites pages quadrillées

21 × 25 et ne trouva, dans un renfoncement, que des serviettes périodiques, des tranquillisants légers, de l'aspirine effervescente.

Restait une chambre. Sans porte. Un lit bas, deux petits oreillers blancs et noirs, ornés d'une pomme chacun. Noire idem. Armoire à glace, regorgeant de chemisiers, à la mode ou pas, un semainier en bois blanc peint par un dilettante. Un poste à transistors jaune citron.

Au moment où il venait d'avoir l'impression pas très agréable que quelqu'un de pas très honnête mais de très prévoyant était sans aucun doute déjà passé par l'appartement de Muriel Zardo, on frappa à la porte et David, une main sur son P. 38, dit d'entrer.

– Alors ? s'enquit Lauren.

– Alors rien.

– Encore ? Chaque fois c'est pareil : on dirait toujours que c'est sur la mer que tu enquêtes. Tu avances, elle recule, tu recules, elle avance. Tu crois tenir un indice, un galet, elle recouvre tout, ou elle te file entre les doigts. C'est pas possible, vraiment.

Il eut mal : ces mots lui rappelaient celle pour qui il était toujours resté « L'Inspecteur de la Mer ». Exactement pour les mêmes raisons, et pour d'autres. Il ne le dit pas.

Et elle l'embrassa en lui tendant un énorme sandwich au pain rond. Un pan bagnat, dégoulinant d'huile d'olive extra-vierge.

– T'as pas mis de câpres, au moins ?

– Je suis niçoise, pas idiote. D'ailleurs, je l'ai acheté tout fait, et si t'es pas content, mon bon, c'est pareil.

David mordit dedans, laissa s'enfuir un chouia d'œuf dur et Lauren reprit :

– C'est gentil de me donner des rendez-vous là où tu n'es pas. Remarque, la marche, ça délie la silhouette.

David ne répondit pas, mais avala un noyau d'olive.

– Au bureau, on m'a donné l'adresse d'ici, et recommandé de te dire que la belle Florinda t'a appelé. Deux fois. Entre nous, tes O.P. ils se foulent pas : y en avait deux qui faisaient un concours de crachats dans le couloir.

– Ce sont les plus distingués, marmonna David, la bouche pleine.

– Tu demandes pas ce qu'elle voulait, ta Brésilienne ?

– Ben, je suppose qu'elle doit en avoir marre de se sentir surveillée, quoi. Mais, si je lui laisse toute liberté d'action, je l'envoie à la mort.

– Pas prouvé, dit Lauren, moue adéquate. Toi qui as tellement rêvé de faire de la mise en scène, tu devrais savoir que c'est un rêve sacrément répandu. Tu n'imagines pas le nombre de dingues qui jouent les persécutés pour décrocher l'Oscar de la compassion.

Il était debout, près d'elle, et la dominait sans s'en rendre compte ; il la trouva soudain si petite, il voulut l'embrasser sur les cheveux, elle se détourna.

– Tu vas encore me demander quelque chose.

– Arrête de déconner.

– Non, je suis sûre. De ne pas t'accompagner, par exemple.

– Tu sais même pas où j'ai l'intention d'aller.

– Je m'en doute : villa Virginia Woolf. Comme si deux inspecteurs et une table d'écoute ne suffisaient pas.

– Jalouse ?

– Mon pauvre, ce qui me fait râler, c'est de te voir perdre tes journées. On se sert de toi, bordel.

David se dit elle va pas recommencer, par pitié. Nerveux, il tourna le bouton du transistor et on annonça l'ouverture du Festival de Cannes, ce soir, à vingt et une heures. Et si ça me plaît, qu'on m'utilise comme pion ? Il chassa cette pensée illico et demanda à Lauren qui elle était en train d'appeler. Au téléphone.

– Encore quelqu'un à décommander. J'aime ça, c'est fou.

Du bout d'un crayon-feutre, elle avait soigneusement composé un numéro.

– Lionel? Bonjour, c'est Lauren. D'accord, mais laisse-moi parler. Dis, pour ce soir, j'ai un petit problème.

Elle s'interrompit en poussant un gros soupir rond. David alluma une Pall Mall menthol, après s'être déshuilé les doigts sous le robinet de la cuisine, et puis il continua à soulever sans conviction les coussins du lit, dans l'alcôve, un jeu de tarots, une grosse boîte à ouvrage d'Italie.

– Rien de grave, non, reprit Lauren. Un truc de dernière minute. Oui, c'est ça, sois jaloux, ça te va au teint. Et merci pour les alexandrins, *ciao.*

Elle raccrocha.

– Il m'a récité un de ses poèmes...

– Est-ce que tu es obligée de lui dire que c'est bon, ce qu'il fait, ou vous avez dépassé ce stade-là?

– Je lui mens un peu, telle fille tel père. Qu'est-ce qu'on fait?

Comme il tardait à répondre et qu'elle n'avait pas, une fois de plus, le désir fou de rester là à ne rien faire, elle plongea sur les tas de journaux qui s'empoussiéraient depuis quand, on se le demandait, sur le rebord de la petite fenêtre carrée qui côtoyait la grande. David qui lui tournait le dos finissait de remplir son carnet de pattes de mouches qu'il serait tout à fait incapable de relire.

– Dis donc, c'était de la grande littérature, qu'elle lisait, Muriel Zardo.

– Tu sais, pour passer le temps...

Alerté, il ajouta :
– Fais voir.
Il lui arracha *Jours de France* des mains.
– C'est pas de ça que je parle, en fait, fit Lauren.
Du doigt, elle désignait les piles où s'entassaient des *France-Dimanche* et des *Ici-Paris*, des *Meilleur* et des pires.
– Et ne me dis pas que c'est pour allumer le feu, insista-t-elle.
David ne voyait pas clairement où elle voulait en venir, et sûr qu'elle-même l'ignorait, mais, évidemment, la presse à scandales, comme dit la presse à scandales, ne cadrait pas idéalement avec l'image qu'il s'était peinte de Muriel Zardo.
Lauren prit un peu de tout dans la pile, et David fit :
– Alors, miss Marple, on trouve?
Lauren siffla.
– Ouais. Je ne cherche même pas, je trouve. Ceci.
Elle tendit à son père un exemplaire de chaque, tandis que quinze heures sonnaient à l'église Saint-Réparate où David avait fait sa communion si solennelle.
A la page deux de chacun des journaux dits normaux, on trouve l'adresse et le téléphone, généralement, de la rédaction en chef, ce sont des choses qui se font. Ce qui se fait moins, en revanche, c'est d'entourer toutes ces indications précieuses de rectangles visiblement tracés avec du rouge à lèvres.
– Qu'est-ce que ça signifie, d'après toi? interrogea la jeune fille.
– Qu'elle avait envie de se placer.
Une idée lui vint. Il se mit à parcourir les bas de pages et sut très vite que ce qu'il venait de dire comme une évidence se révélait être une bêtise de plus : tous ces journaux ne dataient ni d'hier ni d'avant-hier.
– Décidément, je comprends rien, avoua-t-il.

– Y a peut-être rien à comprendre, mais toi aussi, tu te dis, comme moi, que les journaux sont drôlement vieux, non? Qu'ils datent tous d'une époque où Muriel Zardo ne pouvait absolument pas penser à ce qu'elle ferait quand elle serait grande.

– Exact.

– A propos, je te signale que Lynette l'a très bien connue. David rugit un Quoi? furibard.

– Eh bien, c'est pas son droit?

– C'était surtout son devoir de m'en parler. La petite conne.

La concierge ne dit pas bonsoir et encore moins merci lorsque David Géant lui rendit la clé de l'appartement de Muriel en précisant qu'on reviendrait sûrement, et dans pas longtemps. Et surtout, laissez monter personne. Comme si j'avais l'habitude, marmonna la femme.

Il sortit du commissariat et alla rejoindre Lauren, qui l'attendait dans la Méhari, en lisant Nietzsche.

– Du neuf?

Il démarra en trombe.

– Encore Florinda. Heureusement que j'étais là. Elle veut me voir. Le plus tôt possible.

– Maintenant?

– J'ai dit demain.

– Comme d'habitude. Pour ce qui est de perdre du temps, t'es vraiment le roi. En plus, c'est pas tellement galant.

– Je suis un de tes conseils, chérie : t'emballe pas, papa.

– Je t'ai jamais dit ça, menteur.

Menteur, oui.

Et las, le rétroviseur le lui apprit, et lui révéla également que depuis leur départ du commissariat une Audi super-luxe vert pomme leur filait le train.

15

– Tu l'as semée comme un chef, dis-moi.

David ne détrompa point Lauren au sujet de l'Audi suiveuse, mais il savait très bien que si le conducteur les avait brusquement laissés choir en cours de filature c'était à dessein, et non pas grâce à la virtuosité de papa Géant. Décidément, se dit celui-ci, c'est la deuxième fois qu'on me fait le coup. Une première sur mer, avec les Morelli, et maintenant sur rue. En bagnole. Et, tout comme celui du hors-bord, le chauffeur de l'Audi, David avait eu le temps de le noter, portait une casquette. Qu'on ne me parle pas de coïncidences, elles sont faites pour les morts, songea-t-il. Et si ça continue, si je ne réussis pas d'ici, disons, trois semaines, la casquette, c'est moi qui vais la porter.

Ils passèrent devant la maison où Tchekhov avait pioncé en telle année et devant l'hôtel particulier d'un certain Grégoire Salicetti; chez lui, avant dissolution, s'abritait le groupe Ordre Nouveau. On disait même qu'en ces lieux, une fois par mois, se donnait une tombola dont le gagnant bénéficiait instantanément du droit d'aller tabasser, jusqu'à ce que mort s'ensuive au besoin, un Arabe des chantiers du port. A présent, le dénommé Salicetti, honorable marchand de vins, dormait en prison pour une histoire d'abat-jour en peau humaine importés du Brésil, et c'est justice, pensa David tandis qu'il garait la Méhari devant la grosse merde blanche qu'était le monument aux morts. Le nez en l'air, Lauren, déjà, fixait le phare.

Chaque fois qu'ils venaient faire quelques pas sur la jetée, en après-midi comme aujourd'hui ou, mieux, en fin de journée, et qu'ils s'installaient, après un quart d'heure de marche sans un mot, côte à côte sur l'une des plates-formes entre les rochers pointus mais pas méchants, Lauren semblait ne voir que le phare, qui n'avait, comme beaucoup de phares, rien de très extraordinaire. Seulement David avait eu le tort de débiter un soir à sa fille quelques contes et légendes du pays niçois, rayon Occupation. Sans vouloir se montrer particulièrement misogyne, avouons qu'il y avait plus d'une femme française, à l'époque, pour monter faire des sourires et le reste aux doux Allemands en faction dans la tourelle du phare et celles-là, à la Libération, elles n'eurent pas besoin d'emprunter pour redescendre l'escalier raidissime. Il y avait même des jours où on avait l'impression que leurs corps disloqués remontaient à la surface, pour narguer les retraités en salopette qui pêchaient chaque après-midi, face à l'horizon couvert, des poissons qu'ils distinguaient mal.

– Tu veux jouer aux devinettes? lança Lauren.

– Quel genre?

– Par exemple, le jour de mon anniversaire. Tu t'en souviens?

– Vaguement. Pourquoi?

– Pour que tu me le souhaites maintenant. A la date exacte, je serai à San Francisco.

– Avec quel fric?

– Le tien, tiens.

Il fit mine de se concentrer pour réfléchir, mais, en fait, il pensait à Florinda; il regretta d'avoir remis au lendemain leur rendez-vous, on ne sait jamais. Puis il finit par dire :

– 2 juin. Tu es née le 2 juin.

– *Yes.* Comme le marquis de Sade.

Elle disait cela à chaque fois et, comme à chaque fois, il n'embraya pas. Il n'aimait pas le marquis. Si on lui avait demandé pour quelles raisons, il n'aurait su quoi répondre : peut-être que le marquis de Sade n'avait jamais rencontré la mer, un truc comme ça.

– Qu'est-ce que tu as fait à tes cheveux ? interrogea-t-il, pour envenimer, tandis que se levait le vent.

– Un brushing. Moche ?

Lauren, il en fut surpris, avait renoncé à se montrer agressive. Pour pas très longtemps sans aucun doute, mais elle ne faisait que quémander son avis, simplement son avis, petite fille.

– Bizarre, je trouve. Tu as de si beaux cheveux. C'est inutile, non, tous ces machins-là ?

– Ça leur fait du bien.

Des pêcheurs en barque regagnaient le port.

– Un jour, j'en faucherai une, de barque, et je partirai, dit Lauren.

Ça ne lui plaisait pas, comme perspective, mais, cependant, David dut faire avec : Lauren, un beau matin, ficherait son camp.

Les pas pressés qu'ils entendirent derrière eux alors qu'ils approchaient du pied du phare les firent se retourner : un vieux bonhomme coiffé d'un béret courait vers eux en agitant les bras.

– Eh ! venez voir.

David se dit : encore un qui croit tenir un espadon ou la Toison d'Or, mais le vieux insistait, en crachouillant :

– C'est tout de même pas croyable, des choses pareilles, fit-il, accent nissard garanti.

Du doigt, il montrait un type assis, en contrebas, à cinq cents mètres. De là où se tenaient le vieux, David et sa fille, le type avait l'air de tremper les pieds dans l'eau. Il était occupé à quelque chose, c'était visible, et ce ne fut qu'en s'approchant assez près que David sut ce qu'il faisait, qui n'avait rien à voir avec la pêche : l'homme astiquait une Winchester en lisant *Minute.*

Dès qu'ils furent tous à sa hauteur, l'homme tourna la tête vers eux et esquissa un sourire. David se demanda où il avait déjà bien pu voir l'inconnu. En photo ou en nature.

– Vous avez l'intention de tirer sur qui? demanda-t-il, dur.

L'homme posa l'arme à côté de lui, sur un chiffon blanc ouvert en carré.

– Sur tout ce qui ne me revient pas, plaisanta l'homme.

Trente ans, trente-trois. Un costume en jersey marron clair, chemise beige, chaussettes assorties. Même si la Winchester ne lui allait pas, l'inconnu ne devait pas avoir la générosité pour habitude, ni la pitié comme seconde nature. Il se leva, et le vieux recula d'un pas.

– Vous savez que c'est interdit, ce que vous faites là? dit David parce que de temps en temps lui revenait en mémoire le fait qu'il symbolisait l'ordre.

– Pourquoi, vous êtes garde-chasse? rétorqua l'inconnu.

Lauren ne quittait pas des yeux l'hebdo que l'homme avait laissé tomber sur la carabine.

David montra sa carte.

– C'était inutile, fit l'homme. Je sais parfaitement qui vous êtes, et si je suis là, c'est justement pour vous rencontrer.

Surprise du vieux, qui s'éloigna, déçu.

– Pour ce genre de choses, j'ai un bureau, dit simplement David.

– J'aime mieux le plein air.

Le foulard indien que l'homme portait autour du cou lui donnait un semblant d'allure artiste qu'il ne devait pas assumer complètement. D'une minceur de tennisman, et pourtant rien d'un sportif. D'un bronzage impec, et pourtant rien d'un play-boy. Le regard de quelqu'un, pensa David, qui n'a ni totalement réussi sa carrière ni véritablement commencé sa vie.

– De toute façon, pour me rencontrer, vous n'aviez pas besoin de ça, fit David en désignant l'arme.

– Je voulais faire un effet. Vous conviendrez que c'est normal quand je vous aurai dit que je suis metteur en scène.

– En activité?

– En activité intermittente pour l'instant.

– Et avant?

– Toutes sortes de choses.

David mourait d'envie de lui demander son nom, mais il vaut toujours mieux, lui avait-on appris en classes de formation, le laisser dire au type. Comme ça ne venait pas, il se contenta de répéter :

– Toutes sortes de choses?

– Assistanat, publicité, télévision. A peu près, quoi.

– Et vous vouliez me voir à quel sujet?

David saisit l'arme et l'enveloppa de son chiffon blanc et puis il invita l'homme à faire quelques pas. Lauren les suivait un peu en retrait. Assistanat, télévision, pub', tout ce qu'avait rêvé David, du temps où il rêvait.

– Au sujet de la fille morte, entre autres choses.

– C'est maintenant que vous vous y prenez?

– J'avais à faire.

– Vous la connaissiez donc?

– Indirectement. Et puis, c'est surtout...
– Oui?
Au fur et à mesure qu'ils s'éloignaient du phare pour se rapprocher du boulevard de front de mer, leurs regards caressaient la colline du Château qui surplombait la mer en protégeant de sa falaise-écrin l'abominable monument aux morts.
– Vous connaissez bien Florinda, n'est-ce pas? dit l'homme.
Nous y voilà.
– Son amant était l'amant de Muriel.
– Je m'en doutais, figurez-vous. On piétine.
– J'aime Florinda, je l'aime beaucoup, sans la comprendre.
– C'est souvent mieux comme ça, soupira David.
– Nous ne sommes pas en très bons termes, vous savez, précisa l'homme, mais après ce qui est arrivé à Cyrus, tout change...
– Vous attendez quoi au juste?
– Que vous la protégiez. J'ai peur pour elle.
De quel droit, faillit demander David, et il fit bien de se retenir, car l'autre répondit à sa question :
– Je suis son frère.

Assis sur le trône, l'inspecteur Géant se mit à récapituler, cependant qu'étendue sur le canapé-lit Lauren repensait au moment où ils s'étaient séparés de Frederick Foldan. David aurait certainement tenu à prolonger l'entretien, l'entrevue, histoire de saisir autour de Foldan ce tremblement qui lui servait d'indice, de gué entre deux berges. Mais Frederick Foldan, qui avait promis de rester à l'entière disposition de la justice avant d'ajouter que Florinda était devenue injoignable au téléphone, était ensuite monté dans son Innocenti noire où semblaient l'attendre deux jeunes gens. Le regard paressant sur les piles de polards entassés aux toilettes, sur les *Figaro* que Lauren et lui aimaient bien terminer là, David faisait du flash-back à outrance, et transformait son esprit en un film de Robbe-Grillet. Où placer Frederick Foldan dans cette mosaïque de plans sans rapport les uns avec les autres? Loin de Florinda, ce serait pas mal, du point de vue équilibre esthétique, parce qu'ils se ressemblaient beaucoup, c'est pour ça que David avait cru connaître Frederick.

– Tu crois que le Foldan fréquente les Morelli? hurla David à travers la porte.

– Je m'en fous, répliqua Lauren qui boudait parce que David ne lui avait pas offert l'intégrale des Dumas père qu'elle avait non seulement repérés chez une bouquiniste un peu bigote de Nice-Ouest, mais déjà retenus en prévision de son anniversaire du mois prochain. Et comme elle avait dit je voudrais que tu me le souhaites maintenant aujourd'hui tout de suite, elle faisait une gueule comme ça devant l'insouciance de son paternel.

– Moi, je m'en fous pas. Pour une fois que je te demande de m'aider, hurlait-il toujours.

– Je refuse, glapit Lauren. C'est la vie.

Dans cette histoire où Cyrus n'avait pas d'ennemis, comme on dit dans ces cas-là, dans cet imbroglio, cette auberge espagnole changée en motel d'avant l'été, David se tapait mentalement la tête contre les murs parce que, de toutes les affaires dont il s'était occupé, c'était la première où la solution n'était pas évidente au départ. Jusqu'alors, il n'avait eu qu'à rassembler des preuves, et avec un peu de muscles, et un coup de pouce au besoin, on y arrive toujours, mais là, transformé en Hercule Poirot de la Riviera, il avait l'air con.

Même la chasse d'eau, quand il la tira, sembla se foutre de sa tronche.

Le cantonnier n'était qu'à deux bosquets de l'endroit où avait été découvert le cobra quand il referma sa braguette d'un air soulagé, car il n'y a pas d'heure à Pédale Beach pour tailler une pipe au passant honnête. Et lorsque le passant vient régulièrement faire mine de débroussailler le coin, et ce depuis vingt ans, il y a toujours, le cantonnier venait d'en faire une fois de plus l'expérience, tapi sous les arbustes, un amateur matinal prêt à le satisfaire d'une bonne manière.

D'un clin d'œil trop appuyé, le cantonnier remercia et salua en même temps le quadragénaire aux dents longues qui l'avait fait jouir et reprit ses instruments au moment où le *Napoléon* appareillait pour la Corse; on entendit la sirène, échappée du port de Nice, pourtant pas tout près tout près.

C'est à ce moment-là aussi que le bout du Pataugas gauche du cantonnier buta sur les doigts glacés de Lynette Rochat.

16

Scotch, buttermilk, boisson des îles. Chocolat chaud. Thé glacé. Crème de noisette. Huile d'olive. Ginger ale tiède. Crème de marron, crème de marron, crème de marron.

Lauren avait avalé tout ça d'un seul coup d'un seul, et elle n'était pas malade, ce qui prouve bien qu'on peut être fille de flic et avoir l'estomac solide. Pas malade, non. Elle ne l'était pas plus maintenant que tout à l'heure, lorsque David, la gorge nouée, lui avait annoncé la mort de Lynette. Pas plus malade, et pas moins. Elle se sentait un peu comme le condamné à mort britannique qui, la corde au cou, guette la seconde où va s'ouvrir sous ses pieds déjà inutiles la trappe finale.

– Il fait si chaud que j'ai mis mes sous-vêtements dans le freezer, soupira Marilyn Monroe.

David tourna le bouton du mini-Sony : il n'avait vraiment pas la tête, ce soir-là, à revoir pour la huitième fois *Sept ans de réflexion,* surtout que d'ici quinze jours et vu la tournure, de plus en plus obscure, des événements, il devrait rendre des comptes, et que, suivant la manière dont ces comptes seraient reçus en haut lieu, il aurait peut-être plus de sept ans pour réfléchir à ses conneries.

Pour l'instant, il pensait seulement la pauvre, la pauvre gosse, elle a dû se laisser embarquer sur des bateaux trop grands pour elle. Quand on l'avait prévenu, il était chez Florinda depuis vingt minutes d'une matinée qui s'annonçait superbe. Elle lui avait offert du thé, qu'il n'avait pas eu le temps de goûter car l'inspecteur Salvatore, qui avait pris la communication dans sa 404 banalisée, devant la villa aux grilles en vagues, avait fait irruption comme un lourdaud qu'il était. D'emblée, il avait demandé à Florinda de les laisser, David et lui, seuls un instant, et lorsqu'elle les avait rejoints, portant des toasts, Salvatore s'en était allé retrouver son collègue à l'extérieur, et ils étaient repartis sur Nice parce que David leur avait dit on n'a plus besoin de vous dans le secteur, je vais tenter quelque chose.

– Vous avez entendu? avait lancé David, d'autant plus agressif qu'il était bouleversé par la mort de Lynette Rochat.

– Je n'écoute pas aux portes, avait répondu Florinda en posant les toasts sur la table basse et en roulant son *r*.

– La meilleure amie de ma fille a été retrouvée morte, une flèche de fusil sous-marin fichée dans la nuque. Lynette Rochat, ça vous dit quelque chose?

Florinda avait frissonné, ou alors, indulgent malgré tout, David lui en avait prêté l'intention.

– Non, je ne pense pas avoir déjà entendu ce nom-là.

– Il paraît qu'elle connaissait Muriel Zardo. Muriel Zardo, ça, ça vous évoque bien des souvenirs, non?

Florinda s'était vivement levée, elle était allée s'appuyer à la baie vitrée, elle avait longuement fixé la mer scintillante où semblaient déjà se superposer des images, tellement d'images.

– Aidez-moi, s'il vous plaît, c'est difficile, avait-elle fini par dire, dignement suppliante.

– Bon. J'ai des raisons de croire que Muriel Zardo était la dernière en date des maîtresses de Cyrus Gagnew et j'ai, également, d'excellentes raisons de penser qu'étant donné vos relations avec Gagnew, vous étiez au courant de cette liaison. Je me trompe?

Elle s'était retournée vers lui, et elle avait répondu, avec difficulté :

– Je les ai vus, oui, une ou deux fois ensemble et Cyrus m'en a parlé, souvent. Il me disait tout.

– Sauf où il passait ses nuits.

– Ne soyez pas vulgaire.

– En tout cas, vous ne m'avez jamais parlé auparavant de Muriel Zardo.

– J'ignorais que ce fût elle qu'on recherchait...

– Maintenant, je voudrais savoir pourquoi vous m'avez fait demander de venir vous voir.

Elle replongea dans le silence.

– Pour me parler de quoi? avait insisté David. De votre frère?

Le regard qu'elle lui avait décoché alors était couleur d'effroi, c'était certain.

– Vous connaissez Frederick?

– Depuis hier. Un drôle de type, excusez-moi.

– Ne le jugez pas sans savoir, avait-elle dit.

– Entendu. Mais, puisqu'il s'agit de ce que je peux ou ne peux pas savoir, qui est la personne qui vous persécute avec ses coups de fil?

– Vous vous en doutez un peu, n'est-ce pas?

Presque au hasard, il avait rétorqué :

– Votre pourvoyeur de drogue?

Elle avait acquiescé, d'un simple signe avec la tête, et ses cheveux avaient repris, cinq secondes, le mouvement des vagues au ralenti.

– Ce ne serait pas votre frère, non?

En insinuant cela, il l'avait choquée, ou alors elle jouait rudement bien la comédie, et du coup il n'avait plus osé lui demander si elle était, oui ou non, en bons termes avec Frederick, et puis elle lui avait quand même donné l'adresse de son frère, s'il voulait il pouvait vérifier sur place et de toute façon elle n'avait aucun compte à lui rendre, tout ce qu'elle désirait maintenant c'était l'arrestation de l'assassin de Cyrus et l'assassin de Muriel aussi puisque ce ne pouvait être qu'une seule et même personne, j'en suis sûre, avait-elle dit en précisant qu'elle ne pouvait rien préciser de plus, et ils s'étaient séparés dans un climat désagréable à tous les deux, sur un malentendu, David un peu trop sec, elle un peu trop laconique, et il s'était glissé au volant de la Méhari prune en se disant tout de même c'est pas facile d'être une victime.

Il pensait encore à tout ça dans la vaste salle aseptisée de la morgue où il avait drôlement dû se forcer pour poser, ne serait-ce qu'un œil, sur le cadavre de Lynette Rochat, et il se dit que pas très loin, à quelques tables de distance, dormaient la petite Zardo et Cyrus Gagnew. Il ferma les yeux en serrant les poings très fort : entre l'autopsie et les obsèques s'écoulait à son goût un laps de temps trop grand, et cet espace où l'on manipulait les corps depuis le viol jusqu'à l'hommage était intolérable à son esprit. Lauren avait demandé à l'accompagner, je dois m'aguerrir, avait-elle expliqué dans une sorte de flottement cotonneux, mais l'inspecteur Géant s'y était opposé net : ce n'était pas du courage de sa fille que David avait douté, mais du sien.

– Je vous laisse un moment? proposa Étienne, le vieux gardien.

– Ça va, merci. Les parents sont venus, je crois.

– Oui. Même qu'ils sont pas restés très longtemps. Il a fallu faire sortir le père.

Les murs vert pâle luisaient sous les gros néons ovales, comme s'ils avaient subi deux averses. Partout suintait l'odeur d'irrémédiable.

– Personne d'autre?

– Personne. Seulement le père et la mère.

David s'adossa au mur.

La première fois qu'il avait rencontré Étienne, ce n'était pas à la morgue, c'était à l'hôpital. L'Hôpital Saint-Roch, juste à côté. Le vieux gardien montait chaque jour rendre visite à sa maîtresse malgache qui avait attendu de dépasser les quarante-deux ans pour lui donner un fils, tiens, j'ai oublié de lui demander de ses nouvelles. Lui, David, à l'époque, il venait voir Marianne. Marianne. Il avait fait sa connaissance d'une manière inattendue, marrante, Marianne. Dans une église. Pendant qu'il pistait un faux abbé poursuivi pour recel, elle, tranquille, pillait les troncs. Leurs regards s'étaient croisés, instantanément complices, David s'était approché, il avait embrassé Marianne. Plutôt, il s'était contenté de baiser, rapide, le chapelet qu'elle serrait nerveusement contre son nombril qu'on devinait, affolant, sous le pull trop court. Il n'avait jamais su pourquoi le chapelet.

Peut-être qu'elle priait Dieu de la faire réussir dans son entreprise.

Maintenant, il nageait avec elle dans la piscine trop limpide de ses souvenirs, il crawlait les yeux ouverts et l'image de Marianne lui chatouillait les glandes lacrymales, comme de la Javel.

Tu as dit oui quand je t'ai demandé de venir avec moi, oui quand j'ai ajouté que tu n'avais rien à craindre, oui lorsque j'ai fermé les contrevents pour nous offrir la pénombre, oui encore dès que j'ai commencé à te déshabiller lentement, oui quand je t'ai épousée, oui toujours oui chaque fois que j'ai voulu te faire l'amour. Non, tu ne l'as dit qu'une fois, je me rappelle : au moment où tu as compris que le début de la vie de Lauren marquait la fin de la tienne, Marianne. Tu as murmuré non, non pas encore, non pas déjà, c'est trop bête, non.

Et voilà.

La première à se mettre debout, entièrement nue, fut Muriel Zardo; David n'eut aucun mal à la reconnaître, pourtant elle n'était plus défigurée, et elle passa à travers lui sans la moindre gêne. Ce fut ensuite au tour de Lynette Rochat, amincie, semblait-il, et dont la plaie à la nuque s'était presque entièrement effacée. Puis apparut Cyrus Gagnew, qui ne portait pas plus de vêtements que les autres, et se succédèrent alors, à ce carrefour qu'était David, ce carrefour de verre, des centaines d'inconnus, des gens qu'il n'avait jamais vraiment rencontrés, excepté la vieille danseuse Osiris, mais cela était si loin, cela avait si peu d'importance puisqu'il était ici pour se mêler à eux, pour confondre les visages et les corps de toutes ces personnes qui le traversaient de part en part, le retraversaient en tous sens. Le gardien lui-même faisait partie du nombre, lui aussi nu, lui aussi glissant contre les murs brillants, moins verts que tout à l'heure, et c'est lui finalement qui prit David par la main pour l'aider à passer lorsque les murs s'écartèrent, libérant ainsi d'autres inconnus, des milliers peut-être, qui vinrent se croiser à l'intérieur de David, dans sa transparence, tandis que la morgue n'était plus la morgue mais un dôme immense baigné d'un soleil tellement blanc qu'on pouvait malaisément garder longtemps les yeux ouverts. Malgré cela, David reconnut en ce lieu gigantesque et sans couleur le Palais des Expositions de la ville, des milliers de mètres carrés de laideur officielle, que l'on avait ornée de gradins, disposés en cercle, comme s'il y avait eu, d'ici quelques heures, l'ouverture d'un concours hippique. Des gradins où s'entassaient des inconnus, encore des inconnus, alors que David commençait à transpirer dans son imper noir. Cent mille personnes, on ne pouvait pas savoir, car c'étaient souvent les mêmes qui envahissaient David, et ça lui faisait du bien, au fond, ces allées et venues qu'il ne commandait pas totalement, comme un flux amoureux. Ce pouvait être, oui, un concours hippique parce qu'il y avait des obstacles, il y avait des haies, on pouvait également distinguer une rivière, mais rien, dans ce hall démesuré, n'était de bois ni d'eau : la rivière comme les obstacles étaient composés d'humains volontaires, courbés ou étendus, formant pyramide, vagues et autres figures de géométrie mouvante. Lorsque surgirent les cavaliers et qu'ils commencèrent à sauter les obstacles, en renversant un, en piétinant un autre, David entendit très clairement les murmures grandissants de la foule et alors il se demanda pourquoi les spectateurs sur les gradins étaient séparés, c'était très net, très étrange, en deux zones vastes. A gauche de David et du stade puisque le Palais s'était, dans l'esprit de David, sous ses yeux fatigués, mué en stade, à gauche siégeaient les Blancs, à droite se bousculaient les Noirs, et jamais il n'avait vu autant de Noirs dans la ville, mais s'il avait été davantage lucide, à ce moment-là, sans doute se serait-il rappelé qu'il n'y avait pas si longtemps on avait jumelé la bonne ville de Nice avec la non moins bonne ville du Cap et voilà ce que cela donnait, et puis brusquement il glissa dans un autre alvéole, une autre dimension encore car on le traînait vers le milieu de la piste de sable blanc, c'étaient Étienne le gardien et la vieille

Osiris qui le traînaient, il se sentait bien, il dévalait, il dévissait, il chutait, c'était merveilleux de fluide indépendance, et même lorsqu'il lui sembla distinguer, tout contre une haie humaine, Lauren et sa mère en train de se caresser, le bien-être ne le quitta pas, au contraire, surtout que les cris de la foule, debout maintenant, la foule noire, la foule blanche, leurs cris s'étaient peu à peu liquéfiés pour donner cette mélodie d'Oscar Peterson, comment s'appelait-elle déjà, *Waves, Vagues,* oui, *Vagues,* comme là-bas la ville de Florinda, Florinda qui surgissait à présent de la haie humaine juste derrière Marianne et sa fille et se mêlait à elles, tendrement, qu'elles étaient belles sur cette musique et sous la coupole immense du Palais. Alors, les spectateurs se ruèrent sur la piste, bras dressés au-dessus de leurs têtes ou bras en avant, se saisissant des cavaliers dans des mouvements d'allégresse muette, mis à part Oscar Peterson et son piano, toujours là, toujours en sourdine, et la plupart se mirent à danser, Blancs et Noirs, n'y tenant plus, se mélangeant enfin par ce rythme que chacun retenait en lui depuis tant et tant de temps, et David qui avait craint un drame, la répression, la mort, se laissait investir, dévaster de plaisir, par ces groupes enlacés, par la mélodie, et se retrouvait à cheval, il était maintenant l'unique cavalier, et il dominait, avec son imper noir, un monde qui n'existait qu'en lui.

La gifle du gardien le réveilla.

– Excusez-moi, vous avez dû avoir un malaise, dit Étienne.

David faillit en avoir un autre lorsque, après avoir refermé la porte de l'appartement, il alla directement à la chambre de Lauren et qu'il la vit : assise en tailleur sur son lit, elle le regardait sans le voir. Méticuleusement, elle s'était rasé le crâne.

Hier, sur les hauteurs de Nice, en début d'après-midi, un incendie d'origine criminelle, pensent les enquêteurs, s'est déclaré dans les serres d'œillets appartenant à M. Jean-Claude Vérola, cultivateur-expéditeur bien connu dans la région niçoise. En quelques secondes, le sinistre a détruit des milliers de fleurs, avant de s'étendre au reste du terrain et d'embraser une dizaine d'oliviers d'âge respectable. Au moment où nous publions ces lignes, M. Vérola n'a toujours pas donné signe de vie.

17

La matinée suivante se passa en interrogatoires et en lectures d'interrogatoires. David perdit plus d'une heure à questionner sa fille qui sortit progressivement de sa torpeur, sans toutefois lui révéler pourquoi elle avait cru bon de se changer en bonze. Et plus il lui posait de questions, et moins elle répondait, elle n'était pas pour rien la fille de son père : David aussi, il suffisait qu'on lui demande quelque chose de précis, sur son emploi du temps, ses habitudes ou la personne avec qui il avait dîné la veille, pour qu'instantanément il se referme sur lui-même, coupant la conversation, quitte à apporter plus tard à son interlocuteur trop curieux les précisions exigées. En Belgique, on dirait qu'il est *contraire*. A Nice, *bastian countrari*, ce qui est exactement la même chose.

Dès que Lauren se vit chauve, après une nuit sous sédatif léger, elle poussa quand même un petit cri, et téléphona à leur vieille amie Suzanne, laquelle confia aussitôt sa pharmacie de luxe à ses deux assistants pour accompagner la fille de David dans les grands magasins, histoire de choisir une perruque – chez un spécialiste, c'était beaucoup trop cher, et ça prendrait au moins trois semaines.

– Tous les gens qui se retournent sur moi sont des

cons, lançait Lauren à tout bout de champ, mais, la connerie étant sourdingue, les Niçois ne se gênèrent pas pour zieuter Lauren.

Pendant ce temps, David, les pieds sur son bureau, face au poster du Che, ingurgitant capucino sur capucino, parcourait les rapports de ses inspecteurs, et ça ne lui apprenait pas grand-chose, d'autant moins de choses qu'il ne leur avait pas indiqué sur quels points de détail il convenait d'interroger les gens, disons les témoins. Ça donnait donc :

Docteur Morelli : Je ne connaissais pas cette jeune fille, cette Lynette Rochat. Ni elle ni la précédente.

Hélène Morelli : Moi non plus, inspecteur. Muriel Zardo, par contre, je crois bien, maintenant, me souvenir que je l'avais déjà vue. A la publicité de l'entracte. Dès que je l'ai vue flottant sur l'eau, malgré son visage en bouillie, j'ai su que je l'avais aperçue quelque part. Belle fille, oui. Les maillots qu'elle vantait, en revanche, étaient quelconques.

Paul Javal : Effectivement, moi aussi, j'avais repéré son corps, excuse-moi, Hélène. Son corps, en professionnel. Je m'étais dit tiens, celle-là ferait bien mon affaire. Pour une série de photos nues, j'entends. Et puis on oublie. Non, quand je l'ai vue, là-bas, franchement, je ne l'ai pas reconnue. Quant à cette petite Rochat, alors là non. Pas du tout. Désolé.

Frederick Foldan : Lynette Rochat? Absolument pas. Mais si vous voulez mon avis au sujet de la petite Zardo, le voici : une pauvre fille à qui on fait miroiter la fortune, Hollywood, n'importe quoi. Une fille déphasée, sans aucun doute, dont les tendances mythomanes ne demandaient qu'à s'exprimer au grand jour. Bon. Avec raison, la fille s'exalte, se voit déjà dans les bras de Paul Newman, s'étourdit. Si, si, ne riez pas, ça existe encore ce genre de paumées. Plus je travaille dans le cinéma, plus j'essaie d'y travailler, veux-je dire, plus je me rends compte qu'il faut avoir les reins solides, sans parler de la cervelle, pour tenir le coup. Ne vous inquiétez pas, moi, j'ai les pieds sur terre. Et il n'y a pas que le cinéma qui m'intéresse.

Et l'inspecteur avait ajouté en marge : *Dès qu'on lui dit être au courant de la liaison Muriel-Gagnew, Foldan ne prononce plus un mot.*

– C'est tout ? demanda David lorsque Salvatore vint s'asseoir en face de lui, dans son nouveau petit costume demi-saison.

Impeccable, infroissable, lavable. Pur tergal, comme toujours.

– A peu près, oui. Un ou deux voisins des Rochat, qui s'accordent tous pour dire que la petite était une gosse sage, sans histoire, presque anonyme. Peut-être d'ailleurs qu'ils pastellisent le tableau par égard pour la famille et pour être peinards vis-à-vis de nous.

– Peut-être.

– Je vous rappelle aussi que les parents, vous avez dit : je me les réserve.

– En effet, je les verrai ce soir. Ou demain.

– Vous ne croyez pas qu'il faudrait y aller tout de suite ?

David ne tenait pas tellement à avouer qu'il ne se sentait guère le courage d'affronter les Rochat. Il proposa une Pall Mall menthol à l'inspecteur Salvatore, qui refusa en sortant ses Muratti.

– Encore un truc : c'était quoi, ce que vous vouliez tenter chez la Brésilienne ?

Sans répondre, David invita Salvatore à descendre déjeuner à la cantine. Il n'y avait d'ailleurs rien à répondre. On ne dit pas à ses collaborateurs quand on fait fausse route. En tout cas, David ne disait pas.

Le premier s'appelait Jean et c'était un indicateur

comme beaucoup d'autres, ni fier ni honteux de l'être, craintif et parfois arrogant. Surtout quand il avait un moins de vingt ans en face de lui. Alors, là, c'était l'incendie de Rome en technicolor et son stéréo. Mais lorsque David dévala les quarante marches qui séparaient le comptoir de la brasserie des toilettes, Jean était tout calme, le nez sur ses mots croisés géants.

– Tu m'as téléphoné, on m'a dit.

– Excusez-moi, je sais que vous n'aimez pas, patron, dit Jean en jetant autour de lui des petits regards affolés.

Depuis la dernière fois que David l'avait vu, il s'était encore déplumé, il avait encore jauni, il ne sentait plus du tout l'œillet mignardise.

Une jeune femme sortit des *ladies* et laissa vingt-cinq centimes. Écœuré, Jean fit un bruit de bouche.

– Si c'est pas malheureux. Vous avez vu? Ils ont tous la vessie plus élastique que le portefeuille.

– Fallait choisir, dit David, qui s'impatientait. Ça ou la taule.

Jean ralluma sa vieille Gauloise et dit :

– C'est à propos des types qui vous ont tabassé, au Derrida's.

– Alors?

– Soyez moins sec, patron. Pourquoi vous me causez si dur?

Tout simplement parce que David Géant craignait d'avoir pitié de Jean, et, du coup, de tomber dans le mépris. Il répondit par une autre question :

– Tu les connais?

– De vue. Deux d'entre eux viennent ici, de temps en temps. Boire du lait, faire des flippers.

– Tu saurais me dire où ils perchent, et ce qu'ils font, quand ils ne me tapent pas dessus?

– Pas encore, patron. Mais ce que je tenais à vous dire, c'est que vous devriez élargir un peu votre champ. Gagnew, Zardo, Rochat, tout ça, c'est trop petit.

– Explique.
– Y a des ramifications, quoi. Qu'est-ce qui se passe, en ce moment, dans la région? Vous avez qu'à lire les journaux.
Si c'était pour se faire abonner à *Nice-Matin*, David n'avait vraiment rien à faire de Jean. Il se pencha brusquement sur le guéridon où s'accoudait le petit homme du matin au soir. Celui-ci referma sa brochure de mots croisés, comme si on voulait lui faucher son mot de neuf lettres.
Il murmura :
– Je peux rien dire de plus.
– Ça m'aurait étonné. Tu te fiches de moi?
– Moi, non. Mais y en a qui. C'est mon opinion.
– Argumente.
Un Antillais demanda un jeton, que le vieux lui jeta sans le regarder, des fois que ça abîmerait un peu plus ses yeux perclus de cataracte.
– On commence un peu à rire, par-ci, par-là.
– Qui, on?
– On.
David cracha deux pièces de un franc dans la soucoupe et dit :
– Si d'ici trois jours je ne sais pas où roupillent mes faux aveugles et qui ils rencontrent, le jour comme la nuit, tu retournes expier en cabane tes attentats à la pudeur.
Exit David Géant.

Le deuxième donneur était une donneuse, qui s'ennuyait depuis quinze ans derrière la caisse en bois doré du sauna qu'elle gardait en gérance, quai des États-Unis. Alors, elle dénonçait mollement, ce qui ne l'empêchait pas de voter à gauche, on est comme on est. A deux ou trois reprises, elle s'était montrée d'une efficacité à cent pour cent, et depuis on fermait les yeux sur ce que pancartes, cartes de visite et pavés dans la presse nommaient massages super-thaïlandais.

– Bonjour, Louise. Ça va?

– Comme ci, comme ça. Vous prenez le café?

Il dit volontiers.

Au salon qui insistait à grands coups de palmiers en pots pour évoquer l'Afrique, on pensait effectivement moins Siam que Sahara. Dans sa robe-peignoir grenat, Louise se maintenait en forme.

– Je viens à tout hasard, Louise.

– Le hasard fait bien les choses, répliqua Louise, qui n'en croyait pas une virgule. Devinez qui sort d'ici?

– *I don't know.*

– M. le Préfet.

– Content du massage?

– Enchanté, mais préoccupé.

– Je m'en doute.

– On est tout près de la grande saison. Toutes ces histoires font mauvais effet.

– Prestige, prestige, quand tu nous tiens. A part ça?

– Est-ce que le mot vengeance vous aide, quelquefois? s'enquit Louise en noyant son petit cigare dans sa tasse de café à moitié pleine.

– Rarement, j'avoue. Je trouve que c'est démodé.

– Démodé peut-être, mais n'oubliez pas qu'on est en province.

– Province, Nice?

– Allons, monsieur David, ne faites pas l'innocent. Vous savez bien qu'on n'oublie pas grand-chose dans les petites villes. Et même dans les villes moyennes, la mémoire, ça aide à vivre.

– Selon vous, alors, ce serait une histoire de vengeance? Entre qui et qui?

Elle sourit, elle avait une dent un peu noire.

– Ne m'en demandez pas trop. Je veux bien être dégueulasse, mais avec dignité.

– Sacrée Louise. Je voulais votre avis, c'est tout.

Il réfléchit en avalant son jus et, quand il reposa sa tasse sur la table en osier, deux jeunes filles peu thaïlandaises passèrent, poussant devant elles un client quadragénaire, velu.

Et il posa enfin la question qu'elle attendait, Louise, depuis le début :

– Dans cette affaire, vous connaissez quelqu'un?

– Oui.

– Et vous ne m'avez rien dit? Prenez garde, sourit-il, sans vouloir être trop menaçant. Pourquoi?

– Parce que ce quelqu'un n'est pas mort.

Le troisième indicateur, le dernier, le faisait par pur plaisir. Installé dans sa vie de cadre commercial, marié, trois enfants, il roulait en 504, portait des slips *Hom* et voyait un porno par semaine, à la séance de minuit et avec une gabardine au col soigneusement relevé sur ses complexes. Il reçut David dans sa voiture, place du Pin, une très jolie place.

– Merci pour le télégramme, fit David, qui n'aimait pas beaucoup Hugues Audisio.

– Je sais que vous ne comprendrez jamais pourquoi je fais ça.

– J'ai peur que non, en effet.

Hugues Audisio démarra. Ils firent plusieurs fois le tour de la place et le tour du quartier avant de se diriger vers le port. Devant l'écheveau gris des grues fardées de poussière qui grattaient le ciel moins bleu qu'hier, Hughes Audisio freina. Coupa le contact. Garda le silence quelques instants, et tira de la poche intérieure de son veston croisé une photographie, qu'il ne tendit pas tout de suite à David.

– Qui est-ce? demanda celui-ci.

La voiture sentait le chien.

– Eh bien, voyez-vous, je ne me contente pas seulement d'être indicateur, je vole, aussi, au besoin. Plus exactement, je subtilise, ça a une autre classe. Et cette photo, je l'ai dérobée chez un excellent ami à moi. Dès que j'ai eu vent de l'affaire et surtout dès que j'ai su que vous étiez dessus, je me suis arrangé pour me faire inviter. J'étais sûr de découvrir quelque chose. Vous pensez que je suis ignoble, n'est-ce pas? Que voulez-vous : pour moi, trahir est une volupté. Voilà.

– Voilà quoi? demanda David, qui lui avait arraché la photo des mains.

– Ne dites pas que vous ne reconnaissez personne.

Personne étaient deux. L'une brune, svelte, riait, ses jolis petits seins nus offerts à l'objectif et s'en moquant comme de son premier stérilet. L'autre riait également, à poil également, avec également la même insouciance du photographe. L'homme, c'était Charles Morelli. La fille, David en eut comme une douleur, Lynette Rochat.

18

Il y a des moments gais comme le milieu d'un tango, d'Astor Piazzola ou d'un autre, avec le désespoir qui dessine inlassablement ses figures sous la boule au plafond. Peut-être pas vraiment le désespoir, mais ce sentiment de n'être pas grand-chose, de ne compter pour presque rien dans la vie des autres, un peu comme lorsqu'on fait les cent pas, les mains derrière le dos, face à la salle d'opération, un peu comme un youyou d'enfant, comme un yacht miniature sur un bassin, que des petits doigts gourds poussent dans tous les sens, retournent, dévient, démâtent et délaissent, une fois éraflé, une fois fracassé.

En fait, David n'avait pas attendu les confidences de ses trois indicateurs pour éprouver cela, mais les retrouver, tous les trois presque en même temps, lâches, ignobles, humains malgré tout, l'avait plongé dans un désarroi qui ne demandait qu'à se répandre en lui depuis la mort de Lynette et la crise, surtout la crise, de Lauren. C'était aussi l'occasion pour lui de repenser à son rôle, qu'il tenait peu, qu'il tenait mal. Du moins son rôle officiel. Parce que, de toute évidence, quelqu'un lui en imposait un autre depuis le début, un rôle de faire-valoir, de repoussoir, plutôt, quelqu'un qui l'avait, depuis longtemps peut-être, percé à jour et qui avait su faire resurgir le fond de passivité qui dormait en David, et qui s'en servait en virtuose, quelqu'un qui dirigeait d'une main d'orfèvre noir la mise en scène de l'impuissance de David Géant, inspecteur principal et principalement naïf. Naïf pour certaines choses, lucide pour d'autres, selon un équilibre interne des plus fuctuants et dont David était vraiment mal placé pour se rendre compte.

La photographie de Lynette enlacée par le docteur Morelli, en revanche, il se rendait compte, parfaitement compte, qu'elle était abjecte. Il l'avait gardée secrète, car il n'était pas question de laisser Lauren glisser à nouveau dans la torpeur douloureuse. Au téléphone, elle lui avait dit : « Tu me reconnaîtras pas », il avait senti qu'elle se forçait à être drôle, comme il l'eût fait, sans doute, en pareil cas. Drôle, espiègle, totalement légère. Maintenant, assis au volant de la Méhari garée devant la tour carrée où vivait leur amie Suzanne, il se demandait quelle tête aurait sa fille. Lorsqu'elle apparut, en jean à fleurs, il fut rassuré, et il lui fallut vraiment fouiller de ses doigts la perruque châtaine de Lauren pour se persuader que ce n'étaient pas les véritables cheveux de la jeune fille. Ils firent, chacun, un petit signe amical à Suzanne, qui les regardait, du balcon de son douzième, et la Méhari en démarrant faillit faire bobo à la Cadillac des concierges.

– Où tu m'emmènes?

– En balade. Beaulieu, la Côte.

– *I love it.* Chez Florinda?

– Chez Florinda aussi.

– Morelli d'abord?

– Morelli d'abord.

– Et le frère Foldan, dans tout ça?

– Chez lui aussi. Tu m'attendras dans la voiture. Ou au soleil. Faut tout reprendre à zéro, tu sais.

Elle faillit dire qu'il n'y aurait pas beaucoup de chemin à faire à rebours, dans ce cas-là, mais elle préféra garder le silence. De temps à autre, elle portait la main à ses faux cheveux, ça faisait bizarre, elle s'habituerait.

– A quoi tu penses? fit David, pied au plancher place Masséna.

Dès qu'ils eurent dépassé le parking où avaient été retrouvés Cyrus Gagnew et son serpent, elle répondit :

– A ce que vont dire les types, au lycée, demain matin. A ce que dira...

Elle s'interrompit, se mordit les lèvres : Lynette ne dirait rien, plus rien.

David brûla un dernier feu rouge et fut traité d'enfoiré, oui, monsieur, enfoiré que vous êtes, par un retraité en petite voiture d'acier. Lauren suggéra qu'on fasse demi-tour pour achever le vieillard, mais son père ignora le conseil, plaisanterie forcée, se dit David. Lauren était amère, c'était normal, amère et triste, ça ne lui passerait pas en un jour.

– Y avait encore des alexandrins de ton poète, au deuxième courrier.

– Mauvais?

– Pire que ça!

– Le pauvre. Voulait me voir?

– De toute urgence.

– Ça peut attendre un peu.

– Comment tu l'appelles déjà? Vivaldi?

Elle se mit un instant à siffloter l'hiver des *Quatre Saisons*, elle donnait soudain l'impression de s'intéresser au paysage des immeubles en construction qui défilaient de chaque côté de la Basse Corniche, elle dit :

– Ceccaldi. Don Lionel Ceccaldi, poète et orphelin. Vingt-trois ans. Auteur, compositeur, adaptateur et emmerdeur. Je l'aime bien.

A trois kilomètres de Nice, un Berliet six tonnes ornait la devanture d'un café-bar-grill-room. Tout autour, ce n'étaient que klaxons à vous faire crever d'un afflux d'adrénaline, traces de pneus sur le macadam brûlant et badauds. Pour la plupart déçus : plus de casse que de sang.

– Est-ce qu'on dit bouchon ou embouteillage? demanda David, pour dire quelque chose de vraiment génial.

Elle ne répliqua rien pour ne pas inciter son paternel à devenir plus rasoir encore.

Le mistral s'était levé du pied gauche et n'allait pas tarder à rendre les citadins d'humeur méchante, entre Nice et Villefranche la file des voitures avait rapidement pris un tour de taille impressionnant, tandis que Lauren promenait son regard sur les résidences des collines, qui devaient être encore désertes et qu'on pouvait donc cambrioler sans trop de crainte. Devant la Méhari où David remâchait son humeur brusquement d'ébène à la pensée qu'il n'avait rien fait de positif dans la matinée puisque les coups de téléphone aux journaux de Paris, après la virée chez les indics, n'avaient rien apporté de nouveau – aucun de ceux dont Muriel Zardo avait entouré l'adresse avec du rouge à lèvres n'avait jamais entendu parler d'elle avant sa mort – devant la voiture traînait donc une GS gris métal argenté remorquant une caravane de belle taille, soumise au rythme nonchalant du conducteur qui avait dû avaler trop d'ailloli au déjeuner.

– De temps en temps, on pourrait en louer une, de caravane.

– Pourquoi? grogna David.

– Pour perdre notre temps ensemble.

Lorsqu'il doubla bagnole et caravane, David lança un œil tragique au chauffeur de la GS et Lauren nota qu'il ressemblait à s'y méprendre à un des derniers comiques vivants grand amateur d'animaux et de cirques, puis elle exigea de son père qu'il donne quatre furieux coups de klaxon puisqu'on passait devant l'hôpital américain, zone de silence, avertissait la pancarte.

Du côté de la mer défilaient les panneaux de pub. Certains étaient vieux, festival du livre, foire du basilic, fête des Mais. D'autres, aux affiches plus fraîches, invitaient les premiers touristes à gaspiller leur temps et leur argent de telle ou telle manière.

Et puis, bien sûr, la consommation.

Le yaourt Rigolo, c'est du soleil dans votre pot.

Avec les silicones, votre intérieur sera transfiguré. Demandez à Raquel Welch.

Au zoo de Levens, même les alligators boivent de l'eau de Volchic.

Au deuxième virage, ils reçurent en pleine figure la baie de Villefranche, ses ruelles, son hôtel Welcome. Quand il était tout jeune, David venait y traîner tous ses samedis soir. C'était le temps où les marins américains acceptaient encore de s'y faire arnaquer par les commerçants du cru. Chaque fois, il payait un verre à un matelot et lui disait fais-moi rêver, fais-moi rêver d'Amérique, et puis il avait vite découvert qu'au fond il aimait pas tant que ça les Amerloques. Moins par racisme que par peur d'être séduit par leurs habitudes de vie.

Un pauvre insecte perdit la sienne sur le pare-brise de la Méhari.

– Tu crois que c'est Frederick?

– Frederick qui quoi?

– Qui les a tous tués, Muriel, Gagnew, la vieille et...

– Comment veux-tu que je sache?

Elle n'allait pas recommencer. Elle aurait pu d'ailleurs, il aurait supporté.

– Tu vois, enchaîna-t-elle, d'un côté, je serais pas tellement satisfaite que ce soit lui. Il a trop une tête d'assassin.

– Tu trouves? Et qui tu voudrais que ce soit, par exemple?

– Quelqu'un que je pourrais voir mourir sous mes yeux, lentement, sans que je fasse le moindre geste.

Elle charriait.

Elle se forçait.

Normal.

Il n'ajouta rien.

A deux pas d'un trois-étoiles qui gardait l'entrée de Villefranche, des gamines scouts faisaient du saute-mouton sur le bas-côté en caressant du mieux qu'elles pouvaient leurs petites culottes. Un septuagénaire en Buick bleu nuit modèle 55 donna un coup de volant car il aimait, semblait-il, beaucoup les scouts et il dut faire son deuil immédiat du pare-chocs avant, encastré vite fait dans le parapet. Les scouts en rirent jusqu'à la nuit.

– Vieux con, fit Lauren qui n'aimait pas les Buick.

Et David, à son tour, donna un coup de volant à droite.

– Ça va pas la tête?

– Une idée.

Un raccourci, plutôt.

Le chemin d'herbes sales qui serpentait entre les maisons blanchâtres à toit plat débouchait carrément sur la route qui menait à la villa Virginia Woolf. Du même coup, on évitait les croisements du centre-ville et, passée la dernière affiche qui disait qu'au zoo de Levens même les panthères noires se servaient à la boucherie Bertrand, on naviguait en pleines résidences privées, ou semi-privées.

La villa Virginia Woolf présentait son arrière-train,

c'est-à-dire sa grille d'entrée où les inspecteurs de Salvatore n'étaient plus revenus se mettre en faction, à la voie ferrée Rome-Paris (avec possibilité de wagons-lits, rencontres assurées).

– T'avais raison. Comme détour, c'est pas mal.

– Alors tu dois être fière de ton papa.

– J' sais pas, mais on arrive à temps.

En effet, la Méhari prune n'était qu'à cinq cents mètres, même pas, de la villa de Florinda quand celle-ci sortit en trombe du jardin ombragé, au volant de sa Volkswagen décapotable à gros gros pneus.

– La mode, toujours la mode, déplora David.

– Qu'est-ce que ça fait, si on est bien dedans? dit Lauren.

– On n'est pas bien dedans, j'ai essayé.

– Où elle va? Je croyais que tu lui avais ordonné de ne pas trop sortir de chez elle.

– Peut-être à la plage. La solitude n'empêche pas de bronzer.

– Ça m'étonnerait, remarqua Lauren, qui s'enferrait. Une plage, elle en a une privée, avec du sable rose comme dans *le Désert rouge*. Je vois donc pas très nettement pourquoi elle irait se faire rôtir là où y a du peuple.

– Pour se faire voir, et se rassurer.

David pensait en effet qu'au milieu des gens on risque moins de pépins, à moins évidemment que l'œil, derrière le fusil à lunette, ne soit un expert du carton à distance.

En réalité, David savait bien où elle allait, Florinda. Après le carrefour du Vieil-Olivier (52 morts par an), il en eut la confirmation : la Volkswagen passa devant la villa Morelli sans ralentir, doubla une ambulance à folle allure. Lauren s'acharnait à suivre le mouvement si doux de la mer avant l'été; elle demanda tout à coup :

– Tu crois qu'elle nous a repérés?

– Je pense.

Finalement, la Volks bifurqua sec. Sur la gauche.

– Elle va peut-être faire un tour à la Villa grecque, avança Lauren, qui connaissait un peu les lieux pour s'y être emmerdée souvent, grâce aux visites bimensuelles qu'elle y effectuait en classe de troisième avec le prof de sciences nat.

– En hommage à Cyrus Gagnew, peut-être, tant que tu y es, ironisa David en freinant pas mal.

Dans l'allée de pins où s'était engagée Florinda Foldan, c'était un bain de fraîcheur vert bouteille. Bosquets, buissons, branches, jardinets. Le long d'un tronc, une cigale s'exerçait dur : dans moins d'un mois, par ses soins, aucun estivant ne pourrait plus fermer l'œil sur une surface de six kilomètres. Florinda se gara sans mal : il n'y avait que deux voitures dans l'allée privée, qui se terminait en cul-de-sac sur un buste avarié de la reine Victoria. Ou Pédauque, personne n'était là pour le dire.

David avait coupé le moteur, la Méhari refroidissait au bout de l'allée et, de là où était Florinda, on pouvait seulement, et encore en se penchant bien, en apercevoir l'aile. Disons : le phare.

– C'est donc là chez Frederick? fit enfin Lauren, qui venait de piger.

– Là, oui, répliqua son père, presque tendrement, fasciné malgré lui par l'élégance féline de Florinda faisant les quelques pas qui la séparaient encore de la maison qu'on eût dite abandonnée aux herbages et où elle sonnait maintenant.

En tendant le cou, le front collé au pare-brise maculé de moucherons morts, David pouvait la voir s'impatienter puis entrer, après que la grille se fut écartée sur commande électrique, dans le jardin peu engageant, monter les sept marches, pas plus, qui menaient au perron, et disparaître dans la demeure dont la marquise menaçait de s'écrouler.

– Comme tu vas me demander ce qu'on fait, je te réponds : attendre, dit David, les yeux sur la maison aux volets clos, sertie dans son vieil écrin de pins rabougris.

– Si tu faisais irruption?

– Pas question.

Il craignait de plus en plus que l'impatience naturelle de Lauren, ajoutée à sa détresse profonde, ne lui inspire quelque éclat. Aussi décida-t-il de ne pas la retenir plus longtemps prisonnière à l'intérieur de leur Méhari.

– Je t'offre un demi, proposa-t-il en désignant la brasserie pauvrement *design* qui faisait pratiquement face à l'allée privée.

Et il plongea la main au fond de la boîte à gants pour en tirer une boîte de petite taille.

– On fait un *Mastermind*? Ça nous détendra.

Elle fit oui de la tête, elle aimait bien ce jeu avec des pions et des combinaisons qu'il fallait soit deviner, soit faire deviner à son adversaire.

Et ils s'assirent au fond de la salle, d'où ils pouvaient parfaitement surveiller l'allée.

Mais ils n'eurent le temps ni de commencer leur partie ni même d'aller au-delà de la mousse de leurs demis. Trois coups de feu éclatèrent dans le bourdonnement de l'après-midi. Instantanément, les serveurs et les clients furent dehors, tandis que des passants suspendaient leur promenade pour se précipiter en désordre vers l'endroit d'où semblaient venir les détonations. Toute une société d'endormis surgie du farniente de la vie à petits pas, petits mots, petits désirs quittait les bancs publics, coulait des boutiques, lâchait la pétanque ou abandonnait les cafés en terrasse, curieuse, indignée.

– On y va?

C'était à l'opposé de la maison Foldan.

David répondit en saisissant Lauren par la main. Renversant le *Mastermind*, oubliant de régler les demis, il l'entraîna : elle voulait du mouvement, elle en aurait.

Deux autres coups de feu leur parvinrent pendant qu'ils couraient, dans la bonne direction.

Quand ils débouchèrent enfin sur la petite rade, à gauche du casino rose, ils durent convenir qu'ils s'étaient essoufflés pour des prunes : appuyé à la balustrade qui était censée prévenir la chute des gosses dans l'eau coupée d'essence de la rade où mouillaient par dizaines voiliers et hors-bord, appuyé dans un piteux état, un homme crachait du sang. Du faux. Cet homme, David l'avait vu dans presque tous ses films : c'était une ancienne gloire des polards de série B qu'il appréciait dans sa jeunesse, parce que l'histoire était con, et la pellicule si sombre qu'on pouvait peloter sa voisine sans déranger le monde.

– Coupez, on reprend, intervint le metteur en scène, un drôle de type en casquette à carreaux et salopette.

David eut une minute de compassion envers le ringard qui pissait de l'hémoglobine pour un cachet de misère, regagnant ainsi les allées sordides de ses premiers pas dans le métier : l'empereur du « thriller » fauché, disaient les on-dit, avait régné avant guerre sur les promenoirs louches d'un music-hall parisien, avant d'être propulsé sous les projecteurs par une productrice masochiste.

David et Lauren le regardèrent vingt et une fois reprendre la même séquence, à chaque fois démaquillé, remaquillé, rassuré d''une rasade de Cutty Sark où se mélangeaient son espoir de mieux faire et la pitié dégradante des gens qui l'entouraient, puis David se souvint qu'il n'était pas là pour jouer les cinéphiles, alors il reprit la main de Lauren.

Quand ils furent au bout de l'allée, le choc : pas plus de Florinda que de Volkswagen à gros pneus dans les parages. Mais à la place, ou presque, la Méhari brûlait.

19

Il ne les aimait guère.

Il n'aurait pas dû, mais il ne les aimait guère.

Plus exactement, il ne se sentait pas capable d'avoir à leur sujet une opinion précise et cohérente. Il n'y tenait pas. S'ils vivaient ainsi, s'ils affichaient ces idées-là, c'était leur problème.

A les voir si raides, sous le soleil du cimetière, pleurant leur fille, accablés et dignes, David s'efforçait de les prendre en pitié, même si c'était un peu par leur faute que Lynette s'était éloignée, progressivement, pour découvrir ailleurs la source de chaleur qu'ils lui avaient toujours, sans le savoir, refusée.

Un caniche nain trottinait d'une tombe à l'autre. On venait à peine de jeter quelques pelletées de terre sur celle de Lynette que le préfet prenait David Géant à part.

– Je vous attends demain à quinze heures, dans mon bureau. J'ai plusieurs choses à vous dire. Tâchez d'être en avance.

David acquiesça d'un mouvement de tête et se mit à observer, une nouvelle fois, les parents de Lynette Rochat.

Décidément, il ne les aimait guère, et pourtant il les avait fréquentés assez longtemps, après la mort de

Marianne. A l'époque, ils s'étaient montrés gentils, prévenants, serviables même, sans toutefois l'accaparer, ni le rendre esclave de leur sollicitude. Les banalités échangées au cours de ces soirées mornes avaient fini par tisser un rempart contre le silence et le fait qu'ils n'avaient rien, vraiment rien à se dire. Depuis, ce rempart s'était évaporé.

A quelques rangs de là, on pouvait apercevoir, dans l'assistance, derrière Lauren et les autres copains de Lynette, le docteur Morelli, sa femme et leur assistante. Paul Javal brillait par son absence : les obsèques devaient le faire éternuer. Ainsi donc, la présence du docteur confirmait la photo, que David avait encore sur lui, peut-être pour s'efforcer d'y croire. Tout ça mérite explication, se dit-il, mais plus tard, plus tard.

Lauren avait pleuré. Elle s'en voulait encore de n'avoir pas suivi son amie le jour du meurtre, mais pour quelle raison l'eût-elle fait? Elles s'étaient quittées devant l'immeuble familial, quoi de plus naturel, et Lauren, qui soupçonnait depuis quelque temps un secret, une zone d'ombre, dans la vie de Lynette, n'avait absolument pas eu l'idée de chercher à les découvrir précisément ce jour-là. Ni d'ailleurs les autres jours : si elle s'agaçait de ne pas tout savoir de son amie elle respectait trop l'intimité des autres pour tenter de s'y glisser à tout prix.

Henri Rochat soutenait sa femme. Il ressemblait un peu à David, la silhouette légèrement alourdie mais sans trop de graisse encore. Il commençait à semer ses cheveux, et ses yeux étaient la résignation même. Il n'aime pas Elise, on ne m'ôtera pas de l'idée qu'il l'a épousée par dépit, uniquement par dépit, s'était toujours dit David, lorsqu'il allait chez eux, autrefois, déguster le goulasch dont Elise, Gersoise bon teint, se voulait spécialiste.

A la sortie du petit cimetière sous la haute falaise de granit où l'école d'alpinisme formait de futurs champions, David embrassa Elise, cependant qu'Hélène Morelli et Marie-Odile le saluaient, distantes mais polies. David serra à la broyer la main d'Henri Rochat et rattrapa de justesse le docteur Morelli au moment où celui-ci tentait de se mêler au groupe qui regagnait l'esplanade aux voitures : David ne pouvait remettre à plus tard, soudain il n'y tenait plus.

– Vous êtes ici pour quelle raison? Je peux savoir?

– Vous pouvez.

Déjà plusieurs voitures se perdaient dans un tourbillon de poussière jaune.

– Alors, j'écoute, fit David à voix basse.

– Paul m'attend, intervint Hélène, jupe pied-de-coq blanc et noir, chemisier noir et blanc, cravate souple en soie blanche.

Le docteur, sans son scalpel chéri, pinça les lèvres et s'épongea le front. Le préfet prit place dans sa DS officielle, après avoir réconforté les parents de la défunte et leur avoir promis qu'il ferait tout ce qui était en son pouvoir pour, etc. Tantes et cousins, familiers et camarades continuaient à évoquer encore un peu Lynette aux portes du cimetière, secouant la tête, baissant les yeux, ne sachant quelle attitude prendre pour ne pas montrer qu'ils en avaient un peu assez, de la cérémonie et de la canicule.

– Marie-Odile, fit le docteur, pouvez-vous raccompagner ma femme?

Marie-Odile accepta sans un mot, et David les vit s'engouffrer dans la petite voiture de l'assistante. Il se demanda de quoi elles parleraient durant les trente kilomètres qui séparaient le cimetière de la villa Morelli.

– Je vous ramène, proposa le docteur.

David fit oui, merci, je veux bien, parce qu'après la métamorphose de sa Méhari prune en fumée noire polluante il était condamné, c'était l'histoire d'un ou deux jours, à se faire véhiculer par ses inspecteurs, et Morelli, tiens, je me demande bien comment il sait que je suis à pinces. Sans doute qu'il m'a vu arriver tout à l'heure avec la 404 de Salvatore.

– Ne me dites pas que vous êtes lié aux Rochat, commença David en remarquant que le docteur conduisait mal.

Sec, heurté. Il regrettait de n'avoir pas dit un mot à Lauren, mais l'un de ses profs sûrement la ramènerait, ou des copains.

– Figurez-vous que j'ai été, pendant des années, le médecin de leur fille. Tout simplement.

David sourit, incrédule.

– Vous pouvez vérifier.

– Ma fille ne m'en a jamais parlé. C'est drôle, non? Le nom et l'adresse d'un médecin sont des choses qu'on échange, quand on a seize-dix-huit ans et qu'on est amies.

– Tirez-en les conclusions que vous voulez : je ne vous suivrai pas sur ce terrain.

La ceinture de sécurité de la Lancia sanglait David à l'empêcher de respirer. Tant mieux, d'un côté, pensa-t-il, ça m'évite de m'enliser dans le vague.

– Il y a autre chose, reprit-il.

– J'en étais sûr, siffla le docteur, très sûr de lui.

– Pourquoi Lynette Rochat avait-elle ses habitudes, si habitudes, il y a, chez un médecin de Beaulieu-sur-Mer? Les toubibs, à Nice, ce n'est pas ce qui manque.

– Je vous l'accorde, admit Morelli.

David n'en pouvait plus. Cette chaleur. Cet homme qui le mettait mal à l'aise. Il ordonna :

– Rangez-vous là.

Avait-il une idée précise en disant cela ou bien n'était-ce que pour respirer un air plus pur? Il répéta :

– Rangez-vous là.

D'un ton dur et cassant.

– Ici? Vous n'y pensez pas?

– Pourquoi? Vous avez peur de vous salir?

C'était plus fort que lui, il se sentait glisser, il savait qu'il était en train de perdre le contrôle de lui-même, qu'il allait peut-être même se montrer odieux, il n'y pouvait rien.

Le terrain vague finissait en décharge publique, à pic dans la mer. Presque au milieu du terrain se dressait un petit blockhaus hérissé de barres rouillées.

– Je le répéterai pas trois fois.

Morelli stoppa la Lancia.

– Maintenant, on sort.

– Par cette canicule?

L'air, en effet, tremblait devant leurs yeux, on pouvait à peine fixer la Méditerranée, l'horizon évoquait de la gelée transparente. Un mirage.

David poussa le docteur Morelli devant lui, brutalement. Il n'y avait personne dans les parages et les voitures, sur la nationale, filaient à vive allure dans les deux sens. Morelli devait sûrement se demander ce qui allait se passer, et David le savait-il? Qui avait parlé par sa bouche, qui forçait ainsi le médecin à marcher sans se retourner vers le blockhaus, en l'obligeant à trébucher sur les détritus? Pas David le désinvolte, pas Géant l'insouciance, mais plutôt celui qui avait pris possession de son corps, de ses réactions jadis, qui la plupart du temps dormait en lui mais qui pouvait se réveiller, dans les moments les plus inattendus, au hasard d'une rencontre avec quelqu'un d'ennemi. Parce que ennemi, il ne faisait aucun doute que depuis le début, pour David, Morelli l'était. Ennemi d'attitudes, ennemis de pensées, ennemi de classe. Souvent, David était la tolérance même. Ce jour-là, non.

Le petit blockhaus ne possédait plus qu'une moitié de porte, la moitié inférieure, cloutée de gros boulons eux aussi rouillés. Le docteur enjamba la moitié de porte, David l'imita en le poussant toujours et quand ils furent à l'intérieur, où filtrait un jour laiteux, David Géant sortit la photo, la tendit au médecin.

– Étonnant, non?

– Étonnant. Et du pire mauvais goût. Cette photographie est un ignoble montage.

– Je savais que vous diriez ça. Ne vous avisez pas de le redire.

– Des menaces?

– Absolument.

– Je me plaindrai.

– Ça me ferait mal. N'oubliez pas que c'est vous qui m'avez désigné pour diriger cette enquête. Ça impliquait des risques.

– *Désigné* est un bien grand mot.

– *Programmé* serait le terme exact.

– Je ne suis pour rien dans cette affaire et vous le savez.

Le silence qui suivit, David l'utilisa pour allumer une cigarette, mais il n'eut pas le temps d'en tirer une bouffée : Morelli se jeta sur lui, oubliant les convenances, se sachant certainement ridicule mais prêt à tout pour ne pas subir les fantaisies de l'inspecteur.

David cognait rarement, il n'était pas aussi bien entraîné que ses confrères, imbattables dans l'art d'obtenir des aveux dans les chambres noires des sous-sols, si loin sous terre que les hurlements des torturés ne franchissaient jamais les murs épais des commissariats. Par principe, il cognait peu, mais lorsqu'il y était contraint, ça faisait bobo. Le docteur Morelli en fit l'expérience. Deux directs du gauche dans la mâchoire le projetèrent au sol, un coup de pied dans le ventre le persuada, si besoin était, que les policiers français n'étaient pas tous des modèles de chevaleresque et les trois coups de genou que lui décocha David au moment où il tentait de se relever convainquirent le docteur qu'en face de lui ce n'était plus un inspecteur qui se déchaînait mais le type même du robot rompu à la violence extrême, comme les affectionnent généralement les ministères de l'Intérieur. Il l'avait cherché d'ailleurs, mais, s'il n'avait pas provoqué David, celui-ci ne l'aurait-il pas, de toute façon, roué de coups?

Salope. Suce-moi. Suce-moi encore. O.A.S. vaincra. Sois fasciste et je t'aimerai encore plus. Lèche-moi, love. G.A.J. pour une France nette.

Morelli enregistra encore deux ou trois graffiti de cet ordre et puis il s'évanouit. Calme tout à coup, redevenu l'homme qui amusait la galerie par sa décontraction, David ramassa la photo, s'essuya les mains au pantalon déchiré du médecin, arracha une feuille à son calepin, la glissa dans la poche du veston de Morelli après y avoir écrit : *Excusez-moi*, mais les excuses n'excusent pas tout, et regagna Nice en faisant du stop.

En ami. Il était revenu les voir en ami. Au cimetière, au moment de se séparer, il leur avait dit qu'il passerait dans la soirée. Pas longtemps, juste un quart d'heure, deux ou trois points à éclaircir. En ami, il le leur avait juré.

David promenait autour de lui ses yeux fureteurs, tentait de les réhabituer à ce décor qu'ils n'avaient plus embrassé depuis si longtemps. Le séjour bénéficiait, si l'on peut dire, d'un éclairage assez sale qui lui donnait des airs de reposoir. Sur les murs, des reproductions en feutrine encadrées de fer forgé en plastique ignoraient que le kitsch pouvait parfois signifier humour. Du mauvais goût? Même pas. Du terre-à-terre, sans poésie. Même chose pour les appliques, l'armoire sans style, la table ovale où s'étreignait un couple de tigres baromètres.

Il frissonna en avalant la liqueur de poire qu'Elise Rochat lui avait servie. Silencieux dans son fauteuil Regency, Henri fumait la pipe. David ne parvenait pas à imaginer comment Lynette avait pu respirer toute une adolescence cette atmosphère sans issue. Peut-être que dans sa chambre, c'était tenable, il ne savait pas, on ne la lui avait pas montrée, et d'ailleurs, il ne l'avait pas voulu.

– Tu sais, Henri, commença-t-il, Lauren me parle tout le temps de Lynette, mais jusqu'ici...

– Pas la moindre histoire, c'est vrai. Je ne comprends pas.

Elise était au bord des larmes :

– Jamais rien à redire, jamais. Secrète, elle était. Mais pas sournoise. Si tu l'attrapes, l'ordure qui a fait ça, David, je...

Elle n'alla pas plus loin, et David évita son regard, qu'il n'avait jamais aimé. Cependant, on venait de lui tuer sa fille et elle avait le droit d'exploser, il l'avait bien fait, lui, lorsque Marianne était morte.

– Chaque fois qu'elle rentrait, qu'elle allait et venait pour trier ses disques ou ses pull-overs, reprit Elise Rochat, elle jouait les décontractées.

– Elle jouait pas, elle était comme ça, rectifia Henri, sèchement.

David les observait, tremblant de devoir être d'ici trente secondes le témoin d'une querelle domestique. Ça leur était déjà arrivé, dans le passé, devant lui, devant Lauren et devant Lynette. On aurait dit alors que chacun reprochait à l'autre ses limites, son manque absolu d'envergure, cette forteresse d'indifférence haineuse qui avait eu raison de leur couple.

– En réalité, tu vois, reprit Henri Rochat d'un ton plus calme, quand elle n'était ni à la faculté ni en balade avec ta fille, on ne savait jamais ce qu'elle faisait de son temps. Je suppose que c'est normal.

David acquiesça d'un signe.

– C'est peut-être normal pour toi et pour une fille comme Lauren, siffla Elise, mais moi, j'ai toujours tenu à élever Lynette avec certains principes.

Il faut dire qu'Elise Rochat n'avait jamais tellement approuvé la manière anarchiste, disons, dont David avait laissé pousser Lauren. En général, du reste, elle n'appréciait rien. Et critiquait tout, pour paraître intelligente. Elle ne l'était pas des masses, intelligente. Maligne peut-être, subtile non.

– Par exemple, j'exigeais toujours de lire son courrier, poursuivait Elise. Et je l'aurais fait jusqu'à ce qu'elle atteigne sa majorité.

Elle éclata en sanglots et alla se réfugier dans la chambre.

– Excuse-la, David, tu le connais.

David dit que oui.

Il était vidé, tout à coup, et pas très fier de lui. Depuis le début de l'après-midi, il se cherchait des excuses pour la correction qu'il avait infligée à Morelli. C'était pas la peine : des excuses, il n'y en avait pas, tout simplement.

– Je vais te laisser, dit-il à Henri qui promettait, à l'école où ils allaient ensemble, et qui n'avait pas tenu.

Est-ce que j'ai tenu, moi? David préféra ne pas se répondre, et Henri se leva :

– Je t'accompagne jusqu'à ta voiture.

Sous le bec de gaz, au bord du trottoir, David lui proposa une Pall Mall, Henri ne la prit pas, et ils allaient se quitter quand :

– Dis, tu connais le docteur Morelli?

– De nom.

– Comment, de nom? Il était au cimetière, ce matin. Il t'a même serré la main.

– Peut-être bien. J'avoue que je n'y ai pas prêté attention. Pourquoi tu me demandes ça?

– Je te répondrai si tu promets de ne pas faire le con.

– Promis. D'ailleurs, je suis trop lessivé pour ça. Qu'est-ce que tu as à m'apprendre? J'ai bien vu, tout à l'heure, que tu ne savais vraiment pas comment t'y prendre...

– Je voudrais savoir si, à ton avis, Lynette avait...

– Un jules? Je sais pas. Elle était secrète, Elise te l'a dit, et tu le sais aussi bien que moi.

– Donc, le docteur Morelli, ça ne te dit rien?

– Vaguement. C'est un bon médecin, non? Mondain, il me semble.

– Tout juste, mais la question n'est pas là. Ta fille le connaissait, j'aurais bien aimé savoir comment et où elle l'a connu.

– Qu'est-ce qui te fait croire...?

La photo de Lynette dans les bras du docteur fit à Henri Rochat l'effet d'un marteau. David eut même l'impression qu'il vacillait.

– C'est... C'est dégueulasse...

– Ce qui est dégueulasse, si tu veux mon avis, ce n'est pas ce que fait ta fille, c'est que quelqu'un ait eu l'indiscrétion de la prendre en photo.

Il n'ajouta pas qu'elle avait l'air consentante, et le docteur idem.

– Je te remercie de n'avoir pas montré ça devant Elise.

David regretta un instant de ne pas l'avoir fait. Juste pour humilier Elise, mais il s'était suffisamment conduit comme un salaud tout au long de la journée.

– Je comprends pas, disait Henri Rochat. Les Morelli et nous, c'est pas le même monde.

Pas le même en effet, mais, quelquefois, les deux se valaient.

Il avait laissé Henri prêt à pleurer, et lui-même était au bord des larmes. Sans se forcer. A la mort de sa mère, il avait dû mettre un Concerto brandebourgeois sur le pick-up pour arriver à pleurer, mais ce soir faudrait pas le pousser beaucoup pour le faire fondre en larmes. Dans le taxi qui le ramenait chez lui, David pensait qu'il n'avait pas beaucoup vu Lauren aujourd'hui. Peut-être que si je l'avais vue plus longtemps j'aurais pas fait cette connerie. Cette sacrée bon Dieu de connerie de merde, qui allait se retourner contre lui, ça, mon vieux, tu peux en être sûr et certain. Même que le préfet, demain, serait déjà au courant. Avec la veine que j'ai!

Histoire de lui remonter le moral, le chauffeur de taxi, un jeunot poupin tout plein, lui donna les dernières nouvelles : vers les midi, un automobiliste en avait poignardé un autre, un bègue, avant de s'enfoncer la lame dans le cœur pendant que sa victime bramait au sec, au sec, au secours; deux sœurs siamoises s'étaient à moitié étripées parce que l'une accusait l'autre de vouloir faire bande à part : un pêcheur installé sur une digue de Menton avait été frappé par la foudre d'un petit orage de rien du tout et sa veuve s'était juré d'aller faire la peau d'Albert Simon qui avait, sur Europe 1, prévu du beau temps pour la journée.

Bref, la joie.

20

Aux Etats-Unis, un requin géant terrorise les foules, mais c'est un requin de cinéma. Sur la Côte d'Azur, un véritable assassin tueur de jeunes filles court en liberté, menaçant chacun d'entre nous.

Une honte : deux jeunes Niçoises assassinées, la police ne fait aucune déclaration. Plusieurs autres meurtres demeurent inexpliqués. Mutisme des enquêteurs, silence des autorités. Un scandale inadmissible.

Après la mort de Lynette et Muriel, la population prend peur.

David Géant, « l'inspecteur de la mer », se promène avec sa fille dans les rues de Beaulieu-sur-Mer. Et si le sadique s'intéressait soudain à Mlle Géant?

Le préfet prit les journaux des mains de David, qui savait déjà tout ça par cœur, et les reposa sur un coin de son large bureau verni. De part et d'autre du portrait de M. le Président de la République, deux appliques en forme de torches romaines donnaient un brin de solennité à la grande pièce, couleur ivoire, où le préfet avait installé son bureau et ses habitudes, ses dossiers et sa collection de sulfures, exposée dans des armoires à vitrines bien entretenues.

C'était un homme d'aspect fragile et sec, dont la tête et le corps allaient assez mal ensemble et qui était encore mieux en photo qu'au naturel. Ses yeux, quand il ne leur infligeait pas l'expression déplaisante de l'officiel exaspéré, reflétaient la douceur et même la bonhomie. Mais uniquement pour ses petits-enfants.

– Ça ne peut plus durer! explosa-t-il. Il faut agir.

– J'agis.

– Ça ne se voit guère. Les gens attendent que vous les rassuriez.

– J'aimerais, mais à l'heure actuelle c'est impossible.

– Si vous n'en êtes pas capable, même au prix d'un mensonge, il ne fallait pas entrer dans la police, fulminait le préfet en marchant de long en large.

Sur les baies vitrées du bureau, des petits pleurs de bruine s'abîmaient dans un silence infiniment mou. Heureusement que la pièce est climatisée, songea David.

– Je peux renforcer vos effectifs, vous n'avez qu'à me le demander.

– Inutile, je me bats seul.

– Et vos inspecteurs?

– Discrets comme l'ombre : je ne les vois qu'au téléphone, si vous voyez ce que je veux dire.

Le préfet voyait, mais ne le dit pas.

– En réalité, vous vous trompez, reprit-il, toujours aussi peu amène, vous n'êtes pas tout seul! Il y a votre fille, ajouta-t-il. Vous êtes la risée de la ville!

– C'est comme ça depuis qu'elle est née. Ma fille, veux-je dire...

– Je ne veux plus la voir mêlée à cette affaire. Il me semble qu'elle ferait mieux de s'occuper de ses cours. Et puis les journaux ont raison : vous seriez bien avancé si ça tournait mal pour elle. Imaginez, je ne sais pas, moi, qu'on la...

David eut l'impression que le préfet était sincère en s'inquiétant pour Lauren.

La bruine redoublait. D'ici une demi-heure, il ferait encore plus moite et du goudron mouillé des boulevards monterait une odeur suffocante et âcre, que David ne détestait pas.

– J'ai entendu dire, reprit le préfet, s'asseyant enfin face à David, qu'entre l'homme mordu par le cobra volé à l'exposition et l'assassinat de ces pauvres filles vous voyez un lien.

– Disons que je le subodore.

– On ne vous demande pas de subodorer, mais d'être efficace. Au lieu de cela, vous allez vous faire assommer dans des bouges...

– Je suivais une piste.

– Une piste de danse!

Elle est bien bonne, se dit David, consterné. Il lança :

– A propos, le cobra n'avait pas été volé. Pas à l'expo, en tout cas.

– Comment ça? Je n'en ai rien su.

– Si, si. Le cobra de l'expo a été retrouvé, donc celui que mes hommes ont abattu place Masséna dans la voiture de Gagnew venait d'ailleurs. D'où, je l'ignore.

– Avec ce que vous ignorez, on remplirait trois volumes.

Silence. Puis :

– Vos méthodes sont ridicules, mon cher inspecteur.

– Je n'ai pas de méthodes.

– C'est ce que je vous reproche, soupira le préfet.

– Vous ne disiez pas cela l'année dernière, quand j'ai réussi à pincer Guiraut-Guersand dans l'affaire des fraudes. Il est vrai que, du même coup, je vous débarrassais d'un concurrent gênant pour l'achat des terrains d'Antibes.

Si le préfet n'étouffa pas, c'est uniquement par courtoisie.

– N'en parlons plus, finit-il par bredouiller. Vous connaissez Christophe Léman?

David leva les yeux au ciel.

– Qui ne le connaît?

Le préfet appuya sur une sonnette, dont on n'entendit pas le tintement. Quelques minutes plus tard, Christophe Léman, le chroniqueur judiciaire le plus redouté du département, faisait une entrée de théâtre dans le bureau du préfet en y répandant un parfum de garçon coiffeur endimanché.

Poignées de main glaciales.

Les poignées, pas les mains.

– Vous vous êtes déjà rencontrés, j'imagine, dit le préfet.

Christophe Léman acquiesça, David aussi. Sans un mot.

Le costume prince de Galles de Christophe Léman était trop bien coupé, ses cheveux poivre et sel trop bien coiffés, son col de chemise beaucoup trop en pointes. Sa cravate, n'en parlons pas.

– Si j'ai pensé à vous réunir aujourd'hui dans cette pièce, expliqua le préfet, c'est pour une raison très simple. M. Léman m'a fait part, récemment, de ses théories sur ces histoires de meurtres dont toute la France ne va pas tarder à parler du matin au soir.

– Des théories, c'est beaucoup dire, protesta Léman d'une voix cassée par l'abus des brunes et de Johnnie Walker. De simples hypothèses de travail.

David ne l'aimait pas du tout, mais sans agressivité particulière.

– Soit. Des hypothèses, reprit le préfet en se tournant vers David. Mon cher inspecteur, M. Léman a l'intention de publier ses conjectures, mais, avant, j'ai pensé que vous aimeriez les connaître.

David remercia.

– Nous vous écoutons, dit le préfet.

Christophe Léman ouvrit les mains.

– En gros, voici, commença le chroniqueur. Notre ville, qui est la respectabilité même, surtout en hiver, il faut bien le dire, voit fleurir, en même temps que la belle saison, toutes sortes de groupuscules.

– Les gauchistes, quoi! Le coup classique, coupa David Géant.

Le préfet avait joint le bout de ses doigts, sauf le petit de la main gauche, et écoutait.

– M. Cyrus Gagnew était un homme richissime, reprit Léman. Il attisait les jalousies, c'est évident. Muriel Zardo avait l'âge de faire de la politique, elle a pu vouloir quitter un de ces groupuscules, ou quelque chose comme ça. Peut-être pour en fonder un autre, dont elle serait la présidente et M. Gagnew le bienfaiteur.

– Et Lynette Rochat, dans toute cette farandole? s'enquit David.

On nageait en plein délire, et ce n'était d'ailleurs pas pour lui déplaire.

– Elle était certainement dans le même cas que Muriel Zardo, expliqua Christophe du lac. Sauf qu'elle, elle voulait sans doute informer la police de ce qu'elle savait, pour un motif que j'essaie de découvrir.

– Et la personne avec qui elle avait rendez-vous au Cap-de-Nice l'aurait éliminée, par conséquent, pour des raisons de sécurité? Qui cela pourrait-il être? fit David, ironique.

– L'enquête aurait déjà dû nous l'apprendre, si elle était bien conduite, siffla Léman.

La bruine avait cessé. Le préfet alluma la lampe bouillotte, sur son bureau, et David se dit qu'il devait commencer à se barber.

– Allez-y, allez jusqu'au bout. Vous accusez qui? demanda David.

– Pour l'instant, personne. J'estime seulement que Nice n'a pas à devenir le Waterloo des extrémismes.

Simple. Bien sûr, c'était simple. Grotesque mais simple. Les explications de Christophe Léman étaient aussi convaincantes que ses articles. Malheureusement, ses articles pouvaient convaincre. Polémiste réac, il lui arrivait d'invectiver les juges ou de traîner un jury dans la boue pour avoir fait montre de trop de clémence. Et les braves gens qui n'aiment pas que, comme chante Brassens, ces gens-là applaudissaient, s'abonnaient au canard, écrivaient des épigrammes enflammées au chroniqueur patenté de l'ordre moral.

– Alors? intervint le préfet, l'œil sur sa Jaeger waterproof.

C'était à David de prendre la parole.

– M. Leman n'a pas la moindre preuve de ce qu'il avance, et je ne le lui reproche pas. Mais, enfin, il fabule, à son habitude. Il aurait tort de s'en priver : ça plaît, paraît-il. Contrairement à ce que vous semblez croire, cher Christophe Léman, ni Muriel Zardo ni Lynette Rochat, ni même Cyrus Gagnew n'ont jamais fait partie du moindre groupement politique. On ne peut pas en dire autant de vous.

– Ce qui veut dire?

– Que ce n'est pas parce que vous avez été longtemps trésorier du Comité d'Action France-Liberté contre le communisme sous toutes ses formes que je vous accuse d'avoir assassiné qui que ce soit.

– Je voudrais bien voir ça.

– Allons, allons, messieurs, intervint le préfet en éteignant la lampe bouillotte.

– Autre chose! poursuivit David. Si je suis bien d'accord avec vous pour affirmer que tout est politique, penchez-vous donc un peu sur votre propre bord, et vous verrez que tout n'y sent pas la rose thé.

– Nous connaissons vos sympathies, dit Léman. Un point partout.

– Vous êtes un peu sibyllin, inspecteur, trouva le préfet.

– Je me donne dix jours pour l'être moins, monsieur le Préfet, lança David, un peu imprudemment.

– Dix jours et combien de crimes? s'informa Christophe Léman.

David haussa les épaules.

Comme toujours, ce qui n'avait pas été dit importait autant, sinon davantage, que ce qui l'avait été. Dans le train bondé qui l'emmenait, en seconde, vers Beaulieu-sur-Mer, David regrettait d'avoir laissé Christophe Léman seul en compagnie du préfet. Si la sympathie de ce dernier était loin d'être acquise au chroniqueur judiciaire, il devait tout de même tenir compte d'un détail : le journaliste reflétait une large partie de l'opinion, et ce n'était pas négligeable, bien au contraire. En fait, si le préfet les avait réunis dans son bureau, c'était avant tout pour semoncer David en présence de Léman. Il voyait déjà l'article où il serait traité, à mots couverts peut-être, d'incapable, et le public en reposant le journal pousserait un soupir de profond soulagement : une fois de plus, Christophe Léman osait écrire ce que chacun pensait sournoisement.

Il prit un taxi à la gare, et, en moins de six minutes, fut chez Florinda.

– Je suis désolée, dit-elle en l'accueillant. Pour la voiture.

– Vous êtes déjà au courant? s'étonna-t-il en abandonnant son imper au portemanteau.

– La télévision régionale, expliqua-t-elle.

Elle le fit asseoir en proposant du thé. Il refusa, gentiment.

– C'était donc si important, ce rendez-vous avec Frederick ?

– Oui et non.

– Oui et non ?

– Oui pour votre morale à vous, non pour la nôtre.

Florinda tira de derrière le canapé une bouteille d'eau minérale naturelle et porta le goulot à ses lèvres.

– Je ne savais pas que vous m'aviez suivie. Je vous le promets.

Elle roulait toujours aussi bien les *r*.

– Tout ce que je me rappelle, c'est que lorsque je suis partie, il n'y avait personne dans l'allée. Pas de mouvement. Personne.

– J'étais avec Lauren, fit David, et nous n'avons perdu de vue la maison de votre frère qu'une dizaine de minutes, même pas. Donc, quelqu'un nous surveillait. Vous surveillait et nous surveillait.

– C'est probable.

– Et ça confirmerait les coups de téléphone dont on vous a assaillie ces jours derniers. Est-ce qu'ils ont cessé ?

– Vous devez le savoir.

– Ah ! bon ?

– Je sais que je suis sur table d'écoute. Mais ça m'est égal.

– C'est pour ça que vous avez préféré aller voir votre frère plutôt que de l'appeler ?

– Non. Il y a des choses qu'on ne peut pas faire au téléphone.

– Je croyais que vous n'étiez pas en très bons termes.

– Il vous a dit ça ? Quel menteur.

Sur la moquette, il y avait un gros livre ouvert, une histoire de camps soviétiques. Au moins huit cents pages. En anglais. Ça devait remplacer la drogue, en ce moment, pour Florinda. Une drogue douce, elle lui avait dit, tout au début.

– En somme, le chat et la souris, comme disent les gens d'ici, résuma-t-elle en allumant un cigarillo.

– Sauf qu'il y avait deux souris, sourit David.

Palpitante déduction.

Il la croyait. Il la croyait depuis la première fois qu'il l'avait rencontrée, et pas seulement parce qu'elle ne lui était pas indifférente. Au grand dam de ses supérieurs, il avait toujours aimé prendre le risque de se faire avoir, ce qui plaidait autant pour sa candeur que pour sa modestie, et dès qu'il avait vu Florinda il s'était dit que d'elle, il saurait accepter rouerie, duplicité, mensonges, ce qui ne serait évidemment pas pour lui faciliter la tâche. Mais lui faire confiance donnait à David l'illusion qu'il avait prise sur l'événement, et si elle lui jouait la comédie, cela n'avait pas tellement d'importance puisque c'était lui qui avait choisi ce jeu. En feignant d'être spectateur, en fait, il dirigeait tout. Tel était le sentiment de David, qui essayait ainsi de faire taire la panique qui commençait à crier en lui. Une panique calme.

– Parlez-moi un peu de votre frère. J'ai l'intention de passer le voir tout à l'heure, et comme nous ne nous sommes croisés qu'une seule fois...

– Qu'est-ce que je pourrais bien vous en dire ? C'est quelqu'un qui a du mal à s'accepter, comme la plupart d'entre nous.

– Soit, mais encore ?

– C'est quelqu'un qui vit seul. Il a toujours vécu tout seul. Depuis quelque temps, il a une espèce de secrétaire, enfin quelqu'un qui se fait passer pour tel et que je n'aime pas. Nicolas, il s'appelle. Nicolas Feldman. Frederick prétend qu'il lui est dévoué, qu'il l'admire.

– Et il vit de quoi, votre frère? Parce que le cinéma, tout ça, c'est très joli, mais enfin...

– En ce moment, ça marche assez bien pour lui. Sinon, je l'aide un peu.

Florinda n'était pas une personne à s'exalter facilement, semblait-il, mais David nota qu'elle s'animait brusquement, comme si elle avait une part prépondérante dans les travaux qu'effectuait son frère.

Il demanda :

– Tant mieux si ça marche, mais justement, ce qui marche, c'est quoi?

– Frederick vous le dira lui-même. Il m'a demandé de garder le secret.

– C'est loin, chez lui?

– A pied, assez. Mais vous n'irez pas à pied.

Il n'eut pas le loisir d'en demander le pourquoi. Déjà elle était debout, en train d'ouvrir une armoire de style colonial et d'en tirer un casque jaune.

– Vous avez votre permis moto?

– Non, mais je suis policier, voyez-vous.

– Ne vous imaginez pas que j'allais l'oublier, surtout.

Elle l'accompagna jusqu'à la grille et, tandis qu'il enfourchait sans enthousiasme la Yamaha de ce pauvre Cyrus, il posa une dernière question :

– Qu'est-ce que vous vouliez dire, tout à l'heure, par : *Il y a des choses qu'on ne peut pas faire par téléphone?*

– Comme si vous ne le saviez pas, murmura-t-elle en détournant le regard vers le ciel violet. L'amour.

21

L'intérieur du pavillon valait la façade et ce qu'il aperçut des salons, depuis le vestibule à peine éclairé par un lustre à pampilles mesquin, ne lui parut pas faire preuve d'énormément de recherche, excepté dans le dénuement. Sur les murs, la peinture, mandarine fanée, s'écaillait, comme ses illusions. David se l'avouerait seulement dans quelques jours : le fait que Florinda couche avec son frère lui avait causé un drôle de choc.

– N'insistez pas, M. Foldan est absent, lui avait dit l'homme qui avait ouvert la porte et qui s'impatientait en dévisageant David.

Celui-ci lui promena sa carte sous les yeux, mais l'homme n'en fut pas plus aimable.

Frederick. Frederick et Florinda. La censure de son esprit lui interdit de se les représenter en train de faire l'amour, mais il ne put s'empêcher de se demander dans quel coin du pavillon se passait la chose. Surtout que les chambres, si chambres il y avait, ne devaient pas être en meilleur état que le rez-de-chaussée.

– J'attendrai, merci, décida David en s'asseyant sur une marche de l'escalier qui montait au premier mais pas au second, car la maison ne comportait, du moins vue de l'extérieur, qu'un seul étage.

– Inutile, M. Foldan est absent pour toute la soirée. Il ne rentrera que très tard, dit le secrétaire d'un ton récitatif.

– Ça tombe bien, j'adore la nuit.

L'homme était plutôt mince, un peu plus grand que la normale et il avait dû souffrir d'une maladie de peau qui lui avait légué en héritage une multitude de cratères minuscules sur les joues, le front et les ailes du nez. Qu'est-ce que ce doit être, le corps, songea David. Il était vêtu d'un costume sombre à la chinoise, qui faisait encore mieux ressortir la blondeur filasse de ses cheveux coupés court.

– C'est à vous, ceci? demanda brusquement David en désignant du menton la casquette bleu marine pendue à la pomme de la rampe.

– Oui, c'est à moi. Je suis aussi le chauffeur de M. Foldan. En même temps que son secrétaire et le gardien de la villa.

David songea que Florinda devait beaucoup tenir à son frère pour lui permettre d'entretenir l'individu qui continuait à le dévisager, sans expression de haine. Sans aucune expression. Puis David se dressa d'un bond, saisit la casquette et, avant que l'homme ait pu tenter le moindre geste, il l'en coiffa.

– Ça vous va pas mal.

– Je vous remercie, fit le secrétaire en jetant la casquette.

– Vous la portez aussi quand vous pilotez un horsbord?

L'homme blêmit, et David sut qu'il avait visé juste. Aucun doute, plus aucun : le gardien-chauffeur-secrétaire de Frederick Foldan était l'homme qui les avait suivis, Hélène Morelli, Javal et lui, lors de leur balade en mer, et c'était aussi l'homme qui, au volant d'une Audi super-luxe, avait filé la Méhari des Géant, le jour où ils étaient allés se promener du côté du phare, à Nice. C'était même le jour, il s'en souvenait sans problème, où ils avaient fait la connaissance de Frederick Foldan.

– Vous n'avez pas une patience infinie, on dirait. Sur mer comme sur terre, vous abandonnez vos prises en chasse avec une rapidité confondante. Sans même prendre la peine de vérifier que vos balles ont atteint leur but. A moins, bien entendu, que ce ne soient les ordres...

– Je ne comprends rien à ce que vous dites. Et M. Foldan, j'en suis persuadé, ne saisira pas davantage vos allusions lorsque je les lui rapporterai.

David s'était approché du secrétaire. Nicolas, avait dit Florinda. C'est ça : Nicolas. Il s'était suffisamment rapproché de Nicolas pour recevoir son haleine en pleine figure. Fétide, l'haleine, et tout à coup l'ampoule jaune fit *tilt* dans la tête de David.

Les vestiges d'acné, la mauvaise haleine, la casquette, les cheveux filasse. Tout concordait. Nicolas n'était pas seulement le suiveur, mais également le faux gardien de l'exposition, celui qui avait dérobé le reptile pour faire croire que c'était l'animal responsable de la mort de Cyrus Gagnew. A l'expo, on le connaissait sous le nom de – David fit un effort pour se rappeler – sous le nom de Bertrand Barrière, quelque chose comme ça.

Pas de doute, c'était bien lui.

Et pourtant un détail le gênait : ce qu'il ne comprenait pas, c'était pour quelle raison Nicolas ne se planquait pas davantage. Après tout, son signalement avait été communiqué à tous les départements de France. Que Florinda ne le dénonce pas, d'accord, et pourtant c'était sûrement pas l'envie qui lui manquait, mais, à cause du frérot, elle se retenait. Mais que ce Nicolas puisse aller et venir sans être inquiété, surtout avec la tête qu'il avait, ça, c'était un peu fort.

– Vous vous appelez Nicolas, je crois. Nicolas comment ?

– Nicolas Feldman.

– Je vous conseille de ne pas me donner un faux nom, comme vous l'avez fait à l'exposition. Vous pourriez drôlement le regretter.

– Je ne regrette jamais rien.

– Vous savez que vous êtes activement recherché. Pourquoi vous m'avez pas fermé la porte à la gueule, quand j'ai voulu entrer ? Parce que c'est calculé, ça aussi ?

Pas de réponse.

Alors, pour ne pas se laisser aller à la violence, David passa dans le premier salon.

Sur le sol en vieux parquet jamais ciré, des sacs de voyage bâillaient, entre des pieds de caméras, sur des chemises froissées, des cravates en laine, des chaussettes voyantes et dépareillées. Un Nikon semblait vouloir quitter son étui. Deux projecteurs donnaient une lumière de lait brûlante, qui faisait plisser les yeux. Aux murs, à moitié plongés dans le noir, de hauts miroirs piquetés. Rien d'autre. Forte chaleur.

Une ouverture sans porte donnait accès au deuxième salon, où il faisait plus frais et très noir. En s'y aventurant, David posa le pied sur quelque chose qui poussa un petit cri aigu.

– Le hamster de M. Foldan, commenta Nicolas Feldman.

Florinda avait raison : son frère s'assumait si peu qu'il donnait à son cadre de vie l'aspect d'un hall de passage, entre deux escales, deux avions, deux existences.

– A quel moment avez-vous ordre de me tomber dessus ? s'enquit calmement David en se retournant.

La réponse l'atteignit à la tempe, et il perdit soudain l'équilibre sous la puissance du coup de matraque qu'il venait d'essuyer. Il s'accroupit d'instinct pour éviter le second et plongea en avant.

Les deux hommes roulèrent sur le sol en faisant craquer le parquet, écrasant à moitié le rongeur de Frederick dont David sentit sous sa nuque le corps ondoyant et souple se faufiler. Nicolas Feldman n'opposa pas longtemps de résistance, surtout qu'il avait bêtement laissé échapper sa matraque noire.

– Où est ton patron? aboya David, le genou sur la pomme d'Adam de Feldman.

– En tournage, articula le secrétaire, dont les cratères d'acné crachaient d'infimes geysers de sueur.

– En tournage de quoi, et où?

– Au fort de Villefranche, mais...

David traîna Feldman jusqu'au pied des projecteurs. Il en saisit un, le pencha en direction des plinthes et, lorsqu'il eut repéré le hamster apeuré, il lâcha le projo qui s'écrasa sur le secrétaire, et prit l'animal qui tenta de le mordre. Nicolas Feldman, sous le projecteur qui lui avait salement brûlé l'arcade sourcilière droite, n'essayait même pas de relever, comme si sa résignation faisait aussi partie du jeu, de ce jeu en forme de bande dessinée *for adults only* qui commençait sérieusement à irriter David. Comme Feldman jouait toujours les chiffes molles, David n'eut aucune espèce de difficulté à le ligoter soigneusement avec le fil électrique du projecteur. Ensuite, s'il s'était écouté, il eût fait une chose terrible. Fourré, par exemple, le hamster dans la bouche de Nicolas Feldman, ainsi que ce dernier l'eût fait s'il en avait eu le temps, mais c'eût été se montrer aussi abject que l'adversaire et David avait suffisamment fait preuve, déjà, de manque de sang-froid et de retenue dans cette affaire pour y ajouter comme un alinéa désastreux. Aussi se retint-il : cette fois au moins, le David seconde manière s'inclina devant le Géant des origines.

– Quoi de neuf?
– Une carte postale de ton commissaire très cher. Bons baisers de la Jamaïque. Où tu es?
– Entre Beaulieu et Villefranche. Dîne sans moi.
– C'est déjà en train. Tu fais quoi?
– Le con.
– La nuit, c'est pas prudent. Qui tu pistes?
– Frederick Foldan. Au fort de Villefranche, dans un moment. Paraît qu'il y tourne un chef-d'œuvre.
– J'aimerais voir ça, mais y a *le Juif Süss* au ciné-club d'Antenne 2.
– Comme je te comprends. *Ciao*, amour. Lauren?
– *Ya*.
– Je t'aime, tu sais.

Nicolas Feldman se délivra de ses liens en se demandant pourquoi l'inspecteur ne l'avait pas fait embarquer par ses adjoints. Il se passa la main sur le visage où certains petits cratères étaient remplis de sang séché. Il se dressa et, comme le hamster s'était par hasard lové dans son autre main gantée, il lui brisa l'échine.

Les gonzesses qu'il avait sautées jadis contre les murs du fort de Villefranche, après son service militaire et même pendant, David les avait à peu près toutes oubliées, c'était si loin dans leur adolescence à tous, et, depuis ce temps béni, il n'était pas souvent revenu traîner sur le chemin de ronde. Une fois ou deux peut-être, avec Marianne, au début qu'ils se fréquentaient. Et même, c'était pas sûr. Il lui sembla néanmoins qu'avant il y avait davantage de lumière pour guider les pas du promeneur et ce n'est qu'au bout de cinq minutes de marche tâtonnante qu'il distingua des spots.

Pas vraiment le genre superproduction. Plutôt le truc intimiste. Et il n'eut alors qu'à fixer la scène avec un peu d'attention pour apercevoir Frederick Foldan qui s'affairait, entre son preneur de son et le cameraman, mais il ne saisissait pas encore très bien ce que la mini-équipe était censée filmer. Les deux techniciens de Foldan se ressemblaient. Blouson bleu nuit, chemise pâle, jean tuyau, petit anneau d'or à l'oreille gauche. Plus jeunes que Foldan, presque des gamins. Avec des lunettes noires, curieusement. C'étaient eux qu'il avait aperçus, dans la voiture, après la rencontre avec Foldan au pied du phare. Le tournage faisait désespérément amateur. La preuve : il n'y avait pas un chat pour reluquer la scène, ni pour apercevoir une star ou deux. Des stars, d'ailleurs, il n'y en avait pas. Juste une grosse fille qui s'époumonait à bruiter ses faux orgasmes, un lévrier afghan entre les jambes, la besognant.

– Je savais bien que vous étiez fait pour l'Art et Essai, fit David.

Foldan sursauta, et dit coupez, comme s'il était à la tête de cent cinquante personnes.

– On fait ce qu'on vous propose, ricana-t-il en se tournant vers la mer qu'on entendait s'éveiller, s'endormir, au ralenti.

– Et c'est quoi, exactement?

– Un documentaire sur les mauvais lieux de la Côte.

– Du cinéma-vérité, en somme?

– Si vous voulez. A ceci près que je reconstitue. Je ne crois pas au pris-sur-le-vif.

– Surtout qu'étant donné ce que vous avez l'air de filmer, pour ce qui est du pris-sur-le-vif, on vous laisserait sûrement pas opérer.

– Sûrement pas.

La grosse fille se donnait un coup de peigne en échangeant des plaisanteries avec les deux techniciens.

– Le thème, c'est la drague. La drague et la solitude.

– L'une entraîne l'autre, fit David.

– Absolument. Regardez la fille, par exemple. Le scénario dit qu'elle se promène, qu'elle cherche, qu'elle se promène encore. Finalement, qu'est-ce qu'il lui reste? Son clebs.

– C'est un point de vue. Elle est actrice?

– Non, c'est une amie de Jackie, le preneur de son. Bien entendu, tous les participants sont d'accord pour montrer leur visage. Leur visage et leur corps.

– Ça m'étonne.

– Oui, je sais, ça paraît improbable. Mais qu'est-ce qu'ils risquent, tous autant qu'ils sont? Le film ne sortira jamais en circuit normal. Vous me soupçonnez?

– Vous comme les autres.

– Et qui sont les autres?

– On reprend? demanda le cameraman, qui en avait marre de rigoler avec la grosse fille.

Le lévrier afghan tournait en rond, frottant ses poils contre les jambes de son amante.

– De chez vous, fit David sans répondre à la question de Frederick Foldan, de chez vous, vous avez certainement vu la personne qui a mis le feu à ma voiture. A moins que ce ne soit vous, tout simplement.

Frederick sourit, sous la lune. Serpent de corail scintillant, le Paris-Vintimille se faufilait au loin, entre les groupes d'arbres noirs et la montagne, sombre elle aussi. Bien découpée.

– Une voiture, ça brûle bien, dit Frederick, mais ce n'est pas ma tasse de thé. Je regrette. Mon rêve, voyez-vous, ce serait de filmer un être humain en train de cramer.

David se dit qu'il valait mieux entendre ça que d'être sourd et que, si Foldan avait appartenu à l'O.A.S., ça ne l'aurait pas autrement surpris.

– Oui, un type qui brûle, reprit Foldan. Mais pas le bonze du Viêt-nam, ça, c'est vraiment trop facile. Même Bergman l'a mis dans un de ses films. Quelqu'un que j'aurais préparé pour la chose, plutôt.

– Que vous auriez vous-même enflammé, vous voulez dire ?

– En quelque sorte. Mais vous vous en foutez. Quel motif aurais-je eu pour tuer Muriel, Lynette, Cyrus, la vieille, et tout ça ?

Quelle virtuosité pour changer de conversation, songea David. C'est à ça, paraît-il, qu'on repère les types à tendance sadique. Avec Frederick, au moins, ça se vérifiait.

– Les motifs ne manquent jamais, estima David. Par exemple : Cyrus Gagnew commence à vous insupporter, il est l'amant de votre sœur et n'admet pas que vous continuiez à l'être, vous aussi, adieu Gagnew.

Frederick éclata de rire.

– Trop classique, vous me décevez.

– Muriel a découvert quelque chose à votre sujet, vous la tuez. Lynette est une connaissance de Muriel, vous avez peur, adieu Lynette. Vous me faites suivre, un soir je parle à la vieille Osiris, que vous connaissez sûrement, je me demande même si elle n'a pas droit à une séquence dans votre film de merde, vous avez peur qu'elle me parle de vous, adieu Osiris.

– Je pourrais vous engager comme scénariste. Mais vous n'oseriez pas aller au bout de vos possibilités.

Et Frederick rit, de nouveau. Beaucoup trop bien, beaucoup trop fort. La nuit, il s'assume, pensa David. Du moins, il essaie. Frederick Foldan le dégoûtait profondément, mais en même temps ce dégoût rendait le frère de Florinda encore plus intéressant. Chaque fois qu'au détour d'une enquête il était amené à fréquenter un type dans le genre de Foldan, David se demandait toujours si l'homme en question ne traduisait pas en clair ce qu'il aurait pu, lui David, ressentir un jour ou l'autre. Par moments, il s'en voulait de ne pas savoir haïr, de ne pas pouvoir, ne serait-ce qu'une minute par jour, atteindre à cet étage supérieur selon lui de la sensibilité, qui abolit toute censure morale. Haïr, mépriser, détester, trahir. Avec le métier qu'il faisait, voilà qui aurait dû lui être aisé, mais non, impossible : peut-être n'est-ce qu'une question de temps, se rassurait-il parfois.

– Maintenant, ça va vraiment devenir marrant, lança Frederick, et il se dirigea vers ses deux techniciens.

En le voyant venir, la grosse fille ôta sa robe absinthe et s'étendit sur le dos, tandis que le grand lévrier afghan reprenait sa place entre ses cuisses.

– Caméra! hurla Frederick, excité. Moteur!

Le garçon qui portait la Coutant16 mm fit un travelling avant de trois pas pour cadrer en plongée la fille qui faisait mine de jouir, jappant comme le chien, sourire bien maquillé.

David suivait la scène avec intérêt, malgré lui, se fondait progressivement dans le paysage de la nuit, n'était plus qu'une paire d'yeux sans fonction, sans identité. Alors, il vit que Frederick Foldan se penchait sur la fille et lui glissait quelques mots à l'oreille. Immédiatement, la fille se tourna vers David, comme prise de peur, et elle voulut se relever, mais Frederick, qui lui parlait toujours, l'en dissuada d'un geste brusque. Lui aussi regardait David, mais son expression n'était qu'amusement, perversité. Imperturbable, le lévrier, admirablement dressé, faisait toujours son petit va-et-vient. David alluma une Pall Mall. De plus en plus, la fille faisait des efforts pour se dégager, elle regardait David, elle regardait Frederick, la caméra, les lumières factices, et Frederick lui parlait encore, doucement, et quand finalement il ordonna coupez coupez, la fille put ramper vers ses habits, dans un coin de nuit noire. L'ingénieur du son gratifia le lévrier d'une banane que l'animal avala sans la peler.

– Qu'est-ce que vous avez dit à cette pauvre fille? fut la première, la seule chose que David demanda au frère de Florinda.

– Que vous êtes flic.

David alors tourna les talons et s'enfonça dans la nuit du chemin de ronde. Dès qu'il fut certain d'être invisible à l'équipe, il se dévêtit et plongea dans l'eau glacée, superbement.

Dans la nuit du 15 au 16 juin, deux bouteilles de gaz-camping ont explosé dans le hall d'entrée du cinéma Star, spécialisé dans la diffusion de films à caractère pornographique. Les dégâts sont importants, mais heureusement aucune victime n'est à déplorer, le cinéma ayant depuis longtemps fermé ses portes au moment de l'explosion. On a constaté en revanche le vol, dans la cabine de projection dont la porte a été forcée avec violence, de l'un des deux appareils de projection entièrement automatiques installés depuis peu. M. Alfred Costers, le directeur-gérant du cinéma, demeure absolument introuvable.

22

Cela faisait assez longtemps, deux enquêtes au moins, qu'ils n'avaient trouvé un moment pour jouer au Scrabble. Comme c'était dimanche et qu'ils n'avaient pas envie de répondre au téléphone, ils décidèrent d'aller en disputer quelques parties saignantes du côté de Juan-les-Pins, au-delà même de la petite ville, là où ni les immeubles à géraniums bêtes ni les cabanes des marchands de sandwiches n'avaient encore pris racine.

Les bras de Lauren autour de sa poitrine, David pilotait la Yamaha de feu Cyrus comme on slalome à douze ans sur des pistes non skiables et fléchées *Danger de mort :* avec une célérité proche de l'inconscience. Mais non sans mérite, car ce n'était pas facile facile de se faufiler entre les voitures dont le flot ne cessait de grossir depuis la sortie d'Antibes. Les touristes, déjà. Et puis surtout les badauds du dimanche et les badauds cinéphiles qui allaient s'abîmer le pare-chocs à proximité de la Croisette envahie depuis l'avant-veille par les mouches en smoking du Festival de Cannes.

Depuis son bain nocturne d'hier, David couvait un rhume, que soignerait leur vieille amie Suzanne d'un bon coup de cachets comme elle l'avait fait pour celui de Lauren, lorsque celle-ci avait plongé dans le bassin

Louis XIV. Cependant, il n'avait pas trop mal dormi, son humeur était d'autant plus potable qu'il s'était levé sur la guitare de Baden-Powell offerte par R.M.C. et, tandis qu'il pilotait, ses réflexions ne variaient guère de secteur : à quoi rimait l'invitation qu'il avait trouvée, en rentrant, épinglée par Lauren à son oreiller safran? Sûrement un traquenard de plus. On les priait, Lauren et lui, d'assister à la soirée que donnaient le docteur et Hélène Morelli – tenue de ville, précisait le carton – et on avait ajouté, à l'encre verte : *Sans rancune.*

– C'est à quelle heure? hurla-t-il. A quelle heure, ce soir, j'ai oublié.

– Comment? glapit Lauren.

David répéta.

– Vers les neuf heures. Faut y aller?

– Quoi?

Lauren répéta.

– Vaudrait mieux.

Et puis ils ne se dirent plus rien pour ne risquer ni l'accident ni l'extinction de voix.

Sur le sable encore humide, et sous le soleil qui jouait à saute-nuage, Lauren étendit un plaid écossais puis chacun piocha ses sept lettres. C'était à Lauren de commencer, mais David était ailleurs. D'habitude, il faisait toujours mine de s'énerver dès qu'il voyait Lauren échafauder des combinaisons savantes. En fait, il adorait la voir calculer comment elle pourrait obtenir le plus de points alors que lui jouait plutôt la beauté des mots, mais aujourd'hui, non, tout à coup, ça n'allait plus.

– Ça existe, un cardinul?

Il eut l'air de réfléchir un instant.

– Je crois pas, mais ça devrait. C'est joli.

Elle passa son tour et attendit qu'il joue, en regardant la mer.

– Excuse-moi, fit-il au bout d'un moment, je n'arrive pas à me concentrer.

– A cause de ce soir?

– Peut-être. L'énervement.

– Tu n'arrives jamais à te concentrer quand nous sommes ensemble.

– Je sais bien. On en a tellement discuté... Ce n'est pas ta faute et ce n'est pas la mienne non plus, si nous n'avons pas le même rythme. Ni les mêmes besoins.

– Pas le même âge, dis plutôt ça.

Il fit un geste d'impuissance, qui envoya le W se perdre dans la nature, et les passants qui les virent fouiller le sable à quatre pattes, tourner en rond, gratter avec leurs ongles, durent se demander s'il n'était pas un peu vain de traquer la crevette sur une plage publique. Quand ils eurent enfin retrouvé la lettre, après avoir tiré du sable un vibro-masseur, une botte Saint-Laurent et trois dollars déchirés, la conversation reprit, car, question entêtement, Lauren était un peu là.

– Au fond, il vaudrait mieux que je sois plus jeune, fit-elle. Beaucoup plus. Comme ça, tu ne pourrais pas faire de différences.

– Je vois pas très bien ce que tu veux dire.

– Comme ça, je serais un objet à ta disposition.

Il plaça quand même son Y.

– Exactement comme les filles que tu t'envoies, ajouta-t-elle.

Surpris, il leva les yeux.

– Qu'est-ce que tu racontes? Ça va pas, non?

– Je sais ce que je dis. D'après certaines d'entre elles...

Elle s'interrompit : à quoi servirait de l'énerver davantage? Surtout qu'elle se demandait déjà ce qui lui avait pris, soudain. Remettre cette question sur le tapis, on n'a pas idée, vraiment. Une question réglée depuis tant de temps. Sans doute n'avait-elle eu que le désir d'être un peu désagréable, pour le sortir de son mutisme, pour le distraire, et puis son agressivité avait pris en cours d'expression un cours inattendu. Au fond, ça prouvait quand même qu'elle gardait une jalousie rentrée.

– Quand tu admettras les exceptions, tu seras vraiment adulte, conclut-il, laconique, et il perdit toutes les parties.

Sur la balançoire en plastique du parc de la villa Morelli, deux idiotes en robe longue digéraient mal leur premier gin-coca. Dans la vasque, il n'y avait plus de poissons rouges.

– Que voulez-vous, ils sont tous morts la semaine passée, expliqua le docteur, complet d'alpaga, foulard Dior, à une dame attendrie qui s'inquiétait des bestioles.

Devant les grilles du parc, les voitures étaient rangées sur au moins trois files.

Éclairage style son et lumière, tirant sur les dorés.

Il était environ vingt heures quarante lorsque David, qui arborait papillon haut, et Lauren, en jupe-culotte de soie blanche et corsage années cinquante, firent une entrée que peu remarquèrent : on s'affairait aux buffets.

Hélène Morelli était en beauté, Paul Javal n'arrêtait pas de le lui répéter depuis qu'ils étaient sortis, ensemble, du même bain. Il ne pensait qu'à une chose : fausser compagnie à tout le monde pour prouver, une fois encore, son savoir-faire d'amant semi-professionnel à Hélène, et elle ne demandait, faut bien dire, que ça.

Dans le parc flottait une odeur de gin.

Le docteur parlait de Fellini à un fabricant de raviolis qui préférait Visconti. Chacun, autour des tables et des parterres, s'imbibait de vodka, de scotch ou d'autre chose, dans l'espoir souvent déçu de paraître encore plus beau, plus intelligent. Il y avait là comme les échos affadis d'une autre époque, d'un temps que David connaissait surtout par ses lectures, d'un temps où même les orgies avaient de la classe, et tout cela s'était dévoyé, peu à peu, dans le brillant des arrivismes, le clinquant des nouvelles richesses.

On avait loué trois barques, amarrées en bout d'embarcadère, et on les avait délicatement couvertes de guirlandes emperlées d'ampoules rondes multicolores. Assis dans les barques ou tanguant sur le ponton, les convives semblaient appartenir à un autre lieu dont ils arrivaient peut-être, déjà légèrement ivres. Attirés par les lumières, David et Lauren observaient ce coin de la soirée qui avait un air de fête provinciale, rehaussée de vins chics et de sangria. Un air de p'tit bal du sam'di soir, au fond.

David se souvint d'un stage qu'il avait fait, dans le Nord, à la Section de répression du banditisme. Tous les samedis soir au bal, à surveiller d'un œil mouillé d'indulgence les allées et venues de ces petits mecs dont il avait failli être le collègue, des voyous aux tifs gominés, des bagarreurs de rien du tout, ces gosses qui, sans le savoir, étaient déjà tous plus ou moins résignés au malheur comme ces invités en habit l'étaient au bonheur. Tout au moins au bonheur de ne rien faire de leurs doigts, de leurs nuits.

David noya tout ça dans un tonic, revint à la villa.

Et la vit.

Ses cheveux, en cascade, comme il les aimait.

Sa taille prise dans une ceinture d'or, probablement égyptienne.

Ses épaules génialement nues.

Ses yeux, comme la mer sous le soleil de midi. Ses yeux.

Florinda.

Dans un coin du grand salon aux lourdes tentures, elle détaillait d'un intérêt nonchalant les tableaux accrochés aux murs, solitaire, tournant le plus possible le dos aux invités qui, d'ailleurs, s'en moquaient. Deux ou trois fois, David la vit saluer d'un sourire des convives qui s'éloignaient aussitôt, aussitôt rassurés. Il était certain qu'elle l'avait vu, leurs regards s'étaient croisés, mais, évidemment, on ne savait jamais très bien ce que voyait Florinda, entre le manque et la détresse, le détachement et l'inquiétude.

– Hans Bellmer, n'est-ce pas?

– Bellmer, oui, lui dit-il en regardant la toile. La partouze au singulier.

Tristement, elle sourit.

Ils étaient à présent côte à côte devant la porte-fenêtre ouverte sur le vaste jardin où les gens faisaient presque tous semblant d'échanger des confidences que les indiscrétions journalières, les on-dit, les vous-avez-su leur avaient communiquées les uns aux autres, depuis longtemps, depuis la veille. Aussi ces avocats de Nice ou de Menton, ces détaillants de Beaulieu, ces princes de nulle part, ces restaurateurs de Villefranche se contentaient-ils d'arranger à leur manière une vérité connue de tous et qui changerait encore de visage ou de parfum, d'ici leur prochaine rencontre, un soir d'été.

– D'ici, c'est encore mieux, fit David. On voit très bien ceux qui disent vraiment du mal des autres. Leur regard.

– Oui, mais pourquoi le font-ils? Je ne comprendrai jamais.

– Par pure bienveillance, je crois.

Masquée par un cèdre, Lauren les observait.

– Ils se connaissent tous, dit Florinda. Du moins, j'imagine.

– Et vous?

– Moi?

– Vous les connaissez?

– Oui et non. Quelques-uns. Sans le vouloir. Du temps de Cyrus.

Le temps de Cyrus. Il était loin : même pas trois semaines. Le temps de Cyrus était révolu avant même qu'il ne meure.

– Je sais ce que cette soirée signifie pour vous, reprit David.

– Vous vous trompez, elle ne veut rien dire du tout.

– Sinon, vous ne seriez pas venue?

– Est-ce que ce n'est pas mon droit de préférer de temps en temps la solitude en groupe à la solitude seule?

– Mes inspecteurs m'ont dit que le docteur Morelli vous avait envoyé son assistante pour vous inviter. Et qu'elle n'a pas été obligée d'insister beaucoup.

– C'est ce que je vous disais. Elle est tombée au bon moment. Mais c'est vrai, je suis sous surveillance. Comme une malade.

David faillit lui dire qu'elle était loin d'être la seule, ici, à être un peu malade, qu'il y avait peut-être, parmi les groupes, un assassin.

– Quand vous voudrez rentrer chez vous, n'hésitez pas à me le dire, proposa David. Je vous raccompagnerai. Après tout, je ne suis là que pour faire de la figuration, pas autre chose.

– On en est tous là.

Brusquement, Hélène Morelli jaillit, non loin d'eux, une coupe de champagne à la main. Elle paraissait chercher quelqu'un, et si David n'avait pas été si occupé à fixer le cèdre, pour savoir qui pouvait bien se cacher derrière, il n'aurait pas manqué de noter combien les yeux d'Hélène Morelli trahissaient l'affolement.

Du côté des barques, maintenant, on riait très fort. Sur leur balançoire, les jeunes filles pas très futées s'étaient endormies, le bras pendant vers le sol gazonné où avaient roulé leurs verres vides. Autour de la vasque, des couples commençaient à danser.

– Qu'il fait chaud! disaient les cavalières à leurs cavaliers.

Count Basie, dolcissimo.

– Bonsoir, Florinda.

Les yeux de Lauren pétillaient. Du champagne avait laissé quelques traces rondes sur son corsage noir.

– Ah! c'était toi, derrière l'arbre? soupira David.

– Eh oui. Quelle soirée sinistre. Pas un acteur.

– Ce n'est pas encore les vacances, dit Florinda avant de s'éloigner, un peu trop vivement, pour rejoindre Frederick, qui venait d'apparaître.

David les vit s'embrasser, et le piano d'Antonio Carlos Jobim succéda à Count Basie, mais c'était toujours la même atmosphère de mort douce, très douce, infiniment, comme lorsqu'on se tranche les veines, à l'heure du thé, dans sa baignoire emplie d'eau chaude parfumée au santal. Sur le gazon, l'assistante de Morelli semblait dormir et les valseurs qui butaient sur elle ne la dérangeaient guère.

Entre deux bosquets taillés en boule, Christophe Léman tenait des propos, toujours les mêmes, sur la jeunesse. David trouva que la jolie femme qui faisait semblant d'écouter Léman avait les sourcils d'Hedy Lamarr dans *Samson et Dalila*, ce qui ne l'avançait guère. David, pas la fille.

Alors, une autre fille, pas terrible-terrible, qu'on

avait peut-être même invitée pour faire contraste, monta sur le rebord de la vasque et, dans un équilibre instable, lança :

– Vous avez tous vu *la Notte*?

Protestations confuses.

– *La Notte.* Antonioni. Jeanne Moreau. Problème du couple, quoi!

Des personnes qui, brusquement, se rappelaient frémirent d'épouvante.

– Pour ceux qui ne l'auraient pas vu, enchaîna la fille, je signale que la grande scène du film était un plongeon collectif dans la piscine.

– Plagiat de *la Dolce Vita*, hurla un cinéphile.

– Ici, y a pas de piscine et c'est dommage, reprit la fille sans se démonter, mais y a ça.

Elle désignait la vasque.

– C'est la nièce d'Hélène, fit une voix d'homme derrière Lauren et derrière David.

– Elle est beurrée, décréta quelqu'un d'autre. Comme sa tante.

– Alors, alors, qui donnera l'exemple? poursuivait la nièce, vulgairement provocante.

C'était grotesque : à l'intérieur de la vasque, il n'y avait pas place pour plus de quatre personnes, et encore, debout et au garde-à-vous.

Les gens ne valsaient plus, il n'y avait plus de musique du tout et l'air s'était encore alourdi. David et sa fille virent alors qu'Hélène Morelli faisait quelques pas en direction de sa nièce et qu'elle lui glissait à l'oreille un mot ou deux.

Moue de la nièce.

Alors, ce fut la *notte*.

La nuit.

Un cri : surprise offusquée.

Un bruit.

Comme un plongeon loupé.

Lauren glissa ses mains entre celles de son père. Ses mains glacées.

– Qu'on aille donc voir ce qui se passe, demanda le docteur Morelli, d'un ton peut-être un peu trop contrôlé.

Dans la villa, c'était également le noir absolu.

Fracas de table renversée dans la hâte.

Bris de verre.

Seules les petites ampoules multicolores donnaient, du côté de la mer, des lueurs parcimonieuses. Insuffisantes, en tout cas, pour qu'on puisse se diriger.

– Ne bouge pas, murmura David, mais Lauren n'en avait pas envie.

Puis il donna l'exemple, mais pas celui qu'attendait la nièce d'Hélène Morelli. Il alluma son briquet et ceux qui n'étaient pas encore trop éméchés l'imitèrent. On aperçut alors, dans les lueurs vacillantes, Hélène Morelli trempée qui tentait de sortir de la vasque, gênée par sa robe longue, ses cheveux gluants ramenés sur le visage, comme des méduses tenaces.

– Aidez-moi, je suis... Ma cheville... Vraiment, ce n'est pas très spirituel, ajouta-t-elle mollement, à l'intention sans doute de celui qui l'avait poussée.

David se demanda où pouvaient bien être ses foutus inspecteurs.

– Mais ce n'est pas... Ce n'est pas de...

Hélène Morelli n'eut pas le loisir d'en dire davantage, car l'un des briquets allumés quitta à cet instant la main de son propriétaire pour décrire un demi-cercle avant de s'abîmer dans la vasque, bruit mou.

Ce qu'il y a de plus curieux, c'est qu'au contact du liquide la flamme ne rendit point l'âme. Bien au contraire : elle redoubla d'intensité et, d'un seul coup, toute la vasque s'embrasa, éclairant ainsi les invités cloués d'horreur. Au centre exact des flammes, Hélène Morelli se tordait de douleur en achevant par asphyxie prochaine et brûlures au nième degré son existence de femme futile. L'épouse du préfet s'évanouit, Paul Javal tomba à genoux, des hurlements se mêlèrent, tandis que ce qui restait d'Hélène s'élevait en fumée brunâtre dans l'air irrespirable.

Elle n'avait pas eu le temps de le dire complètement, mais elle avait drôlement raison, Hélène Morelli : ce qui dormait dans la vasque, ce soir-là, c'était pas de l'eau.

23

– Le docteur Morelli a l'immense douleur de vous faire part du décès abominable, non, biffez abominable, du décès de son épouse adorée, adorée, oui, c'est peut-être un peu excessif, mais enfin mettez-le, de son épouse adorée Hélène, née Marquant, et s'il y tient vous associerez Paul : après tout, c'est notre seule famille, et maintenant laissez-nous, s'il vous plaît, Marie-Odile, merci.

L'assistante alla dans la pièce voisine tenir compagnie à son calepin jaune paille et l'inspecteur Géant, plus gêné que jamais de ce qu'il avait fait subir au docteur dans le blockhaus, décroisa ses jambes en refusant la cigarette turque que lui proposait, glacial mais courtois, le docteur Morelli.

La première chose que le médecin avait ordonnée depuis son veuvage de l'avant-veille avait été la destruction immédiate de la vasque fatale. A la place, un trou mal rebouché, de la terre battue, des herbes mortes.

– Inspecteur, je suis à vous ! sourit Morelli, le visage encore tuméfié.

– Je n'en demande pas tant, fit David. Commençons par le commencement : pour quelle raison avez-vous donné cette soirée ? Nous sommes encore hors saison, que je sache, et aucun événement particulier...

David laissa sa phrase en suspens et alluma une Pall Mall menthol, tradition. Le docteur Morelli ne jouait plus avec son scalpel : l'objet reposait sur le bureau Empire, entre un galet presse-papiers et des tubes de dramamine. Morelli écrasa sa cigarette étrangère dans le cendrier en forme de phallus, l'avança vers David et expliqua :

– C'était une soirée que j'ai donnée par habitude, comme je le fais, environ tous les deux mois. Vous savez, de cette façon, j'ai un peu l'impression de régner. Sur des apparences, je vous l'accorde, mais, enfin, on a le royaume qu'on peut. C'est si petit, la province, n'est-ce pas.

Et il ajouta :

– Cher inspecteur, si nous avions fait connaissance au printemps, vous eussiez été des nôtres à plusieurs reprises...

– J'en doute.

– Pourquoi ?

Le docteur se troublait. A moins que ce ne soit l'imagination de David. Un peu des deux, comme souvent.

– Parce que si j'ai été invité chez vous, c'est uniquement pour être le spectateur de la mort de votre femme. Le spectateur privilégié. Remarquez que je ne dis pas : *vous m'avez invité,* je dis : *on m'a.* Nuance.

Morelli ignora la nuance et dit :

– C'est impossible.

– A mon tour de demander pourquoi.

– Mais parce que... Parce que... Ça ne se fait pas !

David indiqua d'une moue ad hoc que ça ne lui semblait pas une raison suffisante, et, du côté de la mer, un chien aboya.

– Ne faites pas celui qui n'a pas compris, reprit David, agacé. Vous savez très bien que l'un de vos invités n'ignorait pas que je viendrais chez vous ce soir-là. L'exécution de votre femme n'était pas improvisée.

– Comment ça?

Sur la mer pas démontée, une Noire à la coiffure afro faisait de l'aquaplane, à chavirer les cœurs.

– Votre épouse faisait partie d'une série.

– Hélène, un numéro? C'est incroyable.

– Incroyable mais vrai, j'en ai peur. Numéro 1 : Cyrus Gagnew. Numéro 2 : Muriel Zardo. Numéro 3 : Lynette, Lynette Rochat. Numéro 4...

– Hélène.

David acquiesça.

– Et numéro 5?

– Si je le savais... Dites, vous n'avez rien à grignoter?

– Ce n'est vraiment pas le moment, il me semble, siffla le docteur Morelli, embusqué soudain derrière le mur des convenances.

– Si. Si, si, je vous assure. Vous me connaîtriez mieux, vous ne seriez pas surpris. Mais enfin j'insisterai pas. J'ai pas l'âme d'un pique-assiette. A propos de pique-assiette, si on parlait un peu des convives de l'autre soir?

– Il n'y a pas grand-chose à en dire.

– Mais encore? Lesquels estimez-vous, dans le nombre?

– Estimer n'est pas le terme exact.

– Quel est-il?

– Supporter. Je supporte mes hôtes. Je les supporte et je les méprise.

– Charmant. Votre femme se droguait-elle?

– Je ne saisis pas le rapport.

– Moi non plus, mais on sait jamais.

– Hélène était la santé même. C'est tout.

Des types froids, David en avait croisé des centaines, mais la froideur du docteur Morelli dépassait nettement toutes les limites. Peut-être qu'au début il y avait eu place en lui pour des sentiments et qu'il les avait peut-être même laissé voir, un jour ou l'autre, et puis l'attitude, le masque l'avaient emporté, s'étaient installés, indécollables. Peut-être que je serai pareil, si je me surveille pas, se dit David.

– En tout cas, j'ai besoin de la liste complète de tous les invités.

Nous y voici, pensa sûrement le médecin. Il invita David à le suivre. Quand ils furent dans la salle à manger, dont toutes les fenêtres donnaient sur la mer, la salle à manger spacieuse, David l'avait bien vu l'autre soir, avec tous ces gens qui papillonnaient, spacieuse et presque ovale, le docteur Morelli ouvrit un secrétaire qui valait son pesant de dollars et fouilla parmi les papiers, les factures, les enveloppes.

– Hélène était d'un désordre! soupira Morelli.

Deux minutes.

– Curieux, je ne retrouve pas cette liste.

– Vous êtes certain qu'elle était rangée là?

– Absolument. Voyez, il y a celles des soirées précédentes, qu'on aurait d'ailleurs pu détruire, mais la dernière, non. C'est extrêmement désagréable.

– Pour ne pas dire plus.

– J'espère que vous ne m'accusez pas de l'avoir jetée. Je peux, de toute manière, la reconstituer mentalement.

– Plus tard. En tout cas, ça prouve bien qu'une ou plusieurs personnes n'ont plus tellement envie qu'on sache qu'elles étaient chez vous l'autre soir. Au fait, combien de gens au total?

– Environ une soixantaine de... d'invités.

– Et les poissons rouges, ça fait longtemps qu'ils étaient en voyage?

– Une semaine. Un matin, on les a trouvés morts. Tous.

– On qui?

– Hélène, je suppose. Ou le jardinier.

– Morts de quoi?

– L'autopsie n'a pas été pratiquée. Comment pouvez-vous imaginer un instant que j'aie pu m'intéresser à cette sottise à nageoires?

David laissa passer quelques secondes.

– Il y a encore une chose que je ne comprends pas. Je vous la dis et, après, je vous laisse, fit David en accentuant son air préoccupé. C'est à quel moment on a pu remplacer l'eau de la vasque par du gin pur. Et chaud.

Le jardinier ne fut pas plus loquace à ce sujet que le docteur Morelli. Alors, David alla poser la question à Marie-Odile, qui attendait depuis un moment déjà sa visite. Elle lui dit qu'on pourrait, en parlant, marcher au bord de l'eau, et il ne dit pas non.

– J'ai cru remarquer l'autre soir que vous étiez, disons, un tantinet...

– Pompette, oui. Dites-le carrément. Vous avez même dû me voir dormir sur l'herbe, non?

– Exact. Même que les danseurs n'avaient pas l'air de vous déranger beaucoup.

– Vous savez, quand je dors...

– Selon vous, qui aurait pu...

– Je n'en ai pas la moindre idée. Et je n'ai pas une envie folle de le savoir.

– Ah! bon, pourquoi?

– Parce qu'Hélène Morelli n'existait pas, pour moi. N'a jamais existé.

– Expliquez-vous.

– Je vous dirai simplement que c'était réciproque. C'est au docteur Morelli que j'ai affaire. Pour le reste...

– Vous avez quand même bien une opinion...

– Puisque vous insistez, pouquoi ne pas chercher du côté de l'amant?

– Paul Javal?

– Pas Javal. Son prédécesseur.
– Parce qu'il y a eu un prédécesseur?
– Plusieurs même. Mais enfin, le prédécesseur immédiat.
– Qui est-ce?
– Frederick Foldan.
Et elle n'en dit pas davantage, parce qu'elle semblait avoir peur. Ça sautait aux yeux. La pétoche toute bête.

Paul Javal dormait encore quand l'inspecteur Géant sonna à la porte en beau bois clair de son studio, au dernier étage du building de verre, sur les hauteurs. Il vint ouvrir en chemise de nuit américaine vermillon, sans manches, un chien blanc peint à l'endroit du cœur. Cocasse. Lauren devrait m'acheter la même. David demanda l'adresse du marchand, comme ça, et Javal dit dans un bâillement qu'il l'avait complètement oubliée, puis il éternua deux fois, et David aussi.
– Excusez. Les courants d'air. Entrez.
David trouva, malgré la pénombre, que la pièce pouvait être agréable, mais ça sentait encore rudement le sommeil et ça lui déplut.
– Vous m'avez déniché comment?
– Morelli m'a dit, en me raccompagnant, que vous aviez jugé plus décent de réintégrer votre studio, pour quelque temps.
– Pas décent : reposant. Croiser tous les jours le mépris de Morelli et les mystères de Marie-Odile, vous parlez d'une retraite sentimentale.
Javal ouvrit les persiennes. Sa large baie vitrée donnait sur la mer et sur un semblant de campagne qu'on étrillerait bientôt. Il passa une robe d'intérieur en éponge et David prit un tabouret.
– Naturellement, vous n'avez rien vu.
– Je n'ai rien vu, vous appelez ça rien, vous? Hélène en train de cramer. C'était suffisant, croyez-moi.

Sur des rayonnages, à la verticale, des revues dont David devinait le contenu.

– Depuis quand entreteniez-vous une liaison suivie?

– Longtemps.

– Vague, ça.

– Vague aussi dans mes souvenirs. Ma mémoire aime pas les chiffres.

Et s'il s'en foutait? songea David. Cependant, l'autre soir...

Mais ça veut rien dire; n'importe qui aurait envie de vomir, n'importe qui tomberait en syncope en voyant brûler un être humain, un être vivant. Sauf peut-être Frederick Foldan. Sauf Morelli.

– Excusez-moi, mais est-ce qu'Hélène vous était fidèle?

– Ça dépend ce qu'on appelle fidèle.

– Expliquez-moi...

– Profondément, elle m'était fidèle. Elle était peut-être trop détachée de la vie pour chercher ailleurs. Notez qu'elle était aussi fidèle à Charles, dans un sens. Mais elle aurait pu avoir une aventure en passant. Quelle importance?

– Voyait-elle encore celui qui vous a... précédé?

– Lequel?

– Le tout dernier. Pourquoi, y avait des ex æquo?

– Je l'ignore.

Évidemment, il mentait. Il alla jusqu'à la kitchenette dont il revint chargé d'un plateau où deux tasses en pyrex pleines de Nescafé valsaient sans mesure.

– Sucrette?

– Merci, non.

– Vous avez raison : paraît que ça donne le cancer. Remarquez, une fois qu'on l'a, on est sûr de plus l'attraper.

Et il fut impossible à David de ramener Paul Javal

sur le terrain Morelli. Même quand il lui demanda, pour finir, où il avait connu Hélène, Paul évita de répondre.

Il évita de répondre parce qu'il avait peur.

La frousse, pas autre chose.

Elle habitait une villa de style mauresque, tout au bout du nouveau port de Beaulieu, et si l'on arrivait par la plage, il fallait admettre de s'enfoncer jusqu'aux chevilles dans le varech si sec et si salé qu'en le mâchant à peine les gosses le dimanche contractaient d'un seul coup la colique et la pépie. Au deuxième étage de la villa, on pouvait prendre un bain de soleil sur le balcon carré qui dominait la grève où, normalement, personne n'avait le droit de s'étendre.

Elle vint accueillir David en deux-pièces crevette, elle n'était pas encore divinement bronzée et, quand elle le reconnut, elle n'eut pas l'air particulièrement contente.

– Qui vous envoie?

– Moi-même, je suis assez grand!

Elle pinça les lèvres, elle dit :

– J'aimerais que vous vous dépêchiez, si possible. J'ai du mal à m'accrocher longtemps à la même idée. Je vous écoute.

– Moi aussi, dit David en tournant autour de la nièce d'Hélène Morelli, qui s'était mise à plat ventre sur le ciment du balcon. Vous pouvez parler ou attendre, mais, si vous voulez un conseil, parlez maintenant. Ça évitera peut-être de nouvelles atrocités.

– Dites tout de suite que je suis dans le coup.

– Je n'ai rien prétendu de semblable. Même si tout le monde sait que vous n'aimiez guère Hélène Morelli. Pourtant, elle vous tolérait.

– Ça ne lui donnait pas tous les droits. Pourquoi vous dites : tolérait? Je n'étais quand même pas une étrangère.

– Moi, je crois que si.
– Vous voulez dire quoi ?
– Que vous êtes tout, sauf la nièce d'Hélène Morelli.
Elle se mit sur les coudes et le fixa méchamment. Puis elle enleva son soutien-gorge et se retourna, les seins face au soleil.
– Qui sont les salauds qui vous ont dit ça ? demanda-t-elle.
– J'ai mes antennes.
– Mal branchées.
Silence, puis elle reprit :
– D'accord, vous avez raison. Il n'y a aucun lien de parenté. Sauf que Charles joue volontiers les oncles protecteurs.
– C'est lui qui vous a mise dans vos meubles ?
– Exact. Mais je n'ai rien fait, je vous le jure. Et maintenant, j'en ai assez. Quand on parle trop, il paraît qu'on bronze moins.
– Vous l'avez connu comment, le docteur Morelli ?
Elle s'assit et, brusquement sûre d'elle, dit :
– Comme si vous ne le saviez pas !
– Dans une soirée ?
– Oui et non.
Et il eut alors l'impression qu'elle pensait en avoir trop dit.
Il la laissa avec son huile et sa peur.
Elle aussi.

Perplexe et en nage.
Morelli qui n'aimait personne, Marie-Odile qui n'aimait pas Hélène, et la nièce comment déjà ? Carla, Carla Jovanovic, qui faisait semblant d'aimer un peu, même pas, Charles Morelli. Joli monde. Monde affolé. Papillonnant, mais déjà visé d'une épingle mortelle.

Papillons de nuit : combien de fois depuis le début David n'avait-il entendu dire qu'un tel avait fait la connaissance d'une telle au cours d'une soirée! Cela ne l'étonnait plus guère, encore qu'une soirée mondaine lui ait toujours paru être le dernier endroit favorable à une rencontre vraie. Mais ces gens qu'il côtoyait depuis qu'il était dans le métier, ces familles, ces castes, ces groupes dont il avait tout su avant même d'avoir vingt ans, ces gens-là étaient-ils capables de voir le vrai, de le vouloir?

Perplexe et en nage, il trouva le mot plié en quatre dans sa boîte aux lettres qui ne fermait plus depuis longtemps, les vandales du bloc d'à côté.

Le mot disait :

PUISQUE VOUS L'AIMEZ TANT, PENSEZ A LA MER, ELLE SE LIT MIEUX ENCORE QUE LE MARC DE CAFÉ. BONNE CHANCE.

Pour une fois, il faisait doux dans l'appartement, car, pour une fois, Lauren n'avait pas ouvert en grand les fenêtres. La radio annonça que la Palme d'Or du Festival de Cannes allait au *Pédiluve de la reine Hortense,* film suédois mais gai. Un grand bravo à tout le monde, et là-dessus David Géant se mit sur les rails en direction de la salle de bains.

24

Malaisie
Les matins de Malaisie
Derrière nos jalousies
Ont bien bercé mon enfance
Et quand je suis venue en France
J'ai eu le mal, le mal d'Asie

Encore trois accords à la guitare sèche et puis Florinda s'arrêta de chanter comme une accalmie après des averses de plaisir. Étendue sur la moquette, près d'elle, Lauren écoutait encore, la tête penchée sur ses fantasmes à elle, le menton appuyé sur ses deux petits poings si longtemps tachés de l'encre des cancres.

Séduite. Oui, séduite. Séduite par le timbre chaud de la voix de Florinda, presque voilée, par sa façon de rouler les *r* sans justement les rouler trop, sa manière de refermer les lèvres, en amie des mots qui leur laissait toujours leur chance, des mots qu'il semblait impossible à Lauren d'employer hors d'une chanson, des mots pourtant tout simples et qui créaient une atmosphère, l'atmosphère Florinda, comme s'ils n'appartenaient vraiment qu'à elle, comme s'ils n'avaient jamais encore passé la rampe.

Oui, Lauren était séduite.

– Je vous croyais brésilienne, dit-elle.

– Je suis brésilienne, dit Florinda. Du Brésil et d'ailleurs. Mes parents étaient médecins, ils voyageaient, c'est fou ce qu'ils voyageaient. Je ne sais plus si je suis née sur un bateau, dans un port, une tempête. De toute façon, ce n'est pas capital...

Pour Lauren, ça l'était. Elle se demandait si Florinda racontait des histoires, elle ne pouvait s'empêcher de se dire qu'après tout Florinda avait aussi bien le droit de chanter ses regrets et ses souvenirs que de les inventer, l'un après l'autre, au gré d'une mélodie passagère.

Florinda, en la regardant, releva une de ses mèches. Dans sa gandoura de lin sauvage, elle savourait l'ascendant inattendu qu'elle avait sur la fille de l'inspecteur.

– Continuez, la pria Lauren.

Deux verres à pied remplis de punch les attendaient, mais Florinda reprit :

Malaisie
Les matins de Malaisie
Derrière nos jalousies
Faisaient de nos moindres gestes
Un roman jamais fini
Et jusqu'à l'heure de la sieste
C'était comme une odeur de fruit

Puis, de nouveau, Florinda cessa de chanter, comme pour permettre à Lauren de l'interrompre sans trop de scrupules.

– C'est vrai ce que vous chantez? demanda Lauren, c'était plus fort qu'elle. C'est vrai ou bien c'est du rêve?

– C'est vrai, mais c'est un rêve, répondit Florinda.

Je ne veux pas vous faire rêver
De Malaisie
Mais allez-y
Et vous verrez
Des orchidées belles à pleurer

Lauren avala une gorgée de punch.

– Je vous l'ai dit, j'ai passé mon enfance là-bas, et plus loin encore, sur des paquebots, dans des ports. Mon père était un instable, je crois. Quelqu'un qui ne voulait admettre aucune limite, qui ne pouvait s'arrêter. Sinon, il mourait d'angoisse. Alors, on allait... Sous le soleil et sur la mer... Comme je ne me souviens pas de grand-chose, j'étais tellement petite, je réinvente. En souhaitant tomber juste.

– Vous tombez juste, dit Lauren, puisque c'est très beau. Vous en avez écrit beaucoup d'autres?

– Des dizaines. Depuis très longtemps.

Elle aussi but un peu de punch, reprit :

– Cyrus avait horreur de me voir chanter. Il disait que je faisais exprès d'utiliser un langage auquel il n'avait pas accès, quelque chose comme ça. Des mauvaises raisons, toujours. Enfin...

– Vous avez appris? La guitare, je veux dire.

– Pas du tout, et encore moins le chant. C'est venu du hasard, comme toutes les choses que j'aime.

– Racontez-moi.

– Un garçon, bien avant Cyrus. A l'époque, je vivais loin des merveilles. Loin de l'argent, si vous préférez. Je distribuais des (elle buta un peu sur le mot) prospectus, des lames de rasoir, échantillons gratuits, dans les boîtes aux lettres. Un jour, dans un couloir, j'ai vu un très jeune homme allongé, en travers de l'escalier. Autour de son cou, il y avait deux cordes de guitare nouées, qui l'étranglaient, peu à peu. Je l'ai aidé, il m'a expliqué qu'il venait de remporter un concours amateur et que deux de ses camarades avaient voulu se venger, des camarades malchanceux. Ils l'auraient laissé mourir...

Elle finit le punch qui avait tiédi dans le verre à pied et Lauren pensa qu'elle aurait dû être plus amère, que l'histoire qu'elle allait finir de lui conter ne pouvait que mal se terminer et qu'elle, Lauren-Marie-Dominique Géant, était toujours tenue en dehors du romanesque, malgré les conneries de son père. Elle aimait bien se torturer, pour des broutilles comme ça.

– Le jour suivant, nous avons fait l'amour au fond d'un réservoir circulaire vide, je m'en souviendrai toujours, vous savez, ces réservoirs gris qu'on voit dans les champs... Il était rempli de lézards et de grenouilles mortes... au-dessus de nos têtes, nous entendions les gens qui vendangaient... Et puis, comme j'habitais à ce moment-là la même petite ville que lui, nous nous sommes revus encore beaucoup, beaucoup de fois... Mais quand, un matin, il m'a demandé si je voulais bien l'aider à se pendre, toujours avec ses cordes de guitare, je suis partie.

– Il s'est suicidé?

– Peut-être. C'était son droit. Mais je ne voulais pas être complice. Je suis beaucoup trop égoïste. Alors... Il m'est resté ça (elle tapota la guitare). S'il s'est pendu, c'est avec d'autres cordes...

Quand Lauren se mit debout, elle dut se rendre à l'évidence : le punch à dix heures du matin, ce n'est pas très indiqué. Surtout que la veille, en regardant la télévision chez Florinda, elle en avait déjà bu deux grands verres. En tout cas, elle ne regrettait pas d'avoir passé la nuit villa Virginia Woolf. Et, bien que ce ne fût pas une idée de David, celui-ci avait été trop heureux d'accepter. Que n'aurait-il fait pour avoir quelqu'un dans la place? D'autant plus que ses inspecteurs n'avaient officiellement accès qu'à l'extérieur de la villa.

Juste une seconde avant de s'endormir dans les brumes du punch, Lauren s'était dit que son père était tout de même vachement gonflé de la laisser dormir toute une nuit sous le toit d'une personne qu'on pouvait, pourquoi pas, accuser d'une série de meurtres, ça faisait partie des probabilités.

– Il est fort, hein?

Lauren répondit par son rire le plus sonore : Florinda non plus ne tenait pas très bien debout. Elles allèrent jusqu'à la salle d'eau envahie d'une jungle de plantes tropicales et se passèrent le visage à l'eau fraîche, puis, tandis que Florinda commençait à enduire ses joues et son front d'une crème de jour, Lauren lança :

– Et vos parents, dans tout ça? Et Frederick?

Florinda baissa les yeux.

– Une toute petite place. Celle qu'on réserve aux étrangers.

Lauren pensa : « Pourquoi elle tient à se faire mal? »

– Votre père a dû vous dire, poursuivit Florinda, quels sont les liens qui m'attachent à mon frère. Vous pouvez me juger, mais je ne tiens pas à en parler.

– Moi non plus, excusez-moi.

– Quant à mon père... Il est mort au petit jour, après une nuit d'agonie, quelque part en Thaïlande. Enfin, c'est ce que m'a dit ma mère. Et puis ma mère est morte à son tour, elle est devenue complètement folle à force de jouer au bridge. On ne se voyait plus à l'époque. Je vivais ma vie. En clocharde, ou presque. Elle mélangeait tout, on m'a dit. Elle se prenait pour une carte. Pour un jeton.

David les surprit en train de plaisanter, Lauren plaçant ses doigts novices sur les cordes de la guitare de Florinda qui l'observait, amusée, tout en s'épilant les jambes. Il leur trouva un air de ressemblance, comme deux personnes qui, après s'être confié toutes leurs tristesses, ont convenu de les oublier, pour un moment. David avait rangé la moto dans un coin du parc, côté garage, et ses inspecteurs lui avaient simplement dit : R.A.S.

– Je vous dérange?

– Naturellement, fit Lauren en lui sautant au cou.

Elle s'y agrippa fort, le griffa, et il fut heureux, en comprenant qu'il lui avait manqué.

– Alors?

– Pas grand-chose, tu t'en doutes.

– Votre père ne nous dit pas tout, décréta Florinda en invitant David à s'asseoir n'importe où, tiens, sur le divan. Le coin, c'est moins dur, vous verrez.

Bien qu'il eût parqué d'office, et d'emblée, Florinda Foldan dans le camp des victimes, il évita de faire allusion devant elle au mot qu'il avait trouvé dans sa boîte aux lettres, parce que, si elle l'attendrissait tout en l'obligeant, curieusement, à se remettre un peu en question, malgré lui, il savait d'expérience qu'on peut à la fois attendrir et se conduire mal.

Lauren eut l'intuition que dans un instant elle serait de trop, aussi ne reprit-elle pas la guitare, et d'ailleurs c'était établi : dès que David serait dans la place, Lauren mettrait les voiles. Tant pis si Florinda flaire quelque chose, avait conclu David.

– On m'attend, jeta-t-elle, désinvolte, sous son casque de faux cheveux auxquels elle s'habituait, peu à peu.

Lorsque sa véritable chevelure aurait repoussé, alors elle garderait la perruque bien en évidence dans sa chambre, et chaque soir elle penserait à Lynette, elle ne penserait qu'à elle.

– Où ça? s'enquit son père, faussement contrarié, et il se demanda brusquement si, au cours de leur soirée ensemble, Lauren avait parlé de Lynette à Florinda.

– Au Club, tu sais bien. A midi.

– Ton poète?

Elle dit salut David, merci Florinda, on s'embrassa.

– Pas de nouvelles du sieur Nicolas Feldman? demanda David à Florinda dès qu'ils furent seuls.

– Aucune, mais Frederick m'a dit que vous lui aviez rendu une petite visite.

David le savait, qu'elle savait. Les tables d'écoute.

– J'ai une question délicate à vous poser.

– Allez-y, vous êtes venu pour ça. Rien que pour ça.

– Je me suis laissé dire que votre frère et Hélène Morelli...

Elle bondit :

– C'est ignoble!

Ses yeux à présent l'apparentaient à ces tigresses de jade ou de tissu qu'on rencontre, une fois par an, au coin oriental des grands magasins. En plus beaux, plus profonds, évidemment. Plus sauvages.

– Juste une aventure, et pas longtemps, dit-on. Je suis désolé.

Elle lui tourna le dos pour lancer :

– Il n'y a pas de quoi. C'est un mensonge. Les racontars d'une personne jalouse.

David revit Marie-Odile assoupie sur l'herbe fraîche, lors de la soirée, et Marie-Odile mal à l'aise au cours du déjeuner dans le jardin des Morelli. Femme jalouse, elle? Peut-être, va-t-on savoir. Mais de qui?

– Et si c'était vrai, est-ce que vous l'admettriez? Vous pouvez me dire si vous l'admettriez? Si vous l'auriez admis?

Elle se retourna vers lui et il se demanda un instant si elle n'allait pas éclater, tout à coup, devant lui.

– Que voulez-vous dire? Vous insinuez quelque chose. Quoi, parlez!

– Je veux simplement vous demander si vous accepteriez que Frederick ait, disons, des amours normales avec une femme.

Elle contourna la table basse et vint le fixer dans les yeux.

– Écoutez! Si vous êtes venu exprès pour me faire du mal, ce n'était pas la peine de m'envoyer votre fille pour me mettre en confiance. Je vous ai dit ce que Frederick et moi nous sommes l'un pour l'autre. J'estime que ça devrait vous suffire. Encore une fois, Hélène Morelli n'était pas la maîtresse de mon frère. Elle ne l'a jamais été.

– Vous auriez pu ne pas être au courant.

– Il me dit tout.

– Là n'est pas la question.

– Si. Écoutez, je sais que vous m'en voulez. Vous m'en voulez parce que vous vous dites que si nous nous étions rencontrés plus tôt... Cessez de rêver, inspecteur. C'est trop tard.

Alors, David se referma comme une huître agressée et c'est en flic tout ce qu'il y a de plus officiel qu'il dit :

– J'ai une théorie, et vous allez l'entendre. Ça, au moins, c'est pas du rêve.

Il lui prit les poignets, elle ne fit rien pour se dégager, simplement elle évitait de le regarder. Il sentit qu'elle tremblait, il aperçut ses hommes à l'entrée du parc, qui regardaient vers lui, et il fit pivoter Florinda pour qu'ils ne puissent plus la voir, elle et lui.

– Le docteur Morelli, généraliste de renom, a une épouse exquise qui le trompe. Avec Paul Javal, Morelli est au courant, Morelli est d'accord. Question de standing, ou de mode. Mais elle le trompe aussi avec Frederick Foldan. Ça, Morelli ne supporte pas. Il supporte d'autant moins qu'il croyait leur liaison interrompue depuis longtemps. Vous non plus, vous ne supportez pas. L'idée vous vient alors de vous confier à Morelli, lequel, accessoirement, vous approvisionne en drogues diverses. Vous vous entendez pour qu'Hélène disparaisse. Si possible, devant moi, qui commence à vous exaspérer sérieusement. Et qui on accusera? Frederick! Belle vengeance, non? Après tout si Morelli a maintenant comme petite amie Carla Jovanovic, c'est pour se consoler de la mort de Lynette. Et qui a tué Lynette? Frederick! Et qui a tué Cyrus et Muriel? Toujours Frederick!

Finalement, ça se tenait mieux qu'il n'avait cru. Le n'importe quoi a sa logique, mais ce n'était pas l'avis de Florinda, qui parvint seulement à articuler :

– Vous racontez ces saletés pour vous étourdir, vous le savez bien. Il n'y a pas un mot de vrai là-dedans.

– Alors, prouvez-moi que j'ai tort. Donnez-moi une clé. Juste une clé. Je me charge de la serrure.

– Je ne peux pas.

– Vous pouvez.

– C'est trop grave, je ne peux pas.

– C'est grave pour vous. Si je vous fais arrêter, et j'en ai le droit, vous ne verrez plus votre frère. Pensez-y.

– J'ai peur, et...

– De qui? Pour qui?

– Laissez-moi.

Il la lâcha au moment où Salvatore traversait le parc à grandes enjambées, faisant des signes. Ce qu'il glissa à l'oreille de David, Florinda ne l'entendit pas, mais c'était sûrement sérieux parce que David ordonna en la désignant, sans la moindre courtoisie :

– Ne la laisse sortir sous aucun prétexte. Et, s'il le faut, sois dur.

Il faillit même ajouter : « Au besoin, cogne », mais il avait suffisamment malmené Florinda, qui tourbillonnait avec lui dans un tumulte d'événements qui les dépassaient, décidément ce serait difficile de reprendre la vie commune avec une femme, songea-t-il, mais si je reprenais femme, elle serait sûrement pas compromise dans une histoire de meurtres et puis elle se droguerait pas et puis au moins je coucherais avec tandis que Florinda et puis merde.

Quand elle entendit la 404 des inspecteurs qui démarrait, Florinda s'effondra sur le divan, le visage sur les cordes de la guitare.

25

– Ça fait dix ans, vous comprenez. Dix ans que j'y travaille. Dans l'huile, dans le boucan, le cambouis, dans les cadences, vous vous en fichez? Quatre cents, on est. Quatre cents employés à l'usine d'ascenseurs. D'un côté, c'est pas mal. Nombreux, mais pas trop. En ce moment, vous savez, c'est l'inquiétude. Comme partout, vous me direz. Mais chez nous c'est dur. Pas la panique, mais ça risque. Chez nous, les Finlandais remplacent les Américains. Ça va faire un an, maintenant. Remarquez, les Américains, c'était pas le rêve non plus. En un rien de temps, ils avaient presque réussi à embobiner nos délégués syndicaux. Leur style show-business. Enfin, tout ça pour dire que la situation est plus qu'incertaine. Paraît qu'on va transférer les ateliers à Châteauroux. Châteauroux. Comment qu'on va faire, nous, le logement, et le crédit, et les gosses, et le restant? Et puis, les habitudes qu'on perd moins vite qu'on ne prend. Le chiffre d'affaires est en baisse, à ce qu'on dit. Pas de bénef. J'espère qu'on supprimera pas les quatre cents emplois d'un coup. Sinon, je parie que je serai de la première charrette. Vous jouez au jokari?

Elle dit que non.

Elle commençait à en avoir marre et, en même temps, une drôle de sacrée mauvaise conscience dessinait ses pièges dans l'esprit de Lauren. Un ouvrier m'ennuie. M'assomme et m'emmerde, c'est la première fois que ça m'arrive. J'ai honte. Non, j'ai pas honte. Mais j'ai rien à lui dire, voilà tout. C'est là que commence l'intolérance, pourtant. Je sais, oui. Et j'ai pourtant pas envie de tellement lui parler. Si, jai honte, pensait-elle. Un peu. Je devrais.

– Et au huit américain?

Elle dit que non. Non plus. Mensonge.

Il y avait treize places assises au moins dans l'autobus du littoral Beaulieu-Nice, mais non, il avait fallu qu'il vienne se coller à elle. Comme s'il ne faisait pas assez chaud déjà. Quand on lui parlait de boulot, généralement elle répondait atmosphérique. Une façon comme une autre de couper court et de se retrouver bien seule, bien à l'aise dans son petit cocon protecteur.

Elle tourna la tête vers le panorama, le nez à la vitre. Pas mal, le paysage, ce matin. Des voiliers cherchaient après le vent et, sur les collines, les résidences n'arrêtaient pas d'éclore entre les pins, comme des pustules cubiques.

Elle n'avait pas beaucoup vu son père. Ni aujourd'hui ni hier. Et elle l'avait quitté depuis un quart d'heure à peine, et il lui manquait. Ce n'était pas encore douloureux, mais ça pouvait venir. D'un bloc. Pourquoi Florinda, au fait? L'exotisme, peut-être. Sa présence, son apparente vulnérabilité. Ou encore le fait qu'elle ne déplût pas à David. Pas de jalousie, là, au contraire. Partager. Tout partager avec David. En tout bien tout honneur. Ainsi le voulaient leurs conventions. En fait, elle voyait bien Florinda devenir la maîtresse de son père, et même un peu plus. Seulement, y avait Frederick. Évidemment, Frederick. Difficile de lutter avec l'amour défendu. Et si elle était coupable?

Lauren n'était pas coquette. Si elle l'avait été un

tant soit peu, peut-être qu'elle aurait essayé de plaire à l'ouvrier. Elle lui aurait passé la main dans les cheveux, ou elle aurait pris sa glace de poche pour rectifier sa perruque, tiens, ma perruque, j'y pensais plus, ou encore son maquillage twenty-one. Et, avec un peu de chance, elle aurait remarqué la voiture vert pomme, l'Audi super-luxe qui s'efforçait, depuis un moment, de ne pas doubler le bus.

Arrêt. Deux hommes montèrent et s'assirent l'un devant l'autre. Maintenant, elle regrettait de n'avoir pas montré assez d'intérêt aux propos de l'ouvrier blond. Elle aurait pu, on ne sait jamais, apprendre des trucs, avoir un contact, on dit ça. Lui donner l'impression qu'il pouvait être écouté, lui aussi, en dehors de son travail ou de son living. Elle regrettait d'avoir hérité de l'égoïsme de son père. L'indifférence. Égoïste, David, pense qu'à lui. Gentil, merveilleux, mais monstrueux d'indifférence : elle avait entendu ça des dizaines et des dizaines de fois. Et elle lui ressemblait. Facile à vivre, accommodante, épuisante aussi. Et à des lieues de pouvoir rendre service à une personne, même à une personne connue d'elle. Une carapace, répondait David lorsqu'on lui faisait des reproches. Une carapace, je me préserve. De quoi? soupira Lauren en se calant bien au fond de son siège mal rembourré. Elle se dit qu'elle était encore un peu trop jeune pour se camoufler définitivement en tortue misanthrope et prit des résolutions, qui ne tiendraient pas huit jours.

Elle voulut lui adresser un mot, deux phrases, mais il s'était endormi, voilà comment on se rate, parfois, dans la vie, et quand le bus passa l'avant-dernier virage avant la descente sur Nice, avec vue sur le port, le phare, la promenade, quelqu'un poussa un cri :

– Sale nègre!

Voix de femme.

Lauren ne fut pas la seule à sursauter.

Au deuxième rang, dans l'autobus presque plein, une dame, assez grosse, engoncée dans une robe imprimée, s'était dressée, quoique ce fût défendu entre les arrêts et elle hurlait au chauffeur :

– Stoppez, mais stoppez donc! La main dans le sac, c'est une honte! Je l'ai pris la main dans mon sac!

En se penchant un peu, Lauren croisa le regard d'un enfant, et cela l'attrista car il n'avait qu'un œil véritable, l'autre étant de verre et d'une autre couleur, en plus. Affreux.

– Je vous dis d'arrêter! hurlait la femme.

– Pas ici, madame, je n'ai pas le droit! répliqua le chauffeur, peu désireux de dramatiser l'incident.

La dame désignait maintenant celui qui avait été jusqu'ici son voisin de route, un jeune Noir qui ne disait rien, le regard fixé devant lui. Deux jeunes filles, assises juste derrière lui, esquissèrent deux grimaces, aussi bien destinées à la grosse dame qu'au jeune homme noir en tee-shirt marqué *Valentine's*

– Vous n'avez pas compris? cria un retraité, du fond de l'autobus. On ne va tout de même pas se laisser faire!

Éclat de rire, dont Lauren chercha vainement l'origine.

– Peux pas, j' vous dis, répétait le chauffeur, qui suait. On verra au terminus.

– Et s'il veut s'échapper? intervint une autre dame, plus mince, une certaine classe, derrière ses lunettes à triple foyer.

– Qu'il s'explique!

– C'est ça, qu'il s'explique! Debout!

– Qu'on le voie!

Les voyageurs s'énervaient à leur tour, et Lauren eut envie de rire, elle aussi, comme l'inconnu tout à l'heure, mais ce n'était peut-être pas le moment.

– Pas de danger qu'il foute le camp, fit brusquement un homme d'environ quarante ans qui s'était levé. (En deux enjambées, il fut à la hauteur du Noir.) Je le surveille!

– Monsieur, il est interdit de rester debout! fit le chauffeur, et il rata un arrêt où trois personnes en nage attendaient sous le soleil.

– Laissez-le, chauffeur, c'est exceptionnel! renchérit un jeune type qui voulait manifestement se rendre intéressant.

La dame importunée, enfin c'est ce qu'elle disait, se tenait, à l'avant de l'autobus, à une des poignées de cuir qui pendaient du plafond. Ses yeux prenaient à témoin les voyageurs qui détournaient instantanément la tête. Rigoler d'accord, mais rien de plus.

– Elle a dû lui faire du genou, et ça n'a pas pris! Ici, elles font toutes ça! dit l'ouvrier en se réveillant, ses yeux bruns striés de rouge.

Le Noir en tee-shirt n'avait encore rien dit, évitant le regard de l'homme qui se faisait fort de le surveiller, debout contre la banquette, une main dans la poche de son blouson.

– Vous n'êtes pas très indulgent, répondit Lauren.

Comme si elle avait coutume de l'être, elle dont la promptitude à condamner la moitié de la terre agaçait beaucoup l'autre moitié.

– Au début, je l'étais. Comme tout le monde. Et puis la connerie n'a qu'un temps. En trois semaines, j'ai compris.

– Vous avez compris quoi?

Ils parlaient à voix basse, Lauren fixant le dos de l'homme qui surveillait le jeune Noir.

– Qu'ici, c'est un pays pourri. Y a la promenade des Anglais et, juste derrière, l'odeur du poisson pourri.

– Ailleurs, c'est pareil, non? Vous verrez, à Châteauroux, quand vous y serez!

– Non, je crois pas. C'est la région qui veut ça.

– Comment ça, la région? Ça veut rien dire!

L'ouvrier renonça et tourna la tête.

Lauren fut désappointée, déçue. Par sa faute : elle n'avait qu'à s'y prendre autrement. Pourquoi ça finit toujours mal, les rapports avec les gens? Plus tard, elle saurait. La région, peut-être. Peut-être qu'il avait raison. De temps en temps, ses copains rapportaient à Lauren que, la nuit passée, on avait retrouvé un Noir, ou un Arabe, défiguré dans un chantier, ou sur les galets pouilleux de la plage. Près de lui, les traces de la bagnole qui l'avait abandonné là rassuraient les gens. Dans les journaux, c'était le silence. Ou on disait bravo. En sourdine. Mais on disait oui, allez-y, continuez, ça lave, ça récure. Et la police, alors, devenait un instrument que le bon peuple avait l'illusion de manier lui-même, comme une lessiveuse ou un détergent surpuissant. Mais les flics, mais David ne faisaient rien. Dans le meilleur des cas, la discrétion d'un semblant d'enquête, gros sujet de discussion, ces jours-là, chez les Géant. Dans le pire, on accusait l'étranger, blessé ou mort, de tous les vices, selon un schéma qui avait beaucoup servi et qui servirait encore longtemps sans doute le confort de l'esprit petit-bourgeois. Pas seulement petit-bourgeois, en fait.

Une exclamation.

Le jeune homme noir s'était mis debout.

– Écoutez-moi, lança-t-il.

Une main sur le dossier du fauteuil de devant, l'autre accrochée au range-bagages en métal, il affrontait les secousses.

– S'il vous plaît, écoutez-moi.

– Assis! lança-t-on, dans le fond.

Mais, d'une voix très calme, le jeune homme commença :

– Je veux vous dire que je n'ai rien fait. Absolument

rien fait à cette dame (il voulut la fixer, elle tourna la tête). Rien d'incorrect, je vous en donne ma parole. Je ne sais pas ce qu'elle a cru. Elle était peut-être énervée par autre chose, elle pensait à ses problèmes...

Le quadragénaire qui surveillait le jeune Noir ricana.

– Excuse-toi, suggéra l'une des deux jeunes filles assises juste derrière.

– Mais non, je n'ai pas la moindre excuse à présenter. Je voulais dire ça, c'est tout.

Sa tranquillité était provocante, il le comprit un peu trop tard. Au dernier arrêt avant le port, le jeune homme noir voulut descendre et se dirigea donc vers la portière à soufflet de l'autobus, mais deux hommes le ceinturèrent.

– Démarre, hurla l'un d'eux au chauffeur.

Le second type, qui avait sauté sur le jeune Noir, attendit trois secondes, le temps que le chauffeur appuie sur le bouton commandant la porte et démarre, et cracha :

– Tu croyais que t'allais pouvoir nous filer entre les doigts, hein?

– Qu'est-ce que je vous ai fait?

Et Lauren entendit alors distinctement, bien qu'il l'ait seulement murmuré, l'autre répondre :

– Rien, tu nous as rien fait, mais t'aurais pu. Pour nous, t'es qu'un numéro, tu vois. Et les uns après les autres, les numéros comme toi, on les coche.

Paniqué, le chauffeur accéléra.

Le jeune homme noir essayait de se dégager, mais au premier virage lui et ses deux agresseurs roulèrent sur le sol, envoyant balader au loin une paire de béquilles.

– Bifurque, tourne là, vite, à droite, plus vite, con! aboya le premier des agresseurs, qu'on aurait facilement pris, pour peu qu'on le croise à la messe d'onze heures ou dans un urinoir, pour un clerc de notaire miné par la cirrhose et la bonne éducation.

Pas du tout le style coup de poing.

Le chauffeur obtempéra et donna un coup de volant violent en voyant l'homme se relever parce que, tout clerc qu'il avait l'air, l'homme, yeux gris, la trentaine, brandissait un 6,35.

Une femme poussa un hurlement, deux autres se jetèrent à plat ventre, un vieil homme fut déporté et roula sur sa voisine. A genoux, le jeune Noir ne pouvait bouger : le second inconnu lui enserrait les cuisses avec ses deux bras.

Klaxons en série, bouquets de pneus crissant sur l'asphalte chauffé. Le bus roulait comme un fou entre deux rangées de villas toutes blanches, sans étages, sinistres de convention, avec jardinet, nains de faïence et vue imprenable. L'autobus avait emprunté une avenue privée, qui finirait sans aucun doute en cul-de-sac : les deux types connaissaient bien la région, mais ça n'expliquait pas leurs intentions.

Au fond du cul-de-sac, le chauffeur, en nage, freina à mort pour éviter une petite fille sur son tricycle jaune et versa sur le côté gauche, avec la grâce du phacochère chargeant.

A l'intérieur du bus, les passagers roulèrent tous les uns sur les autres en laissant échapper des cris, un coup de feu claqua, Lauren se retrouva dans les bras de l'ouvrier blond que le choc de sa nuque contre la vitre avait à moitié assommé.

Empalé sur la grille, par bonheur plutôt basse, de l'une des villas, l'autobus ronronnait, râlait, s'époumonait, tandis que les gens sortaient d'un cauchemar au ralenti, le mouvement ayant précédé leurs hurlements. Abrutis. Groggys.

Ce fut le jeune homme noir qui jaillit le premier, et les gens des alentours firent en le voyant trois pas en arrière, ballet dérisoire, car il tenait le 6,35 de son assaillant dans la main droite. Sirène de Police-Secours.

– Ayez pas peur, criait-il, je vous ferai rien.

Un à un, les passagers parvenaient à s'extraire du véhicule. Tout autour, des voitures, déjà, s'agglutinaient. Quand les deux inconnus apparurent enfin à la porte tordue du bus, le jeune Noir fit feu. Il en rata un, atteignit l'autre à la clavicule, et dans les quotidiens du lendemain on accusa un jeune ressortissant étranger d'avoir détourné un paisible autobus en expliquant qu'il avait été victime d'un accès de folie, sous-entendu : c'est fréquent chez ces gens-là.

Pas témoin, papa m'a toujours recommandé de ne pas être témoin, jamais, ça crée des emmerdes, se répétait Lauren, il faut pas, ça vous met automatiquement dans un climat de suspicion, tu es vraiment coupable, dans ces cas-là, coupable de rien et de tout, se répétait encore Lauren, redevenue en un éclair la petite fille qu'elle n'avait pas encore complètement cessé d'être. Et elle était toujours petite fille lorsqu'une portière s'ouvrit gentiment à sa hauteur, tandis qu'elle commençait à s'éloigner du lieu de l'accident, à reculons, les yeux sur le bus qui fumait encore, sur la petite fille qui pleurait au creux de l'épaule de sa mère, sur la vieille dont les béquilles n'étaient plus que du métal distordu, comme les pare-chocs et l'arrière du bus, sur le Noir qu'on maîtrisait, et elle était plus gamine que jamais, Lauren, quand à la question : « Vous alliez à Nice ? » elle répondit oui, bien sûr, où voulez-vous que j'aille, oui, oui, je descends à Nice, c'est au port que j'allais.

Et docile, absente, somnambule comme un bébé qu'on hypnotise, elle monta dans l'Audi vert pomme.

26

16 heures.

Les passagers pour Brisbane, embarquement immédiat, porte 8.

Quand l'inspecteur Géant et ses hommes pénétrèrent dans le hall bleuté de l'aéroport, l'air se chargea d'une élecricité qui ne devait rien aux néons aveuglants et stupides. Derrière leurs guichets-comptoirs, les préposées aux renseignements rangèrent, inquiètes soudain, leurs flacons de vernis à ongles et leurs *Ciné-Revue* pour ouvrir des yeux gros comme ça.

David était à la fois furibard et anxieux. Furibard parce qu'il n'aimait pas changer de cap au dernier moment, et anxieux à la seule pensée que ce changement de cap pouvait avoir les plus funestes conséquences pour pas mal de gens. Enfin, on en était là, et y avait plus de temps à perdre. C'est ce qu'il disait à sa conscience professionnelle depuis que Salvatore était venu lui apprendre, chez Florinda, que le docteur Morelli, pris d'une déraison subite, s'apprêtait à s'envoler en douce, non pour Brisbane, mais pour Dublin. C'est ce qu'avait confié le toubib, par téléphone, à son homme d'affaires niçois, avant de passer à la banque. Pour une fois, les tables d'écoute avaient du bon.

Vol B.O.A.C. Dublin. 16 h 28.

David s'impatientait.

Il regardait passer devant lui les princesses afghanes et les familles corses, le célibataire irlandais ou la femme de ménage kabyle avec la même nervosité. Eux, au moins, bougeaient. Lui pas.

Soudain, il soupira, soulagé : *Porte 32,* venait d'indiquer, dans un cliquetis en chaîne, le tableau d'horaires.

David regarda autour de lui : quelques personnes, qui guettaient comme lui le numéro de la porte d'embarquement, se mirent à parler fort ou à s'embrasser, dans l'excitation des voyages, même des voyages courts.

Pas trace de Morelli.

Les inspecteurs attendaient des ordres. Ils n'avaient pas l'air de flics, avec leurs vestons à carreaux, leurs blazers marron, leurs boots de cuir fauve ou noir, leurs cheveux mi-longs. Aux hommes de David étaient venus se joindre les trois inspecteurs affectés en permanence à l'aéroport.

– Allons-y, fit Géant. Mollo.

Les six hommes se dirigèrent vers la porte 32, en empruntant un escalier roulant bien trop étroit au bout duquel, docile, s'étirait la file des passagers pour l'Irlande qui s'apprêtaient tous à être passés au peigne fin du détecteur de bombes.

Pas de Morelli.

Une femme élégante, les bras chargés de fleurs, parlait à une cage posée près d'elle. Dans la cage oblongue reposait un iguane.

Et David le vit.

De l'autre côté des deux cabines parallèles où l'on fouille les voyageurs, tout au fond de la salle d'attente aux baies teintées, juste sous l'affiche *Enrôlez-vous donc dans la Légion étrangère,* Morelli était assis. Un imperméable de chez Burberry's plié en deux sur les genoux, il feuilletait *Votre Beauté* spécial fibrômes, en finissant une Camel.

Sur la pointe des pieds, David l'observait. Quelque chose le frappa : le docteur Morelli tournait les pages du mensuel sans y jeter le moindre coup d'œil. De temps à autre, il semblait fixer la piste et plissait vite les yeux, car le reflet du soleil sur les Boeing l'aveuglait. Il ne restait plus personne à fouiller, et David et ses hommes s'étaient en douce soumis à l'épreuve, quand l'hôtesse vint chercher les passagers. Alors, David commit une imprudence. Au lieu d'approcher du docteur à pas normaux, il courut à travers la salle, criant :

– Docteur Morelli !

Instantanément, Morelli se dressa. Il saisit son attaché-case en lâchant son imper. Affolé, il lança un regard vers la porte où les voyageurs commençaient à s'agglutiner. La dame à l'iguane fouillait dans son sac « Hermès » pour en tirer sa carte d'embarquement. En quelques secondes, Morelli fut derrière elle, la plaqua contre lui, en passant son bras gauche autour du cou emperlousé de la dame élégante, qui laissa échapper un cri suraigu.

– N'avancez pas, ordonna Morelli.

Sa voix tremblait.

Il arracha la cage oblongue des mains de sa prisonnière et la jeta loin de lui. En s'écrasant au sol, elle s'ouvrit, délivrant l'iguane groggy qui roula sous des pieds de chaises. L'un des gars préposés à la fouille fit un bond de deux mètres, un chat miaula, du fond de son panier.

David grimaça : sous la gorge de la voyageuse brillait un objet qui n'attendait qu'un geste de quiconque pour pénétrer les chairs. Le scalpel du docteur.

– Faites pas le con, Morelli, siffla David.

Le docteur sourit.

– Tout le monde dehors, jeta-t-il.

Les passagers se ruèrent tous vers la porte qui menait à la piste, les yeux emplis de terreur.

– Vous n'irez pas à Dublin, vous n'irez pas loin. Vous n'irez nulle part, hurla David.

Autour du docteur il n'y avait plus personne, maintenant qu'avec son scalpel et son otage il maintenait les inspecteurs à distance. Il n'eut même pas à éloigner l'hôtesse : courageuse mais pas dingue, elle avait reculé d'elle-même.

– Dehors, vous aussi ! ordonna Morelli à David et à ses hommes.

L'espace d'un éclair, David se demanda à qui pouvait bien penser la pauvre femme dans un moment pareil et puis, plus doucement, il dit :

– Je sais que vous n'êtes pas pour grand-chose dans cette affaire. Vous êtes manipulé, vous aussi. Rendez-vous, ça vaudra mieux.

Le soleil tapait dur sur la piste et le goudron, par endroits, fondait presque. Une ceinture de chaleur tremblait à l'horizon, comme de la gelée sur la mer d'huile. Les voyageurs s'étaient groupés en demi-cercle, n'osant s'éparpiller pour ne pas faire courir de risque à la passagère.

Morelli sortit en dernier de la salle d'attente, contourna les inspecteurs, dépassa les voyageurs qui le fixaient, médusés, et, traînant toujours avec lui la voyageuse, il se mit à reculer, en direction du Boeing de Dublin.

Les inspecteurs semblaient supplier David, mais du génie on n'en a pas toujours quand on voudrait et ils durent se résigner à n'être que les pions d'un jeu dont les règles pouvaient changer d'une seconde à l'autre.

Le docteur Morelli, le bras gauche autour de l'abdomen de son otage et la main droite armée du scalpel, reculait toujours, à petits pas, sans regarder où il allait.

C'est alors que David eut un espoir. Sur la piste, côté ouest, il venait d'apercevoir, entre deux avions, une voiture électrique à bagages qui roulait silencieusement, et le docteur Morelli reculait, comme attiré, vers le véhicule à roues épaisses. David eut l'impression que le conducteur venait de comprendre la situation et il ne pouvait en être autrement puisque, au lieu de modifier légèrement sa direction, il semblait maintenant foncer sur Morelli. En quelques secondes, il fut à la hauteur du docteur. Quand celui-ci se retourna, c'était trop tard : la voiturette le heurta de plein fouet. Perdant l'équilibre, Morelli laissa échapper la passagère et s'écroula en avant sur le sol visqueux. Également renversée, sous le choc, la femme roula à plat ventre, grotesque, sur l'un des wagonnets accrochés au véhicule et fit tomber une montagne de valises qui répandirent leur contenu sur le goudron mou.

David tira en l'air.

Ses inspecteurs se précipitèrent, la voiturette s'immobilisa quelques mètres plus loin. Aux terrasses de l'aéroport, la foule s'amassait : personne ne pensait plus, là-haut, à dire au revoir en agitant un mouchoir blanc.

– Arrêtez! cria David à ses hommes.

Il le voulait vivant. A regret, les inspecteurs s'immobilisèrent. Avec une agilité surprenante, le médecin avait rampé, puis était parvenu à se remettre debout, d'autant plus aisément qu'aucun des voyageurs pour l'Irlande n'avait songé à l'en empêcher. Tandis que l'hôtesse, un peu à l'écart, tentait de réconforter la passagère à l'iguane, Morelli se mit à courir vers le Boeing.

– Laissons-lui un peu de champ, murmura David à Salvatore qui ne comprenait pas où l'inspecteur voulait en venir.

Ils virent que le docteur empruntait l'escalier des voyageurs en gravissant les marches deux à deux, surpris sans doute de n'être pas talonné par les policiers.

– Maintenant! lança David.

Morelli n'était pas au sommet que, déjà, les inspecteurs, poussant de toutes leurs forces, faisaient pivoter l'escalier à roulettes. Dans l'impossibilité soudaine de se réfugier à l'intérieur de l'appareil, Morelli fut désemparé, statue dérisoire fixant le soleil.

Au pied de l'escalier, les cinq inspecteurs attendaient.

Au lieu de redescendre les marches qui ne le mèneraient plus nulle part, le docteur Morelli posa son regard en souriant sur David qui approchait, sans arme apparente, puis il fixa un instant le groupe des passagers, le soleil encore une fois, la mer qu'on ne démêlait plus de l'horizon brouillé par la canicule, ensuite il vérifia son image en se regardant dans le scalpel, puis se trancha la gorge.

27

18 heures.

La visite à l'homme d'affaires du docteur Morelli ne donna rien, la situation financière du médecin n'ayant absolument rien à se reprocher. Mais l'enregistrement de la conversation téléphonique des deux hommes, que David écouta au moins trois fois, lui suggéra une vague hypothèse. Pas la conversation en elle-même d'ailleurs, parfaitement banale, quoique brusque. C'était autre chose, mais David négligea d'en prendre note sur l'instant, et il l'oublia.

19 heures.

Son esprit était entièrement vide et son corps ne valait pas mieux. Sans jouer les jeunots ni poser au croulant, il était pour une fois, ce soir-là, bien dans son âge. Avec un peu moins de certitude et d'insolence à l'égard de la vie. Pour une fois aussi, il avait laissé à Salvatore le soin de conduire.

Vanné, il était vanné.

Crevé, à bout de course.

Brusquement.

Et puis la mort de Morelli, ce mélo flamboyant. Saloperie. Trop de sang, de rouge. Du cinoche. Et, en plus de tout ça, la douleur. Elle était venue en amie lui rappeler qu'elle était là, qu'on pouvait compter sur elle quand on s'y attendrait le moins. Sa douleur. Entre les côtes, une vibration sourde, de bas en haut. Elle n'était plus une amie, elle tirait comme les gosses qui veulent encore une troisième sucette-caramel. Il aurait voulu la gifler, sa douleur.

Quand ils sonnèrent au pavillon de Frederick Foldan, ni lui ni Feldman ne donnèrent signe de vie.

20 heures.

Ils n'avaient pas fait de quartiers. Volé en éclats, la porte. Littéralement. Salvatore en tête, les inspecteurs n'y avaient pas été par quatre chemins et ceux que David avait débauchés à l'aéroport n'étaient pas non plus nourris au fromage blanc. Et il avait fallu les retenir de ne pas casser ce qui pouvait l'être, à l'intérieur, car personne n'était tombé entre leurs mains pour se faire cuisiner. Tout ce qu'avait vu David quand il s'était battu avec Nicolas Feldman se trouvait là, sous ses yeux. Toujours aussi peu d'ordre et de luxe, les mêmes vêtements froissés, le Nikon au bord de l'étui. Au pied d'un projecteur, la casquette. En plus, il y avait des revues. Des revues de photos. Snobs. En revanche, le hamster manquait à l'appel. On s'en passerait.

Le téléphone sonna.

– Oui, fit David qui avait décroché d'office et qui ne prenait aucune précaution pour camoufler sa voix.

– C'est toi?

– Non.

A l'autre bout, on avait raccroché aussi sec.

Sur le chemin du retour à Nice, quand Salvatore lui demanda de toute sa rousseur qui c'était, David répondit qu'il n'en savait fichtrement rien. Pieux mensonge :

il avait très bien reconnu Florinda, mais ce qu'il pigeait mal, c'était pourquoi, alors qu'elle l'avait reconnu, pas de doute là-dessus, elle avait raccroché. Simple surprise d'être tombée sur lui, peut-être.

21 heures.

Ne m'attends pas, surtout. Te raconterai, à moins que tu n'aies déjà téléphoné au bureau. Dans ce cas, tu dois savoir. Excuse, on fait pas toujours ce qu'on veut, chérie.

Il biffa *chérie*, c'était un mot trop bête à écrire, mais il prit soin, néanmoins de ne pas trop le noircir afin que Lauren ait le loisir de s'étonner d'une pareille flambée d'affection paternelle. Comme il ne tenait pas à rendre fous furieux ses inspecteurs qui l'attendaient, en bas, dans la 404, David se contenta de sortir du frigo les framboises surgelées, de les abandonner au creux d'une belle assiette suédoise fêlée.

Garde-m'en une cuillère, ou deux, et régale-toi.

Il signa.

Sa douleur s'était barrée.

22 heures.

– Il fait bon ce soir, hein?

– Oui, fait doux, répondit David au gros jeune homme en jean et tricot de corps noir qui venait de s'asseoir à côté de lui sur le banc.

Un visage tout rond. Une bouille. Des yeux clairs, semblait-il.

– On est plus tranquille dans ce coin-ci que là-bas, reprit le jeune homme dont l'accent niçois pouvait amuser n'importe qui d'un peu con, mais par conséquent pas David.

– Qu'est-ce qui se passe là-bas? demanda David, qui savait.

– Y a un type qui tourne un film, je sais pas quoi.

– Sur quoi?

– Sur nous.

– Sur nous?

David ne pensait même pas que dire le mot exact aurait pu gêner le jeune type, le blesser pourquoi pas, on ne sait jamais jusqu'où les gens s'assument. Mais le dragueur le dit sans le moindre embarras :

– Sur les pédés. Y en a qui ont accepté de paraître dans le machin, mais moi pas. Après, ça fait des ennuis. En tant qu'instituteur, je peux pas me permettre. Et puis j'aime pas tellement ça, m'exhiber. Et toi, qu'est-ce que tu fais?

Il était jeune, il ne draguait pas pour l'argent, comme la grande majorité des ombres qui traînaient leur nuit dans le jardin Albert-Ier, mois après mois, accumulant sur leur solitude les peaux de rechange.

– Import-export, mentit David en offrant une Pall Mall menthol.

En échange, le jeune gars présenta son Criquet blanc.

Plus loin, de l'autre côté des massifs bien taillés, l'équipe de Frederick Foldan poursuivait son sale petit reportage sur les mauvais lieux de la Riviera. David avait placé ses hommes un peu partout dans le jardin. Il n'était pas fier de tromper le garçon contre lequel il n'avait rien, absolument rien.

Il avait choisi de ne pas se faire voir du frère de Florinda.

Pas tout de suite.

– T'aimes pas le cinéma? demanda-t-il au garçon.

– Si, mais j'ai pas le temps. Entre les surveillances, les cours, les dictées à corriger, et les heures supplémentaires...

– Et la télé?

Le garçon s'était sensiblement rapproché de lui.

– Le samedi soir. Un moment, et puis je sors.

– Tu viens draguer souvent? Je t'ai jamais vu.

– Moi non plus. Oui, ça m'arrive. Mais je ferai pas ça toute ma vie. Quand j'aurai quarante ans, j'arrête.

– Ah! bon?

– Il faut bien se ranger, non?

– Ça se défend, fit David en songeant que la femme du type serait sans doute malheureuse mais qu'elle aurait pu l'être aussi en restant seule, alors ça se valait.

« Tu veux pas qu'on aille voir, un peu? proposa David parce que le jeune type s'était encore un peu rapproché, parce qu'il ne voulait pas le décevoir, sutout qu'il n'aurait guère pu donner de raison du genre : *Je suis flic, ça me dégoûte, tes papiers,* ou encore : *Non, tu te goures, je me promène.*

Il en avait trop dit, même dans ce qu'il avait pas dit.

L'autre fit :

– Merci, non. Je sais ce que c'est. J'ai fait de la figuration quand j'étais petit. Comme mon père, lui, il en fait encore, mais y a plus beaucoup de place maintenant que les studios de la Victorine ont à moitié fermé.

– Et quand ça marche, ça rapporte?

– Non, mais ça fait rêver, répondit le dragueur, et il souhaita bonne chance à David.

23 heures.

La foule.

La foule, c'est un bien grand mot. Disons une poignée de gens qui, en sécurité dans la pénombre, observaient ceux qui s'affichaient sous les lumières pour y jouer leur propre rôle, à peine décalé. Amplifié.

Le frère de Florinda donnait vraiment l'impression

qu'il tournait son deuxième chef-d'œuvre et qu'il fallait encore plus épater le monde que la première fois. Palabres, conseils, ordres durs et brefs. Pas un temps de répit.

Quand David arriva sur les lieux, après avoir fait trois fois le tour du jardin, avoir été accosté, avoir pissé contre un pin, Frederick réglait un travelling avant sur un banc où se tenait un jeune homme aux cheveux blonds soigneusement laqués et ramenés tout autour du visage, qu'il avait ovale, fin, pas des masses efféminé.

– C'est très simple, expliquait Frederick. Voilà : Daniel est assis tranquillement. Soudain, arrive Joe.

Joe était un type vaguement hippie, plutôt mignon, avec plein de cœurs cousus sur son froc de grosse toile écrue. Tennis troués à l'endroit du gros orteil. Une besace et un collier en perles de bois. Une minuscule cigarette à l'eucalyptus au coin des lèvres et dont la fumée roussissait sûrement sa barbe blonde. Bouclée.

– Vous allez rejouer exactement la scène de votre rencontre, telle que vous me l'avez racontée. Je sais, elle n'a rien d'extraordinaire. Mais pour les gens, pour les cons, ça marchera.

Un *Hou* mollasson fusa dans l'assistance.

– En place, attention, moteur.

Le perchman et le garçon qui tenait la caméra ne se prenaient pas, eux non plus, pour des merdes. Ils étaient vraiment entre le génie et le salut public parce qu'ils devaient plus ou moins se dire qu'en tournant ce style de films, même si la diffusion n'en était pas celle de Kubrick, ils se dédommageaient un peu du monde auquel ils souffraient, au fond, d'appartenir. Enfin, David, pour passer le *time*, voyait les choses comme ça.

– Fait bon ce soir ? articula Joe en mauvais français.

Décidément, les approches, ça ne donne pas dans l'original, songea David. Et après tout, pourquoi ça le ferait? Il s'agissait avant tout d'établir un contact, et de se voir de plus près.

– Très doux, répondit Daniel d'une voix tendre.

– Vous voulez quelque chose?

– Rien de précis.

– Alors pourquoi vous êtes là?

– Et vous?

– Moi, j'ai pas un endroit où... *sleep*...

– Ça peut s'arranger.

Joe éclata de rire et tira de sa besace une bouteille.

24 heures, ou 0 heure, comme on voudra.

On retournait la scène pour la seizième fois.

Faut dire qu'à revivre leur rencontre ni Daniel ni Joe n'avaient réussi à garder longtemps leur sérieux de comédiens.

Et pour la seizième fois, donc, l'accessoiriste, tiens! un nouveau, se dit David, l'accessoiriste, qui lui tournait le dos, tendit la bouteille aux deux acteurs de la scène.

– Moteur, oui, c'est la dernière, je vous le promets.

Frederick arborait un vrai sourire de haine.

– Du gin? s'informa Daniel.

– *No*, du vin blanc. De Californie.

– Je n'en veux pas, merci.

– Une gorgée, rien qu'une. Pour me faire plaisir. Pour me dire *welcome*.

Ça sonnait drôlement faux, et pourtant c'était vrai.

– N'insiste pas, dit Daniel.

Sous l'œil soudain surexcité de Foldan, Joe voulut approcher la bouteille des lèvres de Daniel, qui se pencha en avant pour éviter de boire. Alors, Joe passa son bras autour du cou de son partenaire comme s'il voulait commencer à l'étrangler, et c'est quand il parvint enfin à lui enfoncer le goulot entre les lèvres que David vit l'accessoiriste se précipiter dans le champ et qu'il le reconnut; c'était Nicolas Feldman.

– Espèce de saloperie, hurla Frederick. Qu'est-ce qui se passe?

Feldman se retourna vers Foldan, et dit simplement :

– Il se passe que ce n'est pas la bonne bouteille.

L'assistance était médusée, d'autant plus qu'on pouvait se demander si ce n'était pas là une trouvaille de scénariste.

– Tu aurais pu y penser avant, imbécile, fulminait Frederick. Et où elle est, la bonne bouteille? Qu'est-ce que tu attends?

– La voilà.

Daniel ne comprit pas, Joe non plus, David si, Frederick idem. Trop tard. Le frère de Florinda tomba à genoux dans le parterre de fleurs le plus proche, comme l'Œdipe des grandes tragédies, parce que la bouteille que son accessoiriste-secrétaire-assistant venait de lui lancer à travers la gueule, ce n'était pas du pinard qu'elle contenait. Le vin de Californie, d'accord, c'est répugnant, mais pas à ce point.

L'œil gauche de Frederick Foldan fut le premier à être attaqué par l'acide et lorsque, peu après, son œil droit suivit le même chemin, son visage ne ressemblait déjà plus à un visage, les gens étaient pétrifiés, bouche ouverte.

Le frère de Florinda se lovait dans le gazon, en se tordant de douleur, cherchant le terrier, la tanière, l'ombre qui le dissimuleraient, qui cacheraient son vrai visage.

Deux coups de feu : Nicolas Feldman pulvérisa les projecteurs, plongeant la scène dans la semi-nuit, parce qu'il y avait aussi des spots dissimulés dans le gazon, pour les promeneurs.

Les inspecteurs de David accoururent et s'élancèrent à la poursuite de Feldman qui sautait parmi les massifs, les bosquets rebondis, le dédale des allées.

Foldan hurlait encore, hurlait toujours : il avait commis l'imprudence de porter ses mains à son visage et c'étaient elles qui, à présent, le brûlaient, le rongeaient.

Peine perdue pour David et ses hommes : ils n'eurent que le temps de voir Feldman grimper à bord d'une voiture verte qui démarra dans un enfer de pneus.

Une Audi vert pomme.

1 heure.

Mort. Vitriolé. Rien que ça.

Les constatations d'usage. Un toubib alerté en pleine nuit, et le jardin Albert *number one* déserté, comme par l'enchantement d'une rafle de la brigade des Mœurs.

Il n'y avait plus qu'un dragueur, et, quand David croisa son regard, il nota qu'après tout c'était un peu normal s'il n'y avait plus aucune sympathie dans les yeux bleus du jeune instituteur.

1 heure 45.

Des jardins, il voulait des jardins. Encore, encore des jardins. De silence, de préférence. Des jardins sans pelouses et sans parterres, des jardins pas civilisés. Pas trop. Avec des arbres à qui on laissait le droit de mourir de vieillesse, et des recoins, et des secrets. Des haies sans discipline.

Aussi se fit-il accompagner tout au nord de la ville

par ses inspecteurs et quand ils furent là-haut, au temple de l'Amour, ce parc aux angles doux entouré de villas endormies dans la fraîcheur, David leur demanda de partir, de le laisser, oui, de le laisser là. Ils ne posèrent pas de questions, ils le virent monter lourdement les marches qui menaient au terre-plein où s'élevait le temple, d'un goût discutable. Quand elle était petite, David y avait promené Lauren et ensemble ils y avaient admiré une éclipse de soleil, un matin tôt. Maintenant, ils doivent se dire que je suis pas beau à voir, pensait David. Moi, un vieillard jeune. Pas autre chose. L'image exacte de ce qu'il serait dans trente ans, un petit tas de rancœurs sur une chaise de jardin, avec un plaid sur les genoux et du pain pour les mouettes, une oreille qui n'entendrait plus bien les musiciens de squares et, sur la promenade, ses va-et-vient à petits pas, en lisant les lettres de plus en plus brèves de Lauren, les dernières habitudes.

Et David se retrouva comme il avait voulu. Tout seul sous les arbres. Il fit quelques pas sur le terre-plein qui dominait la ville et soudain, à ses pieds presque, allongées sur l'herbe un peu plus haute, il les distingua plus qu'il ne les vit, qui se murmuraient des mots à l'oreille, sous la lune. Elles l'aperçurent presque au même instant et l'une des deux jeunes filles lui fit un signe amical. Il descendit quelques marches.

Elles se ressemblaient, exactement la même forme de visage, un ovale quasi parfait, elles étaient étendues sur deux couvertures écossaises, elles l'invitèrent à s'asseoir s'il voulait.

– Ce n'est pas défendu, dit celle qui avait fait signe à David.

– On prend le frais, dit la seconde, qui avait un accent – indéfinissable, charmant.

David sourit, que pouvait-il leur dire? Il n'était pas

comme ses collègues qui réagissaient toujours en pensant effraction, fouille en règle, répression, mains au panier. Encore moins comme ce divisionnaire libidineux du Val-d'Oise, sacré souvenir, qui s'introduisait dans les familles pour les inquiéter d'abord, et les consommer ensuite : ce qu'il préférait chez les jeunes filles, ce salaud-là, c'était leurs mères.

Et puis les deux inconnues effacèrent ce souvenir de la mémoire fourbue de David; la première dit :

– On s'est enfuies de l'École hôtelière. Elle, c'est Valentine. Moi, Agathe.

– Et vous y retournez tout à l'heure, je suppose?

– Sans doute, quoique rien ne nous y force. Et vous?

– Moi? s'étonna David.

Qu'elles étaient jeunes! L'âge de Lauren.

– Comme vous avez une tête engageante, on peut bien vous dire que si on est là, c'est pas seulement pour la poésie des couchers à la belle étoile. C'est pour...

– Nous aimer, enchaîna l'autre fille.

Valentine. Pas gênée pour deux ronds.

C'est bien, ça! se dit David, mais il répondit plutôt :

– Parce qu'à l'école c'est pas possible?

– Si, mais moins agréable, rit Agathe.

– Et vous n'avez pas peur, jamais?

– Peur? De quoi?

– D'un rôdeur, je sais pas. De moi.

Valentine, à son tour, pouffa.

– Vous aviez l'air triste, au pied du temple. On ne voyait pas encore votre visage, d'ici où on est, mais vous nous avez fait un peu pitié. D'habitude, on est plus réservées, mais cette fois... On s'est dit : celui-là, c'est un paumé, quelqu'un qui vient de vivre une expérience terrible. On fabulait.

– Vous vous êtes dit tout ça?

Agathe et Valentine firent oui avec leurs jolies têtes.

Alors, il laissa carrément tomber le rideau de brume sur les turpitudes, le vitriol, les files de points d'interrogation, tous les assassinats, les culs-de-sac, les horreurs, le fil qui faisait mine de les relier et qui le ligotait, lui, dans une salle aux murs matelassés comme la déprime, il dit bonsoir à son métier de con et là, assis les bras autour de ses genoux lassés, entre ces deux filles gentilles, peut-être que Lauren les connaît, au pied du temple moche, face à la ville, dans cet instant qui ne ressemblait pas encore tout à fait à l'aube, en silence il pleura.

3 heures 30.

Il n'alluma pas.

Elles avaient été parfaites, elles l'avaient raccompagné avec leur 4 L grise, avant de regagner l'École hôtelière, qu'elles fuiraient peut-être un prochain soir, pour s'aimer loin du bruit des autres.

Il n'alluma pas et ne s'aperçut donc pas que les framboises mises à dégeler pour Lauren trempaient dans leur eau.

Intactes.

28

La mer.

Regarder la mer.

Ne pas quitter des yeux sa lumière de planète alanguie.

La feuilleter comme un grand livre et ne pas attendre de lui, surtout, qu'il vous révèle une présence, des spectres et des mondes, mais y graver simplement, de son œil, comme un miroir ses propres mots, ses désirs, dans l'écume et sur le sel.

La parcourir, la mer, à cheval sur l'imaginaire.

La caresser.

S'adonner à son rythme, infiniment.

S'il avait pu, s'il avait su le faire, David l'aurait fait. Il aurait pratiquement tout donné, sauf Lauren, son lit, son passé, ses voitures, ce matin-là, ses hommes, ses manies et sa situation, surtout sa situation, sa dernière liberté même, pour savoir lire la mer, ce qu'elle écrivait en lui, le livre blanc de la mer sans marée qui était la sienne depuis l'enfance, là sous les fenêtres, au moment du réveil, depuis toujours.

Seulement, il ne savait pas, David, il ne voulait pas savoir qu'on n'apprend pas la mer et qu'elle vous donne ce qu'on lui donne, et qu'il n'y a pas de méthode, jamais de méthode pour donner. Aussi la regardait-il des heures, et cela lui suffisait.

Et puis, comme s'il avait absolument voulu le faire, il ouvrit les yeux, les ouvrit vraiment, pour la journée, au moment où le téléphone se mettait à sonner. Sans hargne particulière, il décrocha, les doigts de sa main libre dans la jungle déjà grise de ses cheveux secs.

– M. l'inspecteur Géant?

Un brin d'accent de par ici, au fond de la voix. Une voix d'homme, feutrée. Jeune, semblait-il.

– Inspecteur, s'il vous plaît? reprenait la voix.

– Inspecteur Géant, oui, à l'appareil. Qui le demande?

– Enfin!

Un « enfin » comme un reproche. David avait l'habitude, mais chaque fois ça l'énervait.

– Je n'ai pas entendu votre nom, fit David.

– C'est normal, je ne vous l'ai pas donné. Don Lionel Ceccaldi. Lauren a dû vous parler de moi.

Un papillon sur le rebord de la fenêtre grande ouverte. Avec un revolver à épingles, on eût fait un carton de roi, et puis les papillons, songea David en laissant Ceccaldi s'impatienter, les papillons ça souffre pas, c'est fait pour être mort. Comme les trois quarts de la planète, non, là, je déconne. Pas les trois quarts. Mais il n'y avait pas de pistolet lance-épingles dans la table de nuit en noyer, seulement du Marguerite Duras première manière, alors il marmonna deux trois mots.

– Oui, en effet, j'ai entendu parler. Vous êtes poète, je crois?

– Nous le sommes tous.

– Question d'ambiance.

– Et de milieu culturel, bien sûr.

– Bien sûr.

– Et de moyens.

– En tout cas, je ne suis pas éditeur, Lauren a dû vous le dire.

– Rassurez-vous, je me publie moi-même.

Ça n'avait rien de rassurant.

– C'est plus sûr, confia Don Lionel Ceccaldi.

– Et plus cher. Qu'est-ce que je peux faire pour vous?

– Voilà : hier après-midi, Lauren et moi, nous avions rendez-vous. Elle n'est pas venue.

– Vous vous foutez de ma gueule, éclata David. Je suis pas S.O.S. Lapins.

David s'aperçut à ce moment-là seulement qu'il s'était mis au pieu, la veille, sans se dévêtir. Mocassins compris.

– Si c'est tout ce que vous avez trouvé pour me demander sa main, reprit-il en soufflant pour chasser le papillon.

– Je ne vous la demande pas! protesta Don Lionel.

La voix évoquait un graphique. Pointes sèches et vallées en V. Mal placée, sans doute. Ou Don Lionel avait le trac, ou les jetons, ou tout intérêt à prendre des leçons de chant. Ou tout ça à la fois.

– En général, elle ne manque aucun de nos rendez-vous. Depuis six mois que nous nous connaissons, c'est la première fois. J'espère que ce n'est pas une simple question sentimentale.

– *What?*

– *Please?*

– Ce qui veut dire?

– Que je voudrais assez lui parler, ne serait-ce que deux minutes, pour dissiper tout éventuel malentendu, pour lui demander si elle est fâchée et pour lui dire que je ne le suis pas.

Qu'en termes choisis ces bricoles-ci étaient dites.

– Et pourquoi vous me racontez tout ça?

– Parce que je suis terriblement inquiet.

– Ne quittez pas. Je vais voir.

Ça sautait aux yeux : Lauren n'avait pas passé la nuit dans sa chambre, même si son odeur de pomme verte flottait comme d'habitude entre les quatre murs bleus. Comme d'habitude aussi, le flacon de crème pour le teint (à la pomme, d'où les effluves) n'avait pas été rebouché.

– Désolé, elle n'est pas là.

– Je peux... Je peux vous croire?

– Mais bien entendu, vous pouvez!

– Et hier soir, vous l'avez vue?

– Dites-moi, jeune homme, sans vouloir jouer les vieilles badernes, je commence à trouver que vous y allez un peu fort. Je vous ferai donc remarquer que de nous deux c'est pas vous le plus à la page.

– En effet, c'est une de mes qualités.

– Admettons. Je surveille pas Lauren, vos chassés-croisés j'en ai par conséquent rien à foutre.

– Excusez-moi, poursuivit Don Lionel, je suis dans une cabine et on s'impatiente. Est-ce qu'on peut se rencontrer?

David fulminait. Des emmerdeurs, toujours des emmerdeurs, pour n'importe quoi. Mais, d'un autre côté, sa curiosité de paternel fouineur le poussait à jeter un œil sur le Ceccaldi en question.

– Passez me voir au bureau, j'y serai dans une heure.

– Pas au commissariat, non.

– Pourquoi ça?

– L'atmosphère.

Délicat, par-dessus le marché. En moins de trente secondes, allez savoir pourquoi, David haït tous les poètes de l'univers. Surtout les faux.

– Alors, où ça?

– Du côté du Château, si ce n'est pas trop loin pour vous.

Onctueux, maintenant. De mieux en mieux.

– C'est toujours trop loin, grogna David.

– Je vous jure que je ne vous embêterai pas longtemps. Mais vous comprendrez.

– J'espère. Va pour le Château. A la buvette?

– Non, je préfère la cascade.

L'idée d'aller faire du tourisme au Château huit jours avant l'été n'amusait pas particulièrement David, mais se passer le visage sous l'eau de la cascade, qui dominait Nice et la baie des Anges, et qu'on venait visiter, disent les affiches, du monde entier, n'était pas une perspective si abominable, après tout. Il dit donc O.K., ajoutant :

– Qu'est-ce que vous avez contre la buvette?

– Jamais de glaçons dans le vittel-menthe.

David leva les yeux au ciel.

– D'accord pour les grandes eaux, répéta-t-il. Vers midi et demi.

– Vers midi et demi, merci beaucoup. J'ai des moustaches.

Ce n'est qu'une fois dans l'ascenseur que David commença à se demander où Lauren avait bien pu passer la nuit. Après tout, c'est vrai, si Lauren était on ne peut plus libre, il n'était pas dans ses habitudes de découcher sans prévenir. Pas encore.

Il remonta et appela le commissariat : on n'avait pas vu Lauren, ni hier soir ni ce matin, et d'ailleurs pourquoi l'y aurait-on vue? Si elle s'entendait bien avec plusieurs des collègues de son père, dont l'ineffable Salvatore, elle ne leur rendait pas visite à tout bout de champ. Ils le regrettaient, du reste.

Ensuite, il appela Florinda, histoire de se rendre

compte de deux choses. *Primo*, si elle avait l'air gênée de ne pas s'être fait reconnaître la veille au téléphone; *secundo*, si elle avait hébergé Lauren. Personne chez Florinda.

Contrarié, il bifurqua par la kitchen, où il se fit un café arôme Brésil. Contrarié de se sentir exclu du monde de Lauren, dans un coin duquel il pensait bien avoir une place, mais les pères dramatisent souvent, c'est bien connu, et qu'il pût n'y avoir pas sa place vingt-quatre heures sur vingt-quatre lui échappait totalement. Décidément, David, ce matin, ne faisait pas son âge.

Idée : dix heures dix, il avait encore le temps. Il reprit une douche et fut tout à fait rassuré dès qu'il eut décidé d'aller dire un petit bonjour à leur vieille amie Suzanne.

Depuis l'arrivée en masse des rapatriés d'Afrique du Nord, la rue où se trouvait, entre une pâtisserie orientale et un bouquiniste aveugle, la pharmacie de Suzanne Céruti avait pris de l'ampleur et les boutiques jusqu'alors endormies dans leur joli passé s'étaient les unes après les autres changées, non sans mauvaise grâce quelquefois, en magasins volontiers factices, ivres de néons bleus, verts et roses qui attisaient, d'un trottoir à l'autre, les rivalités. C'était ici qu'un commissaire suspendu il y a dix ans pour une histoire de putes avait ouvert un magasin de chaussures *made in Italy*, ici aussi qu'on pouvait voir une fabrique de dentiers, ainsi qu'une torréfaction de café dont la sœur de la patronne avait été une intime de Goering. Sans parler des amoncellements de jouets plus ou moins japonais dont la plupart ne vivraient pas leur vie de métal plus d'une demi-heure entre les mains des gamins, ni des deux très vieux bijoutiers qui attendaient la mort derrière leurs vitrines où même la poussière ne s'attardait plus et que remplaceraient, trois semaines après les obsèques, des officines de frivolités pour hommes, femmes, gosses et caniches nains.

Un instant, David eut la tentation d'abandonner son taxi pour aller boire un panaché à la terrasse du *Vizir amoureux* où se faisait, disait-on, du trafic d'armes, mais la pendule, sur la place, l'informa qu'il n'avait plus le temps et il se fit arrêter à cinquante mètres de la pharmacie de Suzanne.

Suzanne. Suzanne mauve, Suzanne parme. Ce n'était pas tous les jours qu'il allait la voir. Manque de temps, manque d'entrain, manque d'attrait. On ne savait pas trop quoi lui dire et elle ne faisait guère partie de sa vie qu'une ou deux fois par mois, lorsqu'elle invitait Lauren à dîner zen et qu'il montait prendre une infusion tiède, juste avant de ramener sa fille au bercail. Toujours là quand on avait besoin, Suzanne. C'était déjà ça. Drôle de coutume, ces dîners mensuels où on ne bouffait rien, sauf trois grains de riz complet. Il n'avait pas songé à les remettre en question puisque Lauren adorait la compagnie de Suzanne. Elles parlaient chats, elles parlaient peinture, elles parlaient pas. Et pourtant, elles étaient si différentes, n'étaient presque jamais d'accord, se disputaient avec passion, Suzanne tentant toujours d'empiéter sur le domaine de Lauren et Lauren tenant bon, faisant mine de battre en retraite pour mieux attaquer. Il les soupçonnait même de se voir à son insu. Encore une île où il ne lui était pas permis d'aborder.

Suzanne. Juste une vieille amie de Marianne. Ça comptait. Amie de collège, amie de fugues. Une vieille amie passagèrement névrosée, dont les trois grands enfants ne lui écrivaient pas, soumis qu'ils étaient, encore à leur âge, à la volonté d'un père ambassadeur quelque part très loin. Peu après le début de la guerre d'Algérie, Suzanne et son mari avaient divorcé et Lauren avait peu à peu remplacé pour Suzanne le fils et les deux filles, des jumelles, qu'elle imaginait établis au Québec ou en Asie Mineure, insouciants, égoïstes, heureux.

Suzanne, Suzanne manque-de-bol. En 1965, elle avait vu fondre une partie de ses économies dans le krach de la banque Martinon et, à peu près dix années plus tard, elle s'était retrouvée parmi les paniqués de la faillite de la Caisse d'épargne.

A l'époque, David l'avait dépannée, et puis, comme sa pharmacie s'était rapidement fait une clientèle, elle l'avait remboursé, avec un petit supplément pour Lauren.

A peine eut-il fait arrêter le taxi à cinquante mètres de ses pensées qu'il s'aperçut que des gens, pas mal de gens, se pressaient, d'une manière anormale, devant la pharmacie de Suzanne Céruti. Il vit même une adolescente qui profitait de l'attroupement pour glisser dans son grand panier d'osier un album de Corto Maltese, tiens, elle a du goût, qu'elle venait de faucher à l'étalage piteux du bouquiniste aveugle.

Pour se frayer un chemin jusqu'à l'intérieur de la pharmacie, David fut obligé de bousculer plusieurs personnes, de jouer furieusement des coudes et même de piétiner un kilo de fraises et un pékinois échappés des mains et des bras d'une ménagère qui voulut le gifler, histoire de ne pas perdre son prestige auprès des voisines, ni sa place aux premières loges, et il eut beau crier police police police, c'était pas écrit sur sa figure, quoi qu'on en dise, et les gens hurlaient :

– Pour qui il se prend?
– Qui c'est, celui-là?
– Encore un Parisien!

Quant à la plaque que David ne cessait d'agiter devant le nez de tous ces gens indifférents, elle ne convainquit pas. Il est vrai que la photo, dessus, n'était pas formidable.

On les tuerait qu'ils en redemanderaient. De temps à autre, on devrait. Ça ferait du bien. De la place. Une rafale, clash. Des bings, des bongs, des crushs, des zwings, des pafs, des shtaks. Un bain de sang, de sang, de sang. Comme toujours quand il laissait son instinct penser à sa place, David était ignoble. Heureusement, ça ne durait pas. En un millième de seconde, il balaya ces pensées, mais elles lui étaient venues quand même, et il se le reprocha. Pas longtemps : une main anonyme, dans la foule, lui pinça les fesses. David ne se retourna pas pour identifier le plaisantin frôleur, car le spectacle qui s'offrit à lui à l'intérieur de la pharmacie était encore deux fois plus inattendu et expliquait le populo : derrière le comptoir, Suzanne et ses deux préparateurs désespéraient de raisonner un individu qui tournait le dos à David et qui les menaçait, il s'en aperçut en se penchant, avec une carabine au canon scié.

– Si vous me donnez pas immédiatement ce que je demande, je fais tout sauter. Je blague pas.

L'homme visiblement faisait un effort pour écorcher la langue française en oubliant les négations et sa voix même avait quelque chose de pas naturel.

Qu'est-ce que c'est, encore, que ce rigolo? se demanda David qui remarqua qu'en plus le brun des cheveux de l'homme n'avait absolument rien de naturel non plus et que du côté de la nuque ça s'arrêtait net. Bizarre.

– On vous répète que nous ne tenons pas ce genre de produits, monsieur, n'insistez pas, expliquait Suzanne en évitant de regarder dans la direction de David, excédée mais très digne dans sa robe mauve à ramages et manches courtes d'où s'échappaient deux longs bras maigres à la chair amollie.

– Pas de conneries, je sais que vous en avez!

– Qui vous l'a dit?

Par bonheur, à part le type, il n'y avait pas de clients dans la pharmacie.

– Ce ne sont pas des méthodes, hasarda l'un des jeunes préparateurs.

Dehors, les curieux se pressaient toujours, fascinés.

Alors, David fit trois pas et sauta sur l'individu.

Tous deux roulèrent sur le sol, l'homme étouffa un cri sourd quand sa poitrine vint heurter les carrelages verts et blancs. Un coup de feu partit, brisant une vitrine de laquelle s'enfuirent des torrents de flacons muticolores. Suzanne détourna la tête, le second préparateur disparut, affolé, au fond de la pharmacie.

Tandis qu'ils luttaient, David vint toucher du menton le visage de l'inconnu et ce contact lui révéla un détail qui ne pouvait que lui échapper tant que l'homme lui tournait le dos : il portait un masque de caoutchouc. La tête d'une « star » américaine, plantée de faux cheveux noirs.

L'homme n'opposa pas une résistance forcenée, David n'eut aucune peine à le ceinturer rapidement.

– C'était bien un flic, lança quelqu'un, dehors.

– Qu'il le tue, enchaîna quelqu'un d'autre.

On applaudit timidement lorsque David et l'homme se relevèrent.

Après avoir donné un coup de pied à la carabine qui s'en alla dans un coin, David fit pivoter l'inconnu et d'un geste sec mais précis lui arracha son masque.

– Oh! non! lança une personne, à la porte.

L'homme voulut cacher son visage entre ses mains, mais c'était trop tard : on savait maintenant que derrière le masque il n'y avait qu'un pauvre homme d'environ soixante ans, peut-être davantage, d'une maigreur impressionnante, aux trois quarts chauve, les joues creuses constellées de petites taches brunâtres.

– Tu le connais? demanda David à Suzanne, très pâle.

Elle secoua la tête et son chignon se défit à moitié.

– Moi non plus, jamais vu, assura le préparateur.

– Appelez Lucien, fit Suzanne.

Le second préparateur consentit à évacuer les toilettes où il s'était claquemuré et il revint pour dire :

– Moi non plus, je ne le connais pas. Un fou.

– Ce n'est pas à nous de juger, rétorqua David.

– Prends sa défense, pendant que tu y es, siffla Suzanne.

Maintenant, quelques badauds osaient s'avancer, comme s'ils voulaient toucher le vieil homme et vérifier qu'il était bien réel. Avant de l'exécuter. En pensée, tout au moins.

D'un mouvement de bras, David les écarta et se rappela soudain qu'il ne portait pas d'arme, quelle folie.

Un quart d'heure plus tard, le calme était revenu, et Police-Secours emmenait l'homme à la carabine. Suzanne alors ferma boutique, il était onze heures vingt-cinq, elle renvoya les deux préparateurs raconter l'histoire à leur petite famille et resta seule avec David. Pendant qu'elle collait une pancarte à la porte, David alluma une Pall Mall.

– Il était là depuis longtemps? demanda-t-il.

Menthol, la Pall Mall.

– Dix minutes. Heureusement que tu es arrivé.

– Qu'est-ce que tu veux, j'ai des antennes.

Suzanne l'emmena dans l'arrière-boutique où elle entreprit de faire bouillir de l'eau sans lui demander s'il prendrait du thé, du café ou de la chicorée. Elle, c'était du thé. De Ceylan.

David observait Suzanne, qui n'aimait justement pas qu'on la regarde de trop quand elle faisait quelque chose, ça décuple ma nervosité, disait-elle, et aujourd'hui elle n'avait pas besoin de ça. On la sentait anxieuse, encore sous le coup de l'émotion, toujours très digne.

– C'est la première fois que ça arrive, ce genre de trucs, non?

– Chez moi, oui. Mais dans d'autres quartiers c'est monnaie courante, tu sais bien.

– D'habitude, ce ne sont pas des hommes de cet âge-là.

– En effet. Ce sont surtout des jeunes. Rien d'étonnant, d'ailleurs.

Elle n'ajouta rien d'autre : elle savait que David ne serait pas d'accord, sur ce point comme sur tant d'autres.

– Tu venais m'acheter de l'aspirine? demanda-t-elle, une fois le thé versé dans des tasses chinoises fabriquées en Lozère.

– Non.

– Dis tout de suite que tu passais par hasard.

David baissa les yeux.

– C'est à propos de Lauren...

– Lauren? Qu'est-ce qu'il y a ?

– La nuit dernière, elle n'est pas rentrée.

Suzanne sourit.

– En tous les cas, si c'est ça que tu veux savoir, elle n'a pas dormi chez moi.

Et elle ajouta :

– D'ailleurs, je n'ai pas passé la nuit à la maison.

David écrasa son mégot dans la soucoupe de Suzanne, dont les narines se pincèrent immédiatement.

– Les mêmes habitudes que Lauren, fit-elle.

David encaissa la remarque.

Deux minutes de silence, puis :

– Qu'est-ce qu'il voulait, au juste, le bonhomme?

Elle eut l'air incrédule.

– Comme si tu ne le savais pas. Amphétamines.

– Et tu n'en as pas?

– Pas sous la menace, sourit-elle.

– Il avait l'air de prétendre que tu pouvais en avoir dans tes tiroirs.

Il la sentit tout à coup plus nerveuse encore.

– On a dû lui refiler mon adresse. Un tuyau crevé, je te jure. Quelqu'un qui me déteste. C'est pas ce qui manque.

Est-ce qu'elle l'aimait bien? Ou est-ce qu'elle le méprisait, au fond? Chaque fois qu'il était en face d'elle, David se posait la question. Ce qu'elle pouvait apprécier en lui, à la rigueur, c'était peut-être le symbole de l'ordre, encore que, du point de vue de la morale policière, David fût loin d'être un ange. Et puis, forcément, elle était jalouse. Si elle avait élevé ses trois enfants comme David avait laissé pousser Lauren, peut-être qu'ils seraient toujours là tous les trois à lui faire des cadeaux et à l'emmener tous les deux soirs au cinéma, elle aimait tellement le cinoche, surtout les films absurdes du jeune cinéma anglais, elle l'avait dit à Lauren.

– Je me demande bien comment on pourrait te haïr, répondit David qui ne savait plus comment se montrer gentil.

– Je suis si exigeante, par moments. Tiens, mes deux petits préparateurs, par exemple : je suis certaine qu'ils me respectent uniquement parce que je les commande, mais, dès qu'ils en auront la possibilité, ils ficheront le camp. C'est normal.

Elle finit son thé de Ceylan.

Elle ne savait plus quoi dire, et pourtant il semblait

à David qu'elle ne tenait pas à ce qu'il parte tout de suite. Au fond, elle était maladroite. Oui, maladroite, c'est ça. Gourde. Tout raté à cause de ça.

– Si je n'étais pas venu, ça se serait terminé comment, d'après toi?

– On ne le saura jamais. Peut-être il aurait tout saccagé. Fauché des seringues. Ou la caisse. Ça m'aurait fait des vacances. Et des indemnités. J'en ai tellement marre, quelquefois.

– T'es pas la seule.

– Tu vas l'interroger?

– Moi ou quelqu'un d'autre.

Midi moins vingt : il serait en retard au rendez-vous. Tant pis : Ceccaldi Don Lionel attendrait. C'est joli, le Château.

– Tu es sûr que tu n'es passé me voir qu'au sujet de Lauren?

Il s'attendait à ça depuis le début, il avait eu une drôle d'impression au premier regard qu'elle lui avait lancé. C'est vrai qu'elle était en droit de se poser des questions : s'il arrivait à David de courir dans la ville après Lauren, ce n'était jamais chez Suzanne qu'il venait sonner. Même par téléphone.

– Je crois bien, oui.

Et il avoua :

– J'avais pas envie d'être inquiet tout seul.

– Tu connais mal Lauren, tu sais. Je l'aime bien parce qu'on se ressemble, je te l'ai déjà dit.

– Et je t'ai déjà répondu que ça m'étonnerait que vous vous ressembliez.

– Mais si. Tu ne t'en rends pas compte parce que c'est toi que tu cherches à travers elle. Sous des dehors de petite gauchiste, elle est comme moi. Comme nous. Elle n'y croit pas.

Elle se tut un instant, et ajouta :

– Elle ne croit à rien.

Le canon, vieille coutume d'ici, annonça à toute la ville qu'il était midi. Un coup de canon tiré depuis le Château où Don Lionel Ceccaldi devait commencer à trouver des longueurs à l'histoire.

– Tu es libre, ce soir?

Elle lui dit de la rappeler en fin d'après-midi, une fois n'est pas coutume, n'est-ce pas, que pour le moment elle n'était pas sûre d'être libre à dîner, et surtout tiens-moi au courant pour Lauren. Si on lui avait demandé pourquoi il avait invité Suzanne, il eût été bien en peine de répondre.

Ils s'embrassèrent.

Quand il se retrouva dans le couloir de l'immeuble où trônait un landau, à la verticale, capote déchirée, près de la porte de derrière de la pharmacie, David fut tout à fait certain qu'en le voyant surgir, tout à l'heure, Suzanne avait eu peur, peut-être même plus peur de lui que de la carabine à canon scié du vieux dingue.

L'instinct.

Mais, pour une fois, son instinct, qui lui suggérait d'habitude de revenir en arrière quand il s'apprêtait à quitter un lieu donné, de revenir en arrière et de rester à l'affût quelques instants, son instinct, David ne l'écouta pas, et c'est dommage parce qu'en revenant coller son oreille à la porte de derrière il aurait pu entendre Suzanne décrocher le téléphone et composer un numéro.

29

Comme il n'y avait pas de taxi à la station, David en profita pour appeler chez lui. *No answer.* Ensuite, le commissariat : là, ses hommes qui s'ennuyaient de ses indécisions, de ses sautes d'humeur et de son cynisme altier lui demandèrent des instructions qu'il s'empressa de ne pas leur confier. Alors, ils lui dirent que oui, ils avaient entr'aperçu Lauren et qu'elle avait le visage couvert d'ecchymoses gonflant à vue d'œil, que son chemisier comportait des traces d'un rouge suspect fort éloigné du ketchup et qu'ils craignaient le pire pour ses lendemains. Lorsque David, à bout de patience, menaça de venir leur passer un savon, ils se calmèrent et se contentèrent de lui communiquer quelques nouvelles régionales : une note du préfet disait qu'il attendait impatiemment les conclusions de l'inspecteur Géant, et qu'il n'était pas le seul, le roi du Kafiristan venait d'arriver en famille, cent douze personnes, et l'on signalait également qu'un baigneur hollandais venait d'être à moitié décapité par l'hélicoptère de la protection des plages, rien de spécial.

Sans dire au revoir ni merci, David raccrocha. Comme disait un de ses anciens supérieurs, faut savoir se faire détester.

Il était assis au bord de la cascade et trempait sa main gauche dans l'eau. Tout autour de lui, le soleil de midi trente-huit inventait des reflets, entre les pins. Dans sa main droite, un petit livre se laissait feuilleter par le vent léger. Quand il vit David, il se dressa et sourit dans ses moustaches, sombres et fines, puis alla vers lui.

Même si Lauren ne le lui avait jamais décrit, David n'aurait pu l'imaginer autrement : Don Lionel Ceccaldi, poète, présentait les cernes vaguement hépatiques des intoxiqués du papier pelure, son costume noir cintré se démodait à vue d'œil sans parvenir jusqu'à la dernière mode et autour de son cou aux veines apparentes, retenus par une tête de cheval en cuivre, les deux bouts d'un cordon noir faisaient date, fièrement. Date de quoi, d'ailleurs, on se le demandait : Ceccaldi était de ces gens qui adoptent, sans s'en rendre compte véritablement, ce qu'il y a de plus discutable dans le goût du jour et qu'ils adoptent une fois pour toutes, persuadés sans aucun doute que leurs qualités propres leur donnent directement accès à l'intemporel. Tout y était : le cheveu gras, noir, en bataille (rangée), les souliers pointus, cou-de-pied en feutre noir et grenat, la pochette à pois et la ceinture de faux croco. Tout, et même un peu plus : Lionel Ceccaldi boitait de la jambe gauche.

– C'est gentil à vous d'être venu seul, commença-t-il.

David sourit, poignée de main.

– Marchons, proposa Don Lionel.

– Si vous voulez.

– Du nouveau ?

– Non. J'ai couru à droite et à gauche sans résultat. C'est pour ça que je suis en retard. Excusez-moi. Et vous ?

– J'ai fait quelques cafés du centre. Quelquefois, Lauren y va, mais personne ne l'a vue. Il est vrai que depuis la mort de Lynette...

Ils avaient quitté la cascade de carte postale face à la baie des Anges, et avaient dû se baisser pour passer sous un arbre abattu qui menaçait le chemin de pierres plates bordé d'arbustes à la végétation confuse.

– Vous connaissiez Lynette Rochat?

– Assez, oui. Nous avons été ensemble plusieurs semaines. Elle faisait tout ce qu'il fallait pour me déplaire, mais je ne l'en aimais que plus.

David avait du mal à visualiser le couple Lynette-Don Lionel. Ni les Rochat ni Lauren n'avaient jamais fait allusion à cela devant lui.

– Qu'est-ce qui s'est passé ensuite?

– Ensuite, elle est partie, sans aucune explication. Lauren m'a dit récemment que Lynette m'avait quitté sans raison particulière, par lassitude. Fin d'une expérience, si vous voulez.

David eut une idée.

– Je ne vous ai pas vu à son enterrement.

– J'ai préféré ne pas m'y montrer. Il y avait sûrement des tas de gens qui se seraient moqués de moi.

Ils croisèrent deux policiers armés de *talkie-walkies.* L'un d'eux tenait en laisse un berger allemand superbe.

David les salua, il les connaissait de vue.

– Même ici, fit Don Lionel, puis il se rappela qu'il était avec un policier et dit : Excusez-moi.

– Y a pas de mal. Ce que je ne comprends pas, c'est pourquoi les gens se seraient moqués de vous, aux obsèques de Lynette.

– Vous savez, j'ai une réputation dans la région. Une toute petite, mais elle existe. Celle d'un farfelu mythomane. C'était vrai, ça ne l'est plus. Un peu grâce à Lauren, je dois dire.

Tandis qu'ils marchaient sous les arbres, d'un pas nonchalant, David l'observait, tentait de se faire une opinion. C'était un garçon finalement très direct, pour un poète, pensait David. Sympathique, au premier abord. Ils passèrent devant les ruines de quelques cathédrales oubliées, du xe siècle, paraît-il, et David trouva qu'il émanait de Don Lionel Ceccaldi comme une douceur apaisante et fataliste, qui pouvait attendrir.

– Tout ça vous étonne, non? reprit Don Lionel.

David l'admit.

– J'ai des aventures depuis l'âge de treize ans, ce qui a toujours surpris ma mère. La pauvre est morte l'année dernière, d'une hépatite mal soignée. Ça la surprenait, mais ça la rendait fière. Peut-être à cause de mon infirmité. En tout cas, je dois tenir de mon père, qui avait violé sa nourrice, dit-on. Il ne me l'a jamais confirmé, malheureusement, parce que je ne l'ai pas connu. Il m'a préféré les colonies, c'était son droit.

Un peu égaré, il s'interrompit, puis :

– Oui, des aventures, ce n'est pas ce qui me manque. Figurez-vous qu'il y en a même qui viennent me relancer sous mon balcon. Qui est-ce qui s'en douterait, à me voir?

Un détail chiffonnait David, depuis le début de la conversation : si Don Lionel ne s'était pas fait voir à l'enterrement de la petite Rochat, c'était sûrement pour un autre motif que la crainte d'une quelconque humiliation. Son humeur se rembrunit, il s'en voulut de trouver sympathique ce jeune homme qui aimait à s'amoindrir par pudeur et qui lui mentait peut-être, mais ça ne dura pas, car Don Lionel enchaînait, en s'asseyant sur un banc de pierre :

– Que je vous rassure : Lauren est la seule avec qui je n'ai pas fait l'amour.

David n'en fut pas rassuré, à cette minute il s'en moquait, il ne pensait presque pas à Lauren : à peine son humeur s'était-elle remise au beau que sa douleur entre les côtes le reprenait. La poisse.

– Vraiment, reprit Don Lionel, je me demande ce qui les attire. A moins que ce ne soient mes poésies, mais j'en doute. J'en relisais quelques-unes en vous attendant. Elles sont épouvantables. Je me le suis dissimulé longtemps, mais il arrive un moment où on doit ouvrir les yeux. C'est ça ou mourir, vous ne pensez pas?

Mourir.

– Au début, quand ma mère me prenait pour Arthur Rimbaud, je faisais un effort. Je demandais des préfaces au maire de Nice, j'enregistrais même des disques de folklore sur des paroles écrites par moi. Si vous aviez vu ça... Peut-être que Lauren vous en a montré un exemplaire. Vous êtes poli, vous ne dites rien. Rendez-vous compte qu'il m'arrivait même de me faire prendre en photo avec des demi-stars de passage sur la Riviera.

Moi aussi, songea David.

– Mais Lauren a dû vous évoquer mon style de génie.

– Ça lui arrive. Sans méchanceté.

Don Lionel dit qu'il en était sûr.

Curieux qu'il fût si jeune, même pas vingt-cinq ans, et qu'il ait déjà renoncé à toute une part de sa vie qui était déjà presque celle d'un adulte. Puis David se souvint qu'au même âge il était comme Don Lionel. Leur lucidité, c'est ça qui les rapprochait, sur ce banc où tous deux étaient assis, dans cet endroit presque désert que n'atteignaient pas les bruits de la ville, en contrebas.

– Elle ne vous a peut-être pas dit comment nous nous sommes rencontrés.

– En effet, non.

Elle l'avait peut-être fait, oui, c'est possible, mais écoutait-il vraiment les histoires de Lauren? Il aimait souvent mieux l'intégrer à ses propres histoires, en témoin plutôt qu'en actrice. Mais de quoi était-elle témoin, à cette heure? Il parvenait encore à se masquer son inquiétude, mais pas pour très longtemps.

– Tous les samedis soir, commençait Don Lionel, nous étions toute une bande à monter nous réunir dans une petite maison, dans l'arrière-pays. Là, certains déclamaient, c'était mon cas, d'autres chantaient, d'autres enfin ne faisaient qu'écouter. C'étaient eux qui avaient le plus de talent.

Gentil pour Lauren, qui ne chantait ni ne disait jamais de vers.

– On ne parlait jamais politique. Ou très peu. Dans un sens, on aurait dû, nous aurions peut-être réussi à faire bouger quelque chose dans cette foutue ville. Pour nous, la politique était méprisable. Il est vrai que nous avions quinze ans.

De plus en plus, David s'attendrissait sur ce personnage qui correspondait de moins en moins à son stéréotype.

– Lynette aussi faisait partie de la fête?

– Non. Je l'ai connue plus tard. En classe de solfège : nous séchions les mêmes cours.

Incrédule, David secoua la tête.

– Non, vous avez raison, ce n'est pas exact. Je l'ai connue au Club de la Mer, où elle faisait du nu intégral, en compagnie d'une ribambelle de femmes de médecins, à qui je lisais des alexandrins en leur passant de l'huile dans le dos.

De nouveau, ils s'étaient remis à marcher, sans se presser, Don Lionel venant, de temps à autre, buter contre David et s'excusant un peu.

– Elles me prenaient toutes pour une tante. Il faut dire qu'au Club ce n'est pas ce qui manque!

– Et c'est là que vous aviez rendez-vous, Lauren et vous?

– C'est ça.

– Pourquoi là?

– Je voulais lui montrer ma dernière plaquette (il l'agita sous les yeux de David) et la déchirer en sa présence. En éparpiller les morceaux sur la mer. Je voulais que ce soit mon ultime grandiloquence.

– C'était pas possible sur une plage publique?

– Ça n'aurait pas eu de sens. Ne vous retournez pas.

– Pardon?

– Je dis : ne vous retournez pas, ou alors, ne faites rien.

Don Lionel se pencha vers lui, expliqua :

– Nous ne sommes pas seuls.

– Le jardin est à tout le monde, bon dieu!

– Drôle de monde, fit Don Lionel.

David se retourna quand même : entre deux bosquets, appuyé contre un rocher, les yeux levés vers le soleil, un type se branlait.

– Il est à plaindre, fit Don Lionel. Éloignons-nous, pour qu'il ne rate pas son orgasme.

David pensait de même, il fit oui de la tête et les deux hommes s'éloignèrent, à l'instant où le type jouissait enfin.

– Je reprends ma question : pourquoi pas une plage ouverte à tous? Ça aurait eu tout autant de sens, non?

Don Lionel parut hésiter.

– Eh bien..., parallèlement à la vôtre, nous menions notre petite enquête.

David pinça les lèvres.

– Je m'en doutais depuis un moment. C'est malin.

Il s'en doutait pas du tout, en fait.

– Peut-être pas, je l'avoue. Mais nous sommes libres de le faire. Enfin, nous étions. Lauren a de qui tenir (il sourit) et moi, je n'en ai pas encore tout à fait fini avec mon romantisme. En réalité, je voulais lui montrer ce que j'ai découvert.

Don Lionel Sherlock et Lauren Watson, ça sonnait bien. A moins que ce ne fût le contraire, ce qui ne sonnait pas mal non plus.

– Et vous avez découvert quoi?

– Un instant...

David se rendit alors compte qu'il s'était laissé conduire jusqu'à une plate-forme pavée de gros carrelages beiges et blancs où s'étalaient des proverbes en pur niçois. L'endroit était limité d'un côté par un balcon rustique en pierre, de l'autre par une demi-douzaine de bancs eux aussi en pierre. Face à la mer se dressaient, métalliques et brillantes sous le soleil, deux longues-vues payantes. Le panorama était bien, sur le port aux immeubles vieux rose, les collines encore un peu vertes, la mer scintillante, toujours. Don Lionel sortit de la monnaie de sa poche revolver, David l'imita, et ce fut un festival de je vous en prie, il n'en est pas question, mais laissez-moi, quel idiot, vous paierez la prochaine fois. Ils finirent par introduire chacun une pièce de un franc dans chacune des longues-vues. Il faisait si chaud qu'ils étaient absolument seuls à se remplir les yeux. Sous les pins, on achevait de pique-niquer ou on se promenait, en attendant de regagner le bureau, col ouvert et bras nus. Sur les balançoires, les gosses oubliaient leurs parents en se lançant des bouteilles thermos remplies d'antésite glacée.

– Dirigez la jumelle droit devant vous, en plongée, commença Don Lionel, qui avait retiré sa veste.

– Je sais m'en servir, répliqua David pour dire quelque chose de désagréable à la place de, disons : il me prend pour un débile.

Don Lionel ne releva pas.
– Vous voyez les quais, les grues, les sacs de cacahuètes. Bon, mais au-delà?
On y était : pas con, le Ceccaldi.
– Le Club de la Mer. Mais ce n'était pas la peine de grimper jusqu'ici pour l'admirer.
Don Lionel ne releva pas cette nouvelle amabilité.
– Exactement, le Club, approuva-t-il, en sueur. Regardez bien tous les gens qui se grillent le ventre. Ils n'ont l'air de rien, ils paraissent ne penser qu'à leur corps, ils s'enduisent d'ambre ou de bergamote ou d'huile de tortue, ils font mine de s'intéresser uniquement à ces magazines qui leur renvoient leur image.
– C'est tout ce que vous avez trouvé? siffla David, en nage lui aussi.
– J'ai seulement trouvé que tous ces gens si respectables...
– Ne le sont pas, coupa sèchement David. C'est un peu l'histoire de toute la ville, ou presque, que vous me racontez là. Vous fatiguez pas, je la connais par cœur.
– Que tous ces gens respectables ont un lien commun, acheva le jeune homme.
– Oui, ils paient une cotisation pour ne pas poser leur cul là où le traîne le restant de la cité. C'est un peu mince.
Imperturbable, Don Lionel poursuivit :
– Personne ne l'a relevé dans la presse, ce lien, et même si quelqu'un avait voulu le faire, l'information ne serait jamais passée. Il y a des interventions qui ne sont pas divines, vous le savez encore mieux que moi (il s'exaltait). Et ce lien, moi, je l'ai relevé et comme j'ai pensé que vous ne tiendriez pas à ce qu'il s'ébruite...
David leva la tête, se redressa complètement. La position courbée n'arrangeait guère sa vieille sciatique.

– Je ne vois pas de quel lien vous voulez parler, fit-il, beau joueur.

– Cyrus Gagnew, Muriel Zardo, Hélène et Charles Morelli, Lynette Rochat, Frederick Foldan payaient aussi leur cotisation.

NORBERT BERNON

Chirurgien-dentiste

Ancien chef de clinique
à l'École dentaire de Paris

Reçoit les lundis et vendredis

Ce fut tout ce qu'on retrouva d'intact après l'explosion.

30

Du plomb en fusion coulait lentement dans chacune de ses veines et dans les coins de son cerveau, s'installait en maître, déjà se solidifiait en partie, si bien que Lauren hésitait à faire le moindre mouvement de la tête, pour ne pas hâter la progression du liquide lourd qui la faisait souffrir, atrocement souffrir.

Du plomb, du métal, de l'or.

N'importe quoi.

C'était l'enfer. Et pour la première fois elle y croyait. Elle souffrait trop pour avoir peur. Tous ses efforts se concentraient non pas sur la cause de son mal mais sur la façon de mieux le supporter.

L'enfer.

Jaune. Avec des formes mouvantes, en violet, en bleu, en turquoise. Dans un film, ç'aurait été d'un banal. Ici, ça n'avait plus rien à voir avec un générique new style.

Bons baisers de l'enfer.

Avec les bras, avec les jambes, elle ne pouvait rien : du fil de fer rouillé sciait ses poignets, ses chevilles.

Elle était là depuis combien de temps, elle était où, elle n'en savait rien.

A travers le mouchoir humide qui lui bandait les yeux, elle devinait seulement qu'il faisait jour, et qu'il faisait beau, parce qu'on n'entendait pas de pluie tomber et que du sol ne montait pas l'odeur de la terre mouillée. Faut ajouter que Lauren n'avait qu'une certitude : elle était soit en plein air, soit dans un endroit ouvert aux quatre vents. Il y avait de la brise, fraîche, mais pas de la brise de mer. Plutôt un souffle léger, d'arrière-pays.

L'enfer, climatisé.

Elle n'entendait pas la moindre parole, elle en avait donc conclu qu'elle était seule, pour un laps de temps inconnu.

Le mouchoir appuyait sur ses paupières qu'elle avait du mal à ouvrir complètement et ça lui faisait une compresse dont elle se serait passée, mais c'était rien en comparaison de ses maux de tête. Droguée, on l'avait droguée, évidemment. Quand, c'était difficile à dire.

Pas lorsqu'elle était montée, sans méfiance, encore sous le choc de l'accident d'autobus, dans l'Audi vert pomme superluxe. Pas non plus juste après, quand le conducteur, un grand type à la peau grêlée, lui avait dit qu'il empruntait un raccourci alors qu'elle se rendait très bien compte qu'au lieu de la descendre au port il avait plutôt tendance à prendre la direction opposée. Enfin pas lorsqu'il avait voulu lui offrir un verre, alors qu'elle n'avait qu'une idée en tête : en boire un avec Lionel pour savoir ce qu'il avait découvert.

Et elle pensa à son père.

Doit me croire avec un mec.

Un mec à cheveux ras, en plus, sinon elle aurait appelé, elle a honte, il doit penser. Pauvre papa.

Rien de plus con qu'un père.

Mais très utile parfois. Maintenant, par exemple, s'il avait l'excellente idée de venir jouer les Tarzan, elle ferait n'importe quoi. Elle lui dirait je t'aime.

La voiture vert pomme n'avait pas tardé à tourner le dos au Club de la Mer et, malgré les protestations de Lauren, le conducteur les dirigeait sur Villefranche, où Lauren n'avait plus du tout envie d'aller. Ils étaient passés devant la villa Virginia Woolf, cela, elle s'en souvenait parfaitement, et ils avaient dû croiser son père puisque Lauren avait remarqué au passage qu'il n'y avait plus de 404 banalisée devant chez Florinda.

Je me demande avec quoi.

Avec quoi il m'a eue.

Pas du hasch, il aurait fallu le lui faire ingurgiter et elle s'en souviendrait parce que le haschisch, elle avait horreur. Pékin-Informations avait bien raison de diffuser chaque matin au poste ces mots si doux susurrés d'une voix de crooner :

At the tough taste of the hasch
I prefer the sweet smell of goulasch.

C'était pas du chloroforme, David lui avait appris qu'on en gardait un drôle de goût dans la bouche, après. Là, pas. Même pas la gueule de bois. Rien qu'un char d'assaut dans la tête, qui battait la campagne.

Peut-être qu'il m'a violée dans mon sommeil. Comment savoir? Si j'étais vierge au moins, maintenant, je saurais la différence. Manque de pot.

Tout à coup, il lui sembla entendre comme un gémissement plaintif. En sourdine.

Elle tira la langue, projetant ses mâchoires en avant. En remuant un peu la tête, malgré la douleur, elle pourrait, avec de la chance, faire glisser le mouchoir et voir ce qui se passait alentour. En faisant d'horribles grimaces pour plisser son petit nez, elle parvint à faire descendre légèrement le bandeau humecté.

Elle ne s'était pas trompée : le gémissement avait repris, pas très loin, cette fois beaucoup plus net.

Ensuite, il avait garé la voiture au fond d'une allée sans issue, qu'elle avait parfaitement reconnue : c'était là que la Méhari prune était partie en fumée. Normalement, elle aurait dû, à cet instant, s'enfuir à toutes jambes, surtout qu'elle portait des tennis et un jean, mais non, avec la chose longue et noire que pointait sur elle le conducteur de l'Audi, impossible.

D'autant qu'il l'avait gentiment prévenue :

– Si tu bouges, bobo. Ça tire pas des balles, tu sais.

Elle savait pas.

– Ça tire quoi?

Elle sut.

– Des éclairs, poulette. Ça t'immobilise. Pour la vie. Autant dire qu'avec ce genre de bidules électriques, en trois secondes t'es morte.

Morte, morte, non merci : j'ai encore tellement de choses à connaître. Les amours de groupe, *l'Anti-Œdipe,* le nouveau Godard, et papa.

Pousse, pousse, ma fille. Encore un effort. Petit à petit, le mouchoir glissait. Encore heureux qu'il fût mouillé.

Le gémissement, toujours. Les. Les gémissements d'au moins deux personnes, Lauren l'aurait juré.

Une fois dans la maison, qui était sinistre, sombre, sans meubles et sans oxygène, on l'avait poussée à terre. Près d'une cage, non, près d'une sorte d'aquarium sans eau sur lequel elle avait pu déchiffrer une étiquette avec en tout petits caractères : *Cobra royal.* Et puis des détails en latin. De l'hébreu.

– Donne-lui à boire, et laissse-la, fit alors quelqu'un qui déguisait manifestement sa voix, en se donnant des *r* argentins.

De cette personne, Lauren n'avait eu le temps que d'apercevoir le chapeau. Noir, à larges bords. Comme indices, c'était pas du Conan Doyle.

Ma tête. Un rouleau-compresseur compressé pas pressé.

Enfin, elle put tirer de toutes ses dents sur le mouchoir, au risque de se rompre les veines du cou. Maintenant, elle transpirait, avec, de surcroît, la désagréable impression qu'on la regardait, dans ses efforts. Plus d'importance.

« Évidemment, si quelqu'un me regarde vraiment, je vais avoir l'air fin, je vais déguster », pensa-t-elle.

Et puis elle cessa de penser à autre chose qu'à tirer sur le linge qui venait, venait tout doucement tandis que, non loin d'elle, les gémissements, lui semblait-il, redoublaient, un encouragement plaintif et désespéré qui rythmait ses efforts. Un siècle plus tard, le mouchoir fut tout à fait sur sa bouche. Et lorsqu'elle eut enfin la possibilité d'ouvrir les yeux, de nouveau, sur le monde, le bandeau devenu bâillon lui fut d'un grand secours, car sans ce maudit mouchoir mouillé sur ses lèvres elle aurait, devant le spectacle, hurlé, hurlé d'horreur.

31

Entorse probable à la législation, le bâtiment grisâtre en pierres meulières qui abritait le Club de la Mer et qui tenait du blockhaus autant que du vieux moulin sans ailes était quasiment la réplique, en plus moche encore, en plus exigu, du Club nautique de Nice. Des balcons de lierre s'efforçaient de lui donner un air de campagne chic, mais lorsqu'on passait le seuil on avait davantage l'impression d'entrer en prison qu'en villégiature, ou dans un lieu de loisir. Murs hôpital, couloirs clinique, dominante bleu-gris, hautes fenêtres, aucun rideau. Par chance, il y avait la plage privée, toute en ciment et en planches sur tréteaux de fer, l'étage-restaurant-bar et le toit plat recouvert d'un fin gravier sur lequel, munis de serviettes, les partisans du bronzage intégral montaient s'étendre, matin et soir. Bien qu'on dût, pour y accéder, emprunter une échelle vacillante, les voyeurs maladroits prétendaient toujours, en s'excusant auprès des dames à poil, qu'ils cherchaient le fumoir ou la salle de douches. On se marrait.

David, lui, ne se marrait pas. Il n'avait pas réussi à obtenir des nouvelles de Lauren en rappelant le bureau, et pas plus réussi à semer le brave Don Lionel Ceccaldi, qui avait fini par lui faire un peu pitié.

Est-ce qu'il savait que Lynette Rochat l'avait plaqué pour Morelli ?

Ignorant l'immense hangar à bateaux du rez-de-chaussée, ils gagnèrent directement le premier étage du Club et frappèrent à la loge du gardien. Quand celui-ci vint, Gitane au bec, ouvrir sa porte d'une patte molle, David le reconnut. C'était un certain Sardelli, dont la photo avait paru, quelques années de ça, dans la rubrique des faits divers, en haut à gauche. Il vendait alors des beignets sur les plages publiques et de temps en temps il s'étendait sur les galets douteux pour reposer ses chevilles qui enflaient, fallait voir comme. Un jour qu'il avait été à deux doigts de s'endormir au soleil, les aboiements aigus d'un cocker l'avaient brutalement sorti d'un rêve en technirama. Alors, Sardelli s'était dressé, l'injure en bouche, et il avait sorti de tous ses beignets ruisselants un ancien revolver de la guerre d'Espagne et avait fait feu sur le cocker, dont la tête avait instantanément éclaté, éclaboussant les gens, tout autour. Ensuite, Sardelli s'était remis à plat ventre sur la plage comme si de rien n'était et c'est à ce moment-là qu'on avait failli le lyncher.

– C'est pas le clébard que j'aurais dû descendre, c'est son maître, avait-il aboyé, au tribunal.

Ainsi donc, on l'avait libéré et David se demandait encore comment il avait pu atterrir ici quand Sardelli fit, l'air peu amène :

– C'est pour quoi ?

– Visite de sécurité.

– On m'a pas prévenu.

– Maintenant, vous l'êtes.

David exhibait sa carte. Sardelli haussa les épaules et regarda les deux hommes emprunter l'escalier intérieur qui conduisait à la plage.

Ce n'était d'ailleurs pas exactement une plage, mais une suite de très larges dalles en ciment qui gardaient longtemps l'humidité.

Étendus dans tous les sens, des membres du Club somnolaient sur le dos, le ventre ou sur le côté, pas encore des plus hâlés. A voir tous ces gens inertes, tous ces corps, on se sentait pris d'une furieuse envie de les imiter, pour ne plus être que de la chair sans plus d'attaches avec le réel, comme ça, pour des heures.

David et Don Lionel avaient l'air empotés, seuls à être vêtus d'autre chose que de bikinis. Il y a quelques années, David avait eu l'intention de s'inscrire au Club de la Mer, un peu d'aviron deux fois par semaine ça fait pas de mal, mais on le lui avait fermement déconseillé : même gradé, un flic serait mal vu parmi docteurs, avocats, transporteurs de produits de luxe et promoteurs. Comme, en plus, Lauren ne tenait pas plus que ça à se mêler aux filles de familles élevées à l'anglaise, David avait renoncé.

Depuis, il avait évité cet endroit, hostile. Très.

Ils longèrent le bord de l'eau, le ponton où des enfants sautaient dans la mer d'huile en se bouchant le nez, puis ils firent le tour de la bâtisse, simplement pour voir.

– Vous aviez pas quelque chose à me montrer? s'enquit David, après un long moment de silence.

– Si, fit Don Lionel. Montons.

Mais Sardelli les appela, comme à regret :

– Téléphone!

David gravit les marches jusqu'à la loge à toute allure.

– Inspecteur Géant, oui.

– Ici, Salvatore.

– Du neuf sur Lauren? Parle, bonté!

– Tout à l'heure, on a déposé un carton, en bas.

– Et alors?

– Dedans, y avait une chaussure de tennis. Pied gauche. Et un p'tit mot : *Là où elle est, Lauren a pas besoin d'être chaussée. Bonne chasse.*

David ferma les yeux, se colla le front au mur. Le froid lui fit du bien. Il eut du mal à demander :

– C'est tout?

– Non. On a repointé deux gars devant chez Florinda Foldan. Elle a reçu un télégramme et l'inspecteur qui avait braqué ses jumelles en permanence sur le salon a noté qu'elle avait l'air bouleversée. Qu'est-ce qu'on fait?

Une fois de plus, David dit rien, qu'on ne faisait rien, mais qu'on approchait.

Quand il sortit de la loge, Don Lionel l'attendait, en fumant une Gauloise. Auprès de lui, Sardelli s'impatientait.

– Je voudrais voir la liste des membres du Club, jeta David, sec.

– Ça fait partie de la sécurité?

– J'en ai peur, oui.

– Vous me ferez pas d'ennuis?

– Quel genre d'ennuis?

– Sais pas. Avec vous, faut s'attendre à tout.

Sardelli les conduisit au deuxième étage, où juste avant l'entrée du restaurant, fermé jusqu'à ce soir vingt heures, s'ouvrait une salle garnie de fauteuils en vieux cuir carmin et de vitrines pleines de médailles, de fanions, de coupes d'argent. Toutes sauf la dernière à droite, entre les deux fenêtres : dans celle-ci étaient exposées, sur deux colonnes à la vue du visiteur, les listes des membres du Club.

– Ne cherchez pas le mien, il n'y figure pas, s'écria Don Lionel, déjà fier d'avoir mené jusqu'ici l'inspecteur David Géant. On peut venir prendre un pot sans faire partie de la famille.

– Je ne le cherchais pas.

D'autres noms l'intéressaient davantage. Cyrus Gagnew, Muriel, Hélène et Charles Morelli, Lynette Rochat, Frederick Foldan. Pas Florinda. Mais Paul Javal.

Le nom du président du Club de la Mer l'intrigua.

C. Grant.

– Ce n'est pas l'acteur, expliqua Don Lionel, quoiqu'il soit passé prendre l'apéritif, une ou deux fois dans sa vie. Non, il s'agit de Cédric Grant.

– Qui est-ce?

– Un éleveur. Un ancien éleveur.

– Vous êtes bien informé.

– On m'avait demandé d'écrire un article sur lui dans *Nice-Matin*. Quand il est mort.

– Un éleveur de quoi?

– D'animaux en tous genres. En fait, pas vraiment un éleveur, je disais ça comme ça. Il était propriétaire d'un zoo. Un zoo privé.

– Mort de quoi?

– Embolie, rassurez-vous.

– Et qui préside aujourd'hui?

– Sa veuve. D'ailleurs, vous voyez, c'est inscrit.

En effet, juste au-dessous de Cédric Grant, on pouvait lire exactement le même nom, mais cette fois précédé d'une initiale. V.

– C'est la coutume d'élire présidentes les veuves de présidents?

– Je l'ignore. Sans doute que oui. Mais ici, vous savez, il n'y a pas de coutumes.

– Sauf que si jamais on rompt les habitudes, on se retrouve mort.

– Qu'est-ce que vous voulez dire?

– Exactement la même chose que ce que vous pensez.

– Que fait-on?

– Puisque vous êtes là, ça vous ennuierait de recopier cette liste?

– Un peu, mais je vais le faire.

Il le fit, sur la page de garde de son livre de poésie.

– Vous êtes gentil. Attendez-moi ici, je vais me promener encore un peu.

– Je vous conseille les douches.

– Jolies?

– Pittoresques.

Marrant. Un faux journaliste collabore avec un policier, diraient les journaux en nous voyant comme des cons pas possibles dans cette atmosphère pas tenable. Un faux journaliste collabore avec un drôle de policier, lequel manipule l'autre, diraient les mêmes journaux s'ils étaient un peu plus à gauche que la presse locale, ce qui les situerait tout de même très à droite.

Par dizaines, les cabines s'alignaient, toutes verrouillées par un cadenas, dans une salle immense qui finissait par les douches, six au total. Pas nominatives, les cabines, mais numérotées, et fraîchement repeintes. Devant plusieurs d'entre elles, des hommes se déshabillaient avant d'y ranger soigneusement leurs affaires sur des cintres cloués à leurs portants, confiance régnait.

David regretta de ne pas s'être fait accompagner par une auxiliaire, cela lui eût permis de jeter un coup d'œil chez les dames. Si Lauren... Et il reperdit pour un moment son assurance. Lauren. Un homme à poil lui lança un regard noir lorsqu'il voulut allumer sa Pall Mall menthol, et il interrompit son geste. C'était un acteur de la région, sembla-t-il à David, un type qu'il avait dû voir sur scène, copieusement sifflé.

Puis les trois lettres s'allumèrent dans sa tête, grandirent de plus en plus, néons gigantesques dans la nuit de son indécision. Les trois lettres : Z.O.O. Dans son crâne, il les prononça de mille façons, et tandis qu'il s'asseyait sur un banc, sous le regard surpris de quelques membres du Club, il les tournait encore, les trois lettres, dans son esprit embrumé comme souvent.

Z.O.O. Qu'est-ce qu'on trouve dans un zoo? Des bêtes. Quel genre? Des pas gentilles, pour la plupart. Et quelles sont les moins gentilles? Les reptiles. Il commençait à comprendre.

Brusquement, il n'y tint plus. Il faisait si chaud, cet après-midi, qu'il enleva rapidement son blouson et son jean, sa chemise et ses boots, et il se retrouva en slip mariner noir dans l'espace réservé aux douches. Sous le jet glacé, il se sentit revivre. En soufflant comme un phoque à poils déjà gris.

Une fois prise la douche, il s'aperçut qu'il n'avait rien prévu pour se sécher, et quand il voulut s'essuyer avec la chemise que quelqu'un avait laissée sur un des longs bancs devant les cabines, il entendit des voix. Avisant une cabine de coin dont la porte entrebâillée ne montrait aucun cadenas, il s'y glissa, tirant sur lui la porte, d'une main véloce. Comme les cabines étaient surmontées d'une grille, il s'accroupit pour qu'on ne pût le voir de l'extérieur.

– T'as entendu la radio? demanda le premier type.

– Norbert aussi, c'est incroyable, répondit l'autre.

– Au bureau, on ne parle que de ça.

D'après ce qu'il pouvait en voir, de ses yeux à hauteur de grille, David nota que les deux types étaient plutôt jeunes, assez décontractés d'allure, pas antipathiques. Ils se dévêtirent joyeusement, tandis que David, toujours pas sec, commençait à se geler, surtout les pieds, très sensibles au ciment du sol.

– Martine a peur, à présent, dit le premier type.

– Geneviève aussi. Mais je vois pas ce qu'on a à craindre. On n'a rien à se reprocher, après tout.

– Moins fort, suggéra le second, qui disparut un instant du champ de vision de David.

Quand il reparut, il dit :

– Des fois qu'il y aurait quelqu'un... Non, y a personne.

– Tu le connaissais, toi, Norbert?

– Il m'avait arraché deux dents de sagesse, dans mes années folles. Deux cents sacs, une paille!

– On comprend qu'il ait eu deux canots automobiles ancrés au Club. Sa femme va pouvoir en profiter.

– Tu sais bien qu'il était célibataire.

Ils se turent une seconde, enfilant leurs slips de bain.

– Tu y vas ce soir?

– Et toi?

– Je me demande. Si on ne nous voit pas, on va encore se faire rappeler à l'ordre. Et puis, ce soir, je crois qu'il y a un nouvel arrivage.

– Tu crois?

Les doigts des deux mains plaqués sur les ailes de son nez, David, grelottant de plus belle, avait toutes les peines du monde à retenir un éternuement. Pourtant, il fallut bien.

– Tu crois que ça va durer encore longtemps? fit le premier type en tirant une serviette et *Valeurs actuelles* d'un sac Vuitton usagé.

– Pour nous, encore trois ou quatre ans, si tout va bien.

Dire que David comprenait serait un mensonge.

– Et après? interrogea le premier garçon.

– Après, on a intérêt à mettre les bouts, ou à ne pas se laisser monter sur les pieds. Regarde Norbert.

– Je me demande où il est allé faire tête?

– Au vert, pour quelque temps.

A ce moment, ils s'interrompirent, car ils venaient d'entendre, et David pareil, des talons qui frappaient irrégulièrement le sol et une voix qui appelait, sans forcer :

– David, ça y est?

Lorsque Don Lionel passa devant les deux types sans même leur jeter un regard, ils prirent un air étonné, s'interrogèrent du coin de l'œil. Ils semblaient avoir oublié pourquoi ils étaient là, oublié la mer, le soleil, la plage en bas.

– David, vous êtes là? continuait Don Lionel C.

Don Lionel alla jusqu'au fond de la salle et revint sur ses pas. Aux deux types, il demanda :

– Vous n'auriez pas vu un monsieur, la quarantaine, un peu trapu avec un jean et un blouson beige?

– Oui, il vient de passer. L'avait pas l'air en forme, avança le second type.

– Même que son visage tirait sur le jaune, précisa l'autre.

Les salauds, pensa David. S'ils savaient qu'il y a du poulet dans l'air! Et l'autre qui me trouve trapu, et qui m'appelle David. Je te jure.

Don Lionel restait planté là, indécis, entre les deux jeunes hommes qui avaient l'air de s'amuser beaucoup de leur plaisanterie et qui avaient surtout, d'un seul regard, exclu immédiatement et définitivement Don Lionel de leur cercle.

– Allez voir au bar, conseilla le premier.

– Je vous remercie, balbutia Don Lionel, mais je...

Sa phrase se perdit dans le fracas de la porte de la cabine où se trouvait David. Interloqués, les deux types et Don Lionel, qui fit un pas de côté, fixaient David, en slip, dressé devant eux. L'un des deux garçons éclata de rire. Nerveusement.

– Tiens, voilà Bruce Lee, fit-il pour cacher son trouble.

– Inspecteur Géant, lança David en fouillant dans son tas de frusques, sur le banc, pour dénicher sa carte.

– C'est pas marqué sur votre figure, fit le second type.

– Qu'est-ce que je fais? s'enquit Don Lionel.

– Ne bougez pas, ordonna David.

D'un revers de main, il s'essuya le front où perlait la sueur. Poussée de fièvre. Rhume mal guéri, pas soigné, toujours là.

– La plaisanterie a assez...

Point final à la phrase du premier type : le poing de David. Le jeune homme s'écroula. Son copain bondit sur David, peine perdue : d'un brusque coup d'épaule, David l'envoya frapper les cabines en bois qui tremblèrent en chaîne.

– Et maintenant, fit-il, vous allez me dire deux mots de la petite fête qui se prépare.

S'il avait cru à la Vierge, s'il avait pu mettre un cierge à sainte Rita, la bonne patronne de Nice, il aurait prié : pourvu que personne n'arrive et pourvu que je me goure pas!

– Je ne comprends pas, répondit, naturellement, le premier des types, dont le nez saignait.

– Vous n'avez pas cessé d'en parler pendant un quart d'heure et vous ne comprenez pas? Consacrez-y encore cinq minutes, juste cinq petites minutes et nous nous quitterons dans les meilleurs termes.

– Dis-lui, fit le deuxième type qui se massait la nuque en grimaçant de douleur.

– C'est une réunion entre amis. Ça vous suffit?

– Quel genre d'amis?

– Des copains. Mais vous ne devez pas savoir ce que c'est.

Il sut, lui, ce qu'était le genou d'un inspecteur frappant deux testicules.

– Où et à quelle heure?

– Vous êtes pas invité, fit le premier, qui voulait faire encore un peu le malin, malgré l'autre garçon, plié en deux.

– Si on parle, qu'est-ce qui va se passer? finit par articuler le second garçon. Qu'est-ce qui va se passer, pour nous?

– On n'en est pas aux marchandages, fit David.

Heureusement que les gens, sur la plage en bas, n'entendent rien, songea-t-il. Espérons.

– Vous connaissez les plaines de Levens? demanda le premier type.

David dit que oui. Gosse, il allait y jouer au cerf-volant.

– C'est là-haut que ça se passe.

– Une plaine, c'est grand.

– Vous trouverez.

– A partir de onze heures, ajouta le premier type.

– Tenue de soirée, acheva le second.

David demanda à Don Lionel s'il aurait la gentillesse d'aller jusqu'à la loge du gardien pour appeler le commissariat tandis qu'il continuait à s'entretenir avec ces messieurs. Don Lionel ne se le fit pas dire deux fois et, pendant que David regardait les deux garçons se rhabiller, il se mit à repenser à Lauren. La plaquette de poèmes de Don Lionel avait glissé à terre et s'était entrouverte à la page vingt-neuf :

Par cette nuit de juin parfumée de ton âme
Tu devins mon amour, mon amie et ma femme

Édifiant.

Édifiant mais tendre.

– Et si on veut pas vous suivre? hasarda le premier type.

David ricana.

Don Lionel revint.

– Ils envoient un car. Il devrait être là dans huit minutes.

– Parfait. En attendant, si vous vous présentiez?

Le premier, le plus blond, toussota.

– Alain-Paul de Félannes.

– C'est tout?

Alain-Paul de Félannes réfléchit, sans saisir.

– Il veut savoir ce que tu fais, dans la vie, l'aida son copain.

– Je vends des langoustes. Je vous en ferai livrer quelques-unes.

– Merci, je les ai en horreur.

David se rhabilla à son tour, et se dit que si les deux gars avaient voulu fuir, ils n'auraient eu aucune difficulté : David avait oublié son revolver.

Un septuagénaire encore potable dans son short de bain à palmiers mauves passa, les salua d'un bref signe de tête.

– Et vous?

– Sylvain Thorez.

– Comme l'autre?

– Hélas!

– Métier?

– Lucratif, merci : avocat-conseil. Marié, une petite fille. Nurse. Chaîne stéréo.

Moi idem, pensa David. Sauf la nurse.

– Membres du Club depuis longtemps?

– Trois ans.

– Nous avons le même parrain, ajouta de Félannes.

David se souvint qu'effectivement Don Lionel lui avait parlé de parrainage. C'était nécessaire pour venir nager dans ces eaux-là.

– Son nom?

– Mme Grant. Valérie Grant.

– La présidente.

S'il avait été mauvaise langue, et ce n'est pourtant pas ce qui manque dans les bureaux de police, David se serait dit que les deux charmants jeunes gens devaient être les amants de Valérie Grant. Mais il ne connaissait pas Valérie Grant, alors comment savoir? Trois enfants blonds surgirent en courant et en se chamaillant, bousculant le septuagénaire qui était monté prendre ses palmes, et qui quitta la salle des douches au moment où y pénétrait le père des trois mioches blonds. David le connaissait. Relation de sport, ça datait ni d'hier ni d'avant-hier.

– Que faites-vous là? demanda le père des gosses.

– Je pêche l'espadon, fit David.

L'homme promena son regard sur les deux types, sur Don Lionel et trouva que la prise était bonne, pour avoir l'air au courant.

– Te fiche pas de nous, Sébastien, grommela Sylvain Thorez. Nous sommes victimes d'une erreur judiciaire.

– Il n'y a pas d'erreurs judiciaires, il n'y a que des suspicions préventives, fit Sébastien.

Sébastien, oui. Sébastien Lurévitch. Un copain de rugby, David le retrouvait. Serait-il de la fête, ce soir? David profita de ce que les trois garçonnets Lurévitch s'étaient évaporés du côté des douches pour le lui demander.

A l'air hautain que prit Lurévitch pour répondre, et certainement pour mentir, David se dit décidément j'ai bien fait de pas m'inscrire à ce club de pourris. Quand les policiers arrivèrent, sans trop de vacarme pour une fois, Sébastien tourna les talons pour aller sécher ses mouflets, mais David décréta, dès qu'il fut de retour nanti des gosses :

– Nous emmenons également Monsieur.

– T'es dingue ou quoi?

Don Lionel passa derrière David et alla cueillir les enfants qui mélangeaient à plaisir les vêtements qu'ils trouvaient sur les bancs et dont les propriétaires ne disposaient pas de cabine particulière. Ils eurent l'air contents, sans doute qu'ils ne demandaient pas mieux que de faire joujou avec un boiteux.

Sans bousculade mais sans attendre, les hommes de l'ordre emmenèrent Thorez, de Félannes et Lurévitch, gynécologue.

Lauren n'a rien à craindre, rien à craindre, rien.

C'est ce que se répétait David pendant que roulait, à molle allure, le panier à salade où les trois enfants Lurévitch faisaient des petits avions avec les pages du livre de Don Lionel, tandis que Thorez et son ami Félannes regardaient droit devant eux, indignés et inquiets. Pourtant, David savait parfaitement que sa fille courait un danger. Un grave et gros danger. Quand Lionel était revenu de la loge du gardien pour annoncer l'arrivée imminente du car de police, il avait un air étrange, de gêne mêlée d'anxiété. Lorsqu'ils étaient montés, les derniers, à l'arrière du véhicule, David avait su pourquoi.

– La seconde chaussure de tennis de Lauren...

– Eh bien?

– Elle a atterri au commissariat, tout à l'heure, comme l'autre. Mais elle était...

– Était quoi?

– Maculée de sang.

On cherche à m'effrayer, avait aussitôt pensé David. C'était réussi : ça ne se voyait pas, mais il avait une peur bleue.

32

Ce qu'elle avait sous les yeux ne relevait pas de la réalité, ne pouvait pas en relever, c'était impensable. D'un autre ordre. La magie, l'horreur. Comme dans ces albums d'un Moyen Age de fantaisie auxquels on ne croit qu'à demi lorsqu'on les feuillette, en poussant de faux cris d'épouvante. Mais cet album-là était imprimé dans la chair.

Lauren déglutit.

Instinctivement, elle voulut se prendre la tête entre les mains pour se dissimuler le spectacle, mais ses poings, tout comme ses chevilles, étaient toujours retenus par le fil de fer à moitié rouillé qui, patiemment, les sciait.

Tout autour de la planche longue et oblique sur laquelle elle était attachée depuis la veille, Lauren découvrait des murs de très vieilles pierres entrelardées de touffes d'herbe rabougrie. Une grange. Une grange presque abandonnée. A espaces réguliers, creusées dans les murs, d'étroites meurtrières. Contre ces murs se dressaient des croix. Immenses. Des croix de bois. Et sur ces croix, paumes et pieds cloués, des hommes râlaient, quelques-uns en haillons, d'autres nus, la barbe plus que naissante et le regard ailleurs, déjà.

Le long des croix, du sang avait coulé jusqu'au sol où il s'était mélangé au sable gris et à la poussière.

Il pouvait y avoir une demi-douzaine d'hommes au total, dont Lauren distinguait mal les traits, car la lueur, à travers les meurtrières, de plus en plus faible, indiquait qu'on n'était plus très éloigné du crépuscule. Malgré ses efforts, Lauren ne parvint pas non plus à repérer une porte. Derrière elle, sans doute, dans un coin de la grange immense sous le toit de laquelle s'amusaient des pigeons, Lauren en vit un se poser sur le bras gauche d'un des crucifiés, y déposant au passage une larme de fiente vert-de-gris.

De toute la journée, personne ne s'était montré. Ce n'était pas normal, Lauren était sûre maintenant qu'il allait se produire un événement : les nuits sont faites pour ça, songea-t-elle pour distraire un instant son esprit des visions d'horreur que constituaient les corps mis en croix, et puis, après avoir mordu encore une fois le mouchoir qui, toujours, la bâillonnait, à quoi bon lutter contre ces gémissements, ces regards de souffrance, elle s'évanouit.

Un, deux, trois peut-être, certainement pas plus, je m'en souviendrais. Assise à sa coiffeuse, Florinda comptait les hommes qu'elle avait connus avant Cyrus, avant Frederick.

Frederick.

Elle se mit à pleurer.

Elle se mit à pleurer sans se forcer, elle en ressentait le besoin, mais savait que cela ne durerait pas longtemps. Non parce qu'elle jugeait indigne et faible de pleurer mais parce que très vite elle réagirait par l'action, elle le savait aussi. Toujours elle avait réagi ainsi. Quand sa mère était morte et quand elle avait dû, pour obtenir son premier travail, trahir une amie. Là aussi, elle avait pleuré. Après. Pas longtemps.

Une lueur d'acier vint habiter son regard tandis qu'elle s'observait étalant sur sa peau brune la crème hydratante. Un instant, elle détourna les yeux pour fixer la boule de papier bleu chiffonné qu'elle avait lancée dans un mouvement de fureur et qui avait roulé à quelques centimètres de la prise électrique où s'était installé un nid d'araignées aux reflets d'or, on voyait que la femme de ménage était en vacances.

Une lueur d'acier, soudaine : l'idée valait ce qu'elle valait, mais elle pouvait toujours tenter le coup : dix heures dix, disait la pendule électrique posée sur la baignoire.

Florinda donna un coup de pied au télégramme froissé qui roula encore plus loin, et alla jusqu'à la cuisine d'où on pouvait apercevoir, en se penchant pas mal, la route nationale : Salvatore était là, grillant *Time* sur *Time*, en faction fatiguée.

Elle avala un grand verre d'eau minérale, revint dans le living, alluma tous les lampadaires, passa son chemisier mauve qu'elle noua juste au-dessus du nombril, puis s'empara de la guitare alanguie dans l'un des fauteuils.

Alors, elle avisa la plus grosse des lampes, celle au pied de cristal. Elle leva la guitare au-dessus de sa tête et se mit à la faire tournoyer dans l'air alourdi par l'humidité du soir. Enfin, elle la lâcha et, quand l'instrument frappa la lampe, celle-ci éclata dans un fracas épouvantable.

Ensuite, Florinda se précipita pour ramasser la guitare et s'attaqua au miroir sculpté, entre les deux faux Vieira Da Silva. Le miroir éclata à son tour. De la même façon, sans paraître se fatiguer, avec une force que décuplait le plaisir d'être bientôt entendue et vue par l'inspecteur Salvatore, elle brisa en miettes deux lourds cendriers, une sculpture de verre et puis ses yeux tombèrent sur l'électrophone, posé sur la moquette. Elle choisit dans la pile de disques un vieux Paul Anka, le posa sur le plateau et poussa la stéréo à fond. Après quelques minutes de vacarme, elle donna un violent coup de pied au tourne-disques, qui se renversa dans une mélodie mourante. Quand elle revint à la cuisine, qu'elle n'éclaira pas, elle fut rassurée : alarmé par le bruit, l'inspecteur Salvatore ouvrait la grille.

C'était une bonne idée, pensa la jeune femme. Et voilà qui accréditera ma réputation de droguée en état de manque. Manque à cause de...

Elle soupira et retourna dans le living faire tournoyer sa guitare classique, à douze cordes. Quand il surgit, affolé, Salvatore dut se baisser pour éviter de recevoir l'instrument en pleine figure et, plongeant, il saisit Florinda aux hanches. Celle-ci vacilla et s'écroula sur la moquette, en faisant un demi-tour sur elle-même.

– Qu'est-ce qui vous prend? hurla Salvatore.

Elle ne répondit pas.

– Calmez-vous, continua le policier, palpant tant qu'il pouvait les formes de Florinda, trop mince à mon goût mais si j'avais le temps...

Il n'eut le temps de rien, sauf peut-être celui de penser : toutes les gonzesses sont fourbes, quand il reçut dans la mâchoire gauche le genou de Florinda. Le temps qu'il pousse un cri à peine étouffé et elle s'était soustraite à son étreinte, déjà elle se relevait, courait vers la guitare qu'elle avait lâchée en tombant, elle la prenait à deux mains et quand l'inspecteur Salvatore songea, lui aussi, à se remettre debout, il ne fut pas assez rapide pour éviter l'instrument : les cordes rendues à leur liberté zébrèrent ses joues, son menton et son front, épargnant de justesse les yeux, qu'il avait absinthe très clair.

Comme folle, Florinda s'arma d'un vase rempli d'arums presque fanés et en vida le contenu, eau croupie comprise, sur le policier, puis elle récupéra, d'un geste follement élégant, la sandale en lamé qui avait fui son pied droit et elle quitta la pièce.

Lorsque Salvatore, visage en sang, réussit à traverser la cour et à faire quelques pas titubants sur le bord de la route, il laissa tomber ses deux bras le long du corps, impuissant : jamais sa Simca 1100 ne rattraperait la Volkswagen de Florinda.

Le chapeau noir à larges bords de Suzanne Céruti avait l'air encore plus vanné que sa propriétaire : il faut préciser que le griffon de l'un des préparateurs de la pharmacie avait passé tout son après-midi à se vautrer dessus. Sur le chapeau, pas sur Suzanne. La journée avait été difficile pour elle et elle avait même failli vendre à un client de la strychnine pour de l'aspirine effervescente, ce dont elle eût beaucoup ri, dix ou quinze minutes avant. Mais ce soir elle n'était pas à la fête, même si elle se préparait à s'y rendre – pour quelle raison, elle voulait l'ignorer encore un peu.

Depuis qu'il était passé la voir à l'improviste et du même coup la sauver d'un étrange client, Suzanne était obsédée par la visite de David. Et s'il la surveillait vraiment? Aussitôt qu'il était parti, elle s'était jetée sur le téléphone pour appeler l'homme qui, depuis peu, partageait quelques heures de sa vie, et celui-ci avait répondu :

– Tu n'as rien à craindre, va. Mais la prochaine fois que ce Géant essaie de te joindre, ou qu'il vient te dire bonjour, dis-lui tout. Ça vaudra mieux.

Et, d'une voix plus douce, il avait même ajouté :

– De toute manière, ne t'en fais pas, je prendrai tout sur moi.

Tout.

Si peu de chose.

Elle en aurait pleuré. Elle en avait pleuré, en tentant d'atteindre David coûte que coûte, on lui avait promis au commissariat de faire le message, et elle attendait. Elle préférait tout lui dire. Presque tout. Vis-à-vis de Lauren, c'était mieux.

Et puis, surtout, parce qu'elle ne vivait plus, depuis la minute où le cabinet de son amant avait été plastiqué, depuis que Norbert Bernon avait disparu.

Décidément, le col ne voulait pas fermer.

– Tant pis, j'y vais comme ça! fit, à haute voix, pour lui-même et en haussant ses épaules velues, Paul Javal.

Depuis la mort d'Hélène, il avait pris plus d'un kilo. Boisson, négligence, mélancolie. Il s'occupait à peine de ses jolies revues, il avait été atteint plus qu'il ne l'aurait admis en présence d'un tiers. Et il n'éternuait plus.

Oui, finalement, il tenait plus à eux deux qu'il ne l'avait laissé entendre à l'inspecteur Géant. Les fantaisies d'Hélène, le cynisme de Charles.

Il se brossa les dents, passa son costume d'alpaga bleu nuit, dont il eut bien du mal à fermer la ceinture. Renonçant au papillon, trop solennel, il opta pour un foulard chamarré. Ce soir, ce serait un peu l'anniversaire de sa rencontre avec les Morelli. Et ils auraient aimé le voir excentrique, pas raffiné.

Rien ne se crée, tout recommence, pensa Paul Javal comme l'avait pensé avant lui un certain monsieur Nietzsche, mais Paul Javal n'en avait jamais entendu parler puisque à ce jour aucune photographie de l'auteur du *Gai Savoir* ne figurait encore dans ses magazines.

Carla Jovanovic n'était plus, ce soir-là, la pseudo-nièce de Charles Morelli, ni sa maîtresse en titre et en deuil. Elle n'était qu'une automobiliste exaspérée qui agitait en pure perte le long de la route son chapeau à larges bords. Sur le bas-côté, son Aston-Martin indigo pionçait, en panne sèche.

Et Carla fulminait : s'il y avait un jour à ne pas arriver en retard, c'était bien ce jour, ce soir, cette nuit.

Finalement, une voiture complaisante voulut bien s'arrêter, et c'est ainsi qu'elle fit la connaissance de Suzanne Céruti.

Les cars étaient tout gris et ce n'est pas leur toit blanc qui pouvait leur apporter un brin d'espièglerie, car qu'y a-t-il de plus sinistre au monde et de plus provocant dans la laideur qu'un car blindé de C.R.S. ? David, qui avait, un jour, formulé le projet d'en plastiquer un, ni vu ni connu, pour fêter le certificat d'études de Lauren, répugnait généralement à faire appel à eux, mais ce soir il n'avait vraiment pas pu agir autrement. Sans savoir ce qu'il allait trouver là-haut dans les plaines, il se doutait tout de même qu'il aurait du monde à interpeller. Du beau monde.

Le préfet s'était arrosé d'une eau de toilette que David avait en horreur, trop sucrée, mais il évita d'en faire la remarque et préféra baisser les yeux sur les chaussures du préfet : des taches suspectes y dessinaient des fleurs nébuleuses. A côté de lui, sur la banquette arrière de la DS officielle, il étouffait : pour changer, M. le Préfet faisait la gueule.

– Me faire rhabiller à une heure pareille, avait-il râlé, j'espère que ce ne sera pas en vain.

David l'espérait aussi. On ne se met pas en pyjama dès vingt heures trente, avait-il failli répondre en notant que dans le parc aux massifs bien taillés de la demeure du préfet on était en train de creuser une piscine.

L'étrange cortège se mit en marche.

Derrière la DS suivaient deux 404 pleines d'inspecteurs au milieu desquels Salvatore ruminait sur ses plaies douloureuses en serrant d'un peu trop près Don Lionel Ceccaldi que David n'avait pas empêché de venir.

Quand il était petit, son père un jour avait montré à David, dans la vitrine, la maquette d'une piscine en forme de demi-lune et il lui avait dit :

– Tu vois, une comme ça, t'en auras jamais.

David avait fait celui qui n'avait pas entendu et il ne s'était pas mis à détester son père, car cela faisait longtemps déjà qu'il le haïssait pour sa faiblesse, pour ses absences. Il ne savait pas exactement pourquoi, mais là, dans la voiture, alors qu'on approchait de minuit, il y pensait. Peut-être à cause de la nuque mal rasée du chauffeur, en dents de scie presque, qui lui rappelait celle de son père, autour de laquelle il ne se rappelait pas avoir très souvent joint les mains, passé les bras.

Derrière les 404 roulaient les trois camionnettes des tireurs d'élite : on avait bien fait les choses.

On avait fini par débâillonner Lauren et cela avait eu pour effet immédiat de la sortir de son évanouissement. C'était le type de l'Audi qui s'en était chargé, le type à la peau toute en cratères, sans doute parce qu'elle lui avait paru bien trop épuisée pour pouvoir crier. A présent, les lèvres de Lauren la démangeaient tellement qu'elle ne pouvait se retenir de les lécher, ravivant ainsi la douleur des gerçures.

Comme elle l'avait prévu, dès la tombée de la nuit, il s'était passé des choses. Six garçons d'assez grande taille, albinos et porteurs de lunettes noires, étaient entrés dans la grange pour y étendre des couvertures, de mohair mauve, semblait-il, et des matelas de mousse un peu partout. La présence des crucifiés ne paraissait leur faire ni chaud ni froid. Ils répartirent aussi des sortes de canapés aux formes vagues, bas, remplis de mousse également, très faciles, très légers à transporter. Des torchères diffusaient, médiévales, de la lumière rouge. Il faisait bon.

Lauren vit ensuite que Nicolas Feldman s'emparait d'une échelle et qu'il se mettait à tendre des rideaux, de grands rideaux rouges, depuis les poutres jusqu'au sol, des rideaux destinés, se dit-elle, à dissimuler les hommes en croix, dont la plupart étaient plongés dans une semi-inconscience. Pas pour très longtemps : les garçons albinos se relayaient, de temps à autre, pour les asperger d'eau froide, et Lauren alors fermait les yeux.

Enfin, Nicolas Feldman entreprit de déshabiller la jeune fille, et elle en fut moins étonnée qu'elle ne l'avait été quand, au début de l'après-midi, il lui avait enlevé ses tennis. Il la dévêtit sans hâte et comme sans y prêter la moindre attention, un peu comme on traite les malades dans certaines cliniques ouatées d'indifférence.

La chemise d'abord. Déchirée – elle s'était débattue, pour la forme. Le jean. Pas le soutien-gorge, ni le slip orange. De chez *Huit*. Il évitait son regard, un instant il sembla perdre le fil de ses pensées, s'il en avait, dans le nombril de Lauren, mais ce n'était qu'une impression, peut-être, et qu'est-ce qui va m'arriver, je veux savoir, je veux voir, voir et tant pis si je dois subir, si je subis, subis encore, elle l'observait qui lui ôtait ses socquettes bleues à étoiles blanches. Sales aux chevilles.

Puis il commença à passer ses longs doigts maigres

dans les cheveux de Lauren. Les faux cheveux de Lauren. Et quand il s'aperçut que les boucles glissaient un peu sous la pression, les caresses, il tira d'un seul coup, et la fille de David eut alors un air Auschwitz, terriblement Auschwitz, avec ses véritables cheveux qui repoussaient à peine.

Nicolas jeta la perruque, fit un pas en arrière et sourit.

Puis il détacha Lauren et, quand elle lui demanda où il l'emmenait encore, il dit qu'elle verrait.

33

Les premiers invités arrivés furent chargés d'accueillir les autres et ils s'en acquittèrent de bonne grâce et sans la moindre surprise, car c'était une vieille habitude et parce qu'ils étaient, pour la plupart d'entre eux, familiers de l'endroit. Bientôt, assis ou allongés, prenant appui sur un coude, ils furent près d'une quarantaine à bavarder, détaillant d'un œil amusé, glacial ou distant les smokings et les robes du soir de ceux qui continuaient à entrer, à saluer, avant de se joindre au cercle. Ils se retrouvaient ou faisaient connaissance et certains ne disaient rien, non par timidité mais parce qu'ils avaient simplement besoin de silence, avant les jeux.

A même les tapis qui couvraient tout le sol de la grange, entre les matelas, les coussins, les canapés, les poufs, les traversins de soie noire, des bouteilles de Chivas et d'autres alcools passaient déjà de main en main, se vidaient, se répandaient parmi les invités dont certains glissaient discrètement un doigt entre col et cou, car il commençait à faire chaud, et parce que, aussi, les lueurs rougeâtres rendaient nerveux.

Il y en avait de tous les âges, mais pas de toutes les conditions : on sentait que les invités appartenaient tous à la même classe sociale, celle où priment d'ordinaire les faux-semblants, le calcul et l'esprit de compétition.

Les deux policiers dépêchés en éclaireurs sur ordre de David ralentirent dès qu'ils furent en vue du zoo, dont seule la lune haute éclairait les parcs, délimités par de hautes grilles terminées de pointes recourbées vers l'intérieur. Le zoo s'étendait sur plusieurs kilomètres carrés où l'on avait, d'un côté, creusé une rivière pour les alligators, de l'autre planté une forêt à l'intention des panthères. Entre les deux, la prairie rasée s'ornait de quelques vastes groupes d'herbes denses, imitant en tout point la savane, où dormaient les lions.

Avec leurs talkie-walkies, les deux policiers, rangés sur un bas-côté de la route étroite, à une distance respectable des bâtiments du jardin zoologique, une vaste ferme, avertirent David et le préfet que tout semblait parfaitement calme. Le préfet ne l'était guère et, du coin de l'œil, David nota qu'il transpirait.

– Nous arrivons, avertit David.

Dans des frôlements de tissus froissés, de foulards prestement dénoués, les invités se rapprochaient peu à peu les uns des autres, ou bien changeaient de place pour s'introduire dans un autre groupe, mais personne ne parlait plus, tandis que c'était au tour des six jeunes albinos aux lunettes noires de verser à boire, même si de plus en plus rares étaient les convives qui songeaient encore aux plaisirs de l'alcool.

De part et d'autre de la départementale où personne à cette heure ne s'aventurait plus, les prés, à perte de vue. Ponctués, ici ou là, de rochers pointus. Lorsque David distingua, mal car les voitures roulaient à présent tous feux éteints, les contours des bâtiments du zoo, il se retrouva en pays connu. Connu, mais depuis longtemps oublié. Quand le cortège se fut immobilisé, David déploya ses hommes, tireurs d'élite en tête, inspecteurs à leur suite. Dans la DS, le préfet suait de plus belle.

Don Lionel rejoignit David et demanda ce qu'il fallait faire.

Attendre fut la réponse.

Les différences entre les sexes, chez les invités, progressivement s'estompèrent. Depuis un moment, les garçons albinos avaient introduit parmi eux une dizaine de gamines et de très jeunes enfants, quelques-uns d'origine tunisienne ou marocaine, tous entièrement nus, et qu'on avait accueillis par des murmures, de petits cris d'admiration.

– Quel goût parfait! avait dit quelqu'un.

– Elle est merveilleuse, vraiment, avait ajouté une femme au maquillage étrusque.

– Oui, elle pense à tout, avait conclu une troisième personne.

Flux de caresses, reflux de lèvres quémandeuses, glissements de jambes, de cuisses, entremêlements de bras jusqu'à ce vertige où chacun tentait d'oublier ce qu'il était pour ne plus agir qu'en désir libéré.

Alors, les rideaux s'écartèrent sur les hommes en croix.

– S'il y a des guetteurs, ils sont bien cachés, fit David en scrutant les miradors élevés pour la surveillance des allées du parc zoologique.

De taillis secs en bosquets agonisants, les tireurs d'élite avançaient à lentes enjambées.

Silence tendu, feulements lointains.

A la vue des crucifiés, les réactions avaient été diverses. Quelques-uns des très jeunes garçons, que caressaient, inlassables, des buissons de mains anonymes, s'étaient, un instant, dégagés des étreintes pour applaudir, au-delà de toute raison, mais plusieurs invités, surtout des invitées, s'étaient répandus en protestations, qui n'avaient d'ailleurs pas dépassé la remarque offusquée devant ce spectacle dont leur morale condamnait le mauvais goût, sans voir cependant qu'il ne s'agissait là ni d'acteurs consentants ni de peinture rouge. Pourtant, le corps secoué de tremblements, ces hommes en croix, qu'on aurait pu prendre pour des clochards, mêlaient leurs gémissements de douleur aux gémissements de plaisir qui montaient de ces amas de corps où le plaisir circulait en cercle clos.

Saisie d'une envie soudaine d'improviser ou pour seulement reprendre souffle entre deux joutes, une femme d'environ quarante ans se mit alors à genoux et, tendant la main vers l'un des hommes crucifiés, commença à caresser les jambes squelettiques, parcourues de frissons, grattant de tous ses ongles le sang séché aggloméré en croûtes noirâtres. Quand le sang se remit à couler des plaies, la femme ne fut ni terrorisée ni même surprise : elle s'enduisit le visage et les seins de sang et deux invités, que cette vision parut exciter davantage, s'emparèrent d'elle pour la ramener au jardin de leurs jeux.

Et Nicolas Feldman ouvrit la porte de la grange, mais ce n'était pas pour faire entrer la fraîcheur.

– Quand comptez-vous intervenir? interrogea le préfet qui, anxieux, avait fini par quitter sa place dans la DS.

– Inutile de trop se précipiter, dit David, en songeant à Lauren, en songeant que Lauren ne pouvait être que là, si près.

Prisonnière.

Personne n'avait remarqué l'entrée d'une grande femme maigre, habillée de sombre et coiffée d'un chapeau à larges bords. A demi cachée derrière l'un des rideaux rouges, légèrement en retrait, elle promenait un regard halluciné sur les couples occupés à dessiner sous ses yeux les figures les plus raffinées, étoiles à sept, huit ou dix branches, cependant que des femmes, dont on ne distinguait pas nettement les visages dans les lueurs approximatives dispensées par les torches, des femmes cherchaient, parmi couvertures et partenaires, des vêtements d'hommes froissés, qu'elles enfilaient à la hâte, dans l'odeur âcre des sueurs mêlées. Le chauffeur de l'Audi n'avait pas oublié les ordres : après avoir collé sur la bouche de la grande femme maigre, pâle d'écœurement, un morceau d'albuplast, il lui avait pris le bras d'une main brutale et l'avait entraînée, pour la promener tout autour du cercle de plaisir que délimitaient les croix en bois. Lorsque enfin elle reconnut l'un des hommes torturés, Suzanne Céruti fit passer dans ses larmes le cri d'horreur qui lui était interdit.

Le vent avait omis de se lever. Don Lionel faisait des efforts surhumains, donc assez méritoires, pour ne pas s'avouer qu'il avait une de ces frousses, et lorsque David invita le préfet à aller se rasseoir au fond de sa voiture officielle, celui-ci demanda ce qu'on allait bien pouvoir trouver dans cet endroit paisible entre tous. Couvrant aussi bien leurs murmures que la réponse de David, le rugissement sans conviction d'une lionne leur indiqua que les bêtes sentaient une présence.

Dissimulés entre les poutres, des haut-parleurs laissaient tomber depuis un moment déjà sur l'assemblée des convives enlacés les appels lancinants du *Boléro* de Ravel, tandis que certains parmi les hommes enfilaient des robes du soir, gitanes, romaines, ou simplement des robes droites et noires, qui ne leur allaient pas toujours à la perfection, et ils glissaient alors, crawlant de biais, surnageant sur le dos, parmi les vagues de corps pour y trouver ceux et celles qu'ils n'avaient pas encore rencontrés, honorés ou dont ils aimaient oublier qu'ils les avaient déjà connus, lors d'une autre soirée, peut-être même au tout début de celle-ci.

Il y en avait qui souriaient, comme pour mettre entre eux et le plaisir la distance nécessaire, d'autres qui conservaient en revanche tout leur sérieux, emblème de leur manque d'assurance et de pratique. Aucune lassitude ne venait toutefois alourdir encore la précision des gestes et des mouvements, l'ardeur des partenaires, leur fantaisie.

Nicolas Feldman laissa Suzanne Céruti aux pieds de la croix où souffrait Norbert Bernon et alla tirer sur une corde qui pendait le long d'un des murs, presque à l'entrée de la grange. Alors, il y eut des grincements qui cependant ne couvrirent pas le *Boléro,* et du plafond invisible descendirent trois vastes cages dont s'échappaient des ricanements, des couinements étranges. Lorsque les cages furent presque à la hauteur des invités, qui semblaient ne pas y prendre garde, les portes des cages s'ouvrirent sur une pression douce de Nicolas Feldman et, piaillant, se frottant les yeux, sautant partout, des dizaines d'ouistitis s'en évadèrent.

Des rires, des cris de stupeur parvinrent aux oreilles des policiers.

– Que se passe-t-il? demanda le préfet.
– On s'amuse, fit David, lugubre.
Toutes ses pensées appelaient Lauren, et cependant il n'arrivait pas à se résoudre à intervenir encore. Au début, il avait imaginé une réunion de francs-maçons ou d'on ne sait quel Moon de province et puis lentement dans son esprit s'était installée l'idée d'une fête tant distinguée qu'immorale, comme la rumeur publique en jurait l'existence depuis des lustres, d'un point à l'autre de la Riviera. Et après? Si c'était ça, de toute manière, ce n'était vraiment pas à lui de venir y mettre bon ordre. Les Mœurs, c'était l'étage au-dessous. Mais il y avait les meurtres. Les meurtres et Lauren, les menaces et l'humiliation d'être au milieu d'une mare de sang, lui comme un imbécile, en perdition loin de Lauren, Lauren, surtout Lauren, rien que Lauren à ce moment de la nuit, au-delà de ces cris, ces rires qui ne pouvaient qu'exacerber l'imagination.

Les petits singes gravissaient des seins et des cuisses en glapissant, leurs queues fines s'enroulant et se déroulant sans cesse. Ils se glissaient sous les ventres, sautaient à pieds joints d'épaules en épaules, de nœuds de jambes en bouquets de bras déboussolés, humectant de leur semence les visages offerts, les visages surpris. A leur contact, certains des invités s'étaient dressés, exprimant même l'intention de s'en aller, c'en était trop. Rapidement, on les en dissuada, non seulement les jeunes gardiens du cercle à lunettes sombres, mais aussi Nicolas Feldman qui, debout, enjambait toujours les corps, contournait les canapés, perdait parfois l'équilibre parmi l'amoncellement soyeux des poufs, en aspergeant de whisky la plupart des couples, et très bientôt, peut-être enivrés par l'insistance du *Boléro* de Ravel, peut-être effrayés par le regard de Nicolas, ceux qui avaient voulu s'en aller retournèrent se mélanger aux autres pour sceller, vaille que vaille, l'unité du groupe, pour tâcher d'apprécier, malgré tout, l'irruption des ouistitis.

Et puis ce fut la pluie.

Une pluie surgie du dehors, déclenchée par les six garçons albinos qui lancèrent vers l'intérieur de la grange où l'on étouffait presque, où les martyrs gémissaient toujours et toujours, où Suzanne Céruti perdait elle aussi conscience, qui lancèrent, en les délivrant de leurs grandes boîtes rectangulaires, des milliers de minuscules lézards gris.

Genou en terre, les tireurs d'élite s'étaient disposés tout autour de la ferme, certains étaient tapis entre les voitures des invités, d'autres au pied des miradors de bois, mais séparés d'eux par la grille d'enceinte. Entre les bâtiments et l'entrée, une lourde porte en fer forgé dont les motifs s'ornaient de dorures écaillées par le temps, par le vent, il y avait encore un chemin de sable à parcourir. D'environ un kilomètre, bordé de cyprès.

Si c'était ma maîtresse plutôt que ma fille, je crois que j'hésiterais moins, c'est sûr, se disait David, car, en plus du danger que courait Lauren, David redoutait la réaction de sa fille, ce qu'elle dirait dès qu'il la retrouverait, ce qu'elle penserait.

Et puis il balaya tout ça parce qu'il restait à espérer que Lauren serait encore capable d'une réaction. N'importe laquelle.

– N'est-ce pas insolite et drôle? fit une voix enfuie d'un des haut-parleurs et qui vint tempérer, un instant, l'inaltérable *Boléro*.

Les lézards, il y en avait de plusieurs tailles, étaient dans l'ensemble de tout petits lézards de roches qui s'immisçaient dans les interstices, le creux des corps écartelés. Quelques participants, dégoûtés, tentaient d'en saisir un ou deux au passage, mais seules les queues des minuscules sauriens leur restaient entre les doigts et les lézards filaient déjà se nicher sous d'autres corps, d'autres aisselles, investir d'autres amas de chair, gravir d'autres nuques, déraper entre des reins, buter sous les pattes des singes, mordiller des tétons.

Sexes dressés, sexes béants, sueurs, sperme perdu.

La voix s'était tue, le *Boléro* recommençait à étourdir et à rythmer la marée nue dans la nuit rouge, ondoyante, qu'avaient regagnée les jeunes hommes albinos qui tâtonnaient, qui n'avaient, semblait-il, pas le droit de caresser, de prendre en aucune façon part aux jeux, et cependant des jeunes filles, presque de leur âge, Marocaines, Tunisiennes, tentaient de les attirer à elles, mais ils avaient des ordres, et ils accomplirent alors le premier de ces ordres : dans un ensemble parfait, ils partirent des quatre coins de la pièce, progressant à genoux et munis de seringues, ils choisirent, comme au hasard d'une fesse, d'une hanche, plusieurs invités et leur inoculèrent un liquide qui allait, dans quelques secondes et sans même qu'ils s'en aperçoivent, les changer en jouets de plaisir. En jouets morts.

La girafe, qui souffrait d'insomnie, se dressa et l'un des tireurs d'élite, surpris par cette ombre soudaine, faillit la descendre d'une rafale bien placée avant d'éclater de rire, mais en silence, sur sa maladresse. Partout les nerfs étaient à fleur de peau et un duel de fourmis eût suffi à mettre le feu aux poudres, les fusils en action.

Le hurlement qui s'échappa du cercle ne laissa indifférents que les plus blasés, ceux qui avaient assisté, lors d'une rencontre passée, à la mort d'un participant, une crise cardiaque est si vite arrivée, mais les autres, et en particulier ceux qui furent en rapport direct avec l'un des trois cadavres, une femme de cinquante ans et deux hommes légèrement plus jeunes, ceux-là eurent le pressentiment qu'il se passait quelque chose d'un peu différent et qu'on avait, cette fois-ci, franchi certaines limites.

Mais les trois jeunes personnes mortes ne découragèrent pas tout le monde, car on vit une jeune femme et un homme des plus âgés s'acharner sur les corps inertes, glacés déjà, pour leur redonner un peu de vie peut-être ou simplement pour reculer un peu plus les lisières de leur propre perversité. Puis, peu à peu, dans l'ivresse on oublia les morts, rejetés à l'écart du cercle comme par un mouvement collectif de conservation, on omit de s'interroger sur les raisons de leur mort, on était trop occupé pour faire le rapprochement entre ces décès et les mouvements des albinos, on n'écouta plus que son désir jusqu'à ce que la voix, dans le haut-parleur, intervienne de nouveau :

– Et maintenant, regardez, ordonna-t-elle. Regardez tous.

Tous, ils regardèrent et virent, nue elle aussi, poussée dans la pièce par trois des garçons aux lunettes sombres, aux cheveux très blancs, le corps enduit d'huile, une jeune fille. Et, comme le leur apprit la voix, elle était à eux. A eux tous : aucune dérobade ne serait tolérée.

Alors, ils s'écartèrent tous un peu pour faire une place dans le cercle à la jeune fille aux cheveux rasés, bizarrement rasés.

De l'extérieur, les policiers virent qu'une lumière s'allumait au premier étage du bâtiment principal. Une lumière turquoise.

– Est-ce que la clôture est électrique? demanda Salvatore à David, qui dit qu'il l'ignorait mais que ça l'étonnerait drôlement, vu que les animaux aussi craignent les décharges, donc pas question.

Le tireur d'élite qui se trouvait le plus près de la grille avança sa main libre et fut tout étonné de s'apercevoir qu'on pouvait entrer comme on voulait. Comme si on les attendait.

Terrifiée, Lauren était terrifiée. Terrifiée à l'idée d'être possédée par tous ces gens qui lui souriaient, le regard brillant, mais terrifiée plus encore à l'idée de l'être sous les yeux de son amie Suzanne qui avait fini par se libérer de son bâillon d'albuplast mais qui n'en demeurait pas moins abasourdie d'horreur, incrédule et prostrée, au pied de la croix où souffrait Norbert Bernon.

Une lumière verte, vert pâle, infiniment douce, envahit à cet instant la grange pour effacer la lueur rougeâtre des torches, et ce fut comme un début de panique chez les invités, une panique presque muette : la plupart ne bougèrent pas d'un pouce, se contentant d'interrompre leurs jeux, l'œil interrogateur, chacun pensant sans aucun doute qu'il serait difficile d'aller encore plus loin dans la débauche, mais que c'était néanmoins le privilège du groupe, et sa raison d'être, d'accumuler les expériences extrêmes. Ainsi faisait-on taire ses craintes, son étonnement dès l'apparition de la lumière verte, en songeant à tous ces exclus qui ignoreraient leur vie durant ces plaisirs d'élite.

Les ouistitis s'étaient regroupés, mais quelques-uns d'entre eux grimpaient encore aux croix, mordant les suppliciés, les mains pleines de lézards qu'ils pilaient joyeusement.

Et Nicolas Feldman poussa Lauren en avant.

Sans savoir qu'en écartant les grilles de l'entrée ils venaient de déclencher un signal lumineux à l'intérieur de la grange de plaisir, les policiers, lentement, commencèrent à avancer vers les bâtiments du zoo.

Les six hommes aux lunettes foncées, aux cheveux si clairs, se tenaient debout, très raides, entre les croix, face aux invités dont les bras formaient à présent pétales autour du corps de Lauren, qu'ils semblaient hésiter à entraîner, qu'ils faisaient rouler sur elle-même, de plus en plus vite, de main en main, sous la lumière verte, dans la fumée des encens qu'on avait allumés juste avant, comme s'ils avaient tous voulu, par on ne sait quelle crainte, la retenir le plus longtemps possible hors de leur cercle de plaisir. Et, ballottée, Lauren se laissa faire jusqu'à ce qu'elle vît, tandis qu'elle tournait sur elle-même, toujours, ce que les six hommes albinos avaient entre les mains. Alors, comprenant, elle rassembla ses forces, se cambra et, d'un bond désespéré, se jeta hors d'atteinte des invités, roula sur les tapis gluants de sperme et d'alcool, ferma les paupières et attendit.

Peu de temps : dès que les mitraillettes des garçons albinos se mirent à cracher de la mort, plus d'un invité sut, sans avoir le temps de l'exprimer, même pour lui-même, qu'il avait, dans un certain sens, bouclé la boucle.

Les tireurs d'élite firent voler en éclats les portes et les fenêtres du bâtiment principal du zoo, et dans les premières pièces ne trouvèrent que la nuit. Salons endormis où les objets ne résistèrent pas au vandalisme des balles. Ce n'est qu'en entendant les mitraillettes crépiter et les hurlements désordonnés qui suivirent qu'ils surent.

Dès qu'ils eurent fait voltiger les portes de la grange, David et ses hommes déchargèrent leurs armes sur les albinos qui tombèrent sous les balles, sans vraiment chercher à les éviter, comme s'ils avaient su que le rituel qu'ils avaient organisé serait, pour eux aussi, le dernier.

Quand le silence fut enfin revenu, David, le premier, entendit le bruit caractéristique et légèrement grinçant d'un treuil qu'on actionnait, comme en coulisses. Et tandis qu'il découvrait les hommes en croix, Suzanne Céruti hagarde, les cadavres nus, les singes juchés en haut des croix ou pendus aux rideaux et tremblants d'épouvante, David vit descendre du plafond, très lentement, un large parallélépipède de verre qui n'arrêta sa progression qu'une fois sur le sol, devenu en quelques instants le transparent linceul des invités morts.

Les inspecteurs, le préfet, Don Lionel restaient interdits, n'osant approcher du centre de la pièce. Il n'y avait plus de vie nulle part, semblait-il, mais David, scrutant les recoins obscurs, finit par la voir. A genoux, vivante, la tête entre ses mains. Lauren.

Il contourna le parallélépipède en verre, glissa à moitié sur un groupe de lézards morts et prit sa fille dans ses bras. Une seconde, il se demanda si elle le jugerait, un jour, fautif. Puis ils passèrent tous les deux entre les haies silencieuses de policiers, David reconnut parmi les corps la fausse nièce du docteur Morelli, mais, au moment où David et Lauren allaient sortir dans le jardin, la voix, dans le haut-parleur, s'éleva :

– Ce n'est pas fini, David, pas fini, commença la voix, une voix qu'il connaissait, qu'il avait déjà entendue plus nette, plus froide que ce soir où elle murmurait pour lui, comme une plainte. Regagne le bâtiment principal, David, monte au deuxième étage par l'escalier de fer que tu trouveras à gauche dans le jardin, n'aie pas peur, il tangue mais il est solide. Toi seul, David. Toi seul. Et, lorsque enfin tu seras à l'étage, tu ouvriras la porte et tu verras que tu te trouves dans une salle de projection. Là, David, mets l'appareil en marche, tu verras, ce n'est pas compliqué. Tu aimes tant le cinéma, n'hésite pas, et tu sauras tout.

Il le mit en marche, comme un automate, après avoit confié Lauren à Don Lionel. Et le film commença.

34

En lettres blanches sur l'écran noir :

PROLOGUE

De loin, ce n'était qu'un cube de verre parmi d'autres, mais quand la caméra, tenue à la main par quelqu'un qui tremblait un peu, se mit à avancer, en cahotant, l'occupant du vivarium se dressa, sombre et majestueux, comme un fouet de collection, excité par cette proie qui venait à lui et qu'il ne pouvait cependant ni frapper ni séduire.

Et David, sur l'écran, reconnut le cobra.

Mais, lorsque la caméra se déplaça pour décrire un mouvement panoramique destiné à révéler l'ensemble de la pièce, David constata que le reptile n'était pas seul. Seul de son espèce peut-être, mais pas seul mortel : des crotales paressaient dans leurs maisons de verre à fond de sable, des vipères caressantes se faisaient des nœuds d'amour, très éveillées malgré le soleil qui entrait dans la pièce par de hautes fenêtres dont la partie inférieure était opaque, et deux serpents-corail traçaient sur leurs branches de bois mort des figures à la Mondrian.

L'homme entra dans le champ de la caméra, de dos,

mais, dès qu'il fut légèrement de profil, David le reconnut : c'était Nicolas Feldman, sa casquette et sa peau grêlée. L'homme avisa contre un mur un escabeau de fer et une perche, se saisit des deux instruments, grimpa sur l'escabeau et fit lentement pivoter le couvercle du vivarium où s'énervait le cobra, puis il plaqua le reptile contre l'une des parois de sa demeure de verre, à l'aide de la perche, et la personne qui tenait la caméra tendit alors à Feldman un grand sac en toile, puis la caméra se détourna pour rencontrer un miroir, délibérément : c'était Frederick Foldan qui tenait l'appareil.

Dans l'obscurité bleutée de la salle de projection, David commença à se sentir envahi, moins par l'angoisse que par la certitude d'une menace sourde. Silence absolu, gelé, de la bande sonore. Seul le ronronnement du projecteur mimait la respiration de la vie.

Zoo, vue générale. David se cala dans son fauteuil. Le zoo où il se trouvait actuellement. Et il comprit un peu tard que le vol du serpent au Musée d'histoire naturelle n'avait été qu'une fausse piste de plus : Nicolas Feldman s'y était fait engager comme employé d'une exposition itinérante, cela on l'avait su dès le début, mais s'il avait dérobé le reptile, c'était avant tout pour qu'on ne songe pas au zoo. Deux cobras dans la région : David frissonna.

Au zoo en plein soleil succéda, sans fondu-enchaîné, une vue de la place Masséna de Nice, avec toutes ses maisons roses. La place au petit matin, déserte et solennelle. Des voitures y dormaient encore. Trois ou quatre, pas plus. Nicolas Feldman entra dans le champ et la caméra se prit à le suivre jusqu'au coupé Chrysler de Cyrus Gagnew. Feldman posa sur le sol le sac au serpent, qu'il avait dû droguer pour le faire tenir tranquille, puis s'attaqua à la portière gauche. Silence, toujours, sur la bande-son. La portière vaincue, Feldman s'agenouilla sur le siège du conducteur, ventre collé au dossier, retira le sac de voyage abandonné sur la banquette arrière, en tira les quelques affaires qui s'y trouvaient, ressortit, saisit le sac au cobra et fit glisser le serpent dans le sac de voyage de Gagnew. Sur les avenues qui bordaient le parking central, des voitures, peu nombreuses encore, roulaient à faible allure et leurs occupants, qui ne manquaient pas de tourner la tête vers la Chrysler, cherchaient davantage à apercevoir les éventuelles célébrités qu'étaient en train de filmer le cameraman et son complice qu'à savoir exactement ce qu'ils faisaient là, à cette heure : le tournage d'un film évoque rarement une activité malhonnête ou criminelle.

Le film lui était dédié, David le savait maintenant. Un film pas mal fait, se disait-il. Il avait un petit talent, finalement, le Frederick. Un film fait pour moi. En mon honneur. Rien que ça. David, en réalité, redoutait la suite. Il n'avait pas tort.

Maintenant, Nicolas Feldman, toujours suivi par la caméra qui avait contourné la voiture, trafiquait la portière droite, débranchait le système de commande électrique des glaces, souplement ressortait en poussant la portière sans la claquer : c'était à Cyrus Gagnew de le faire, dès qu'il se serait assis à son volant, scellant ainsi de l'intérieur le vivarium de sa mort. L'homme à la casquette sourit, laidement, à la caméra. Ses lèvres prononcèrent : « Mission accomplie », et Frederick Foldan cadra la montre de Nicolas Feldman : cinq heures dix.

Typographie de machine à écrire.
Sur la feuille blanche, en très gros plan :

MURIEL

David ferma les yeux.
Lorsqu'il les rouvrit, ce fut pour voir Muriel Zardo embrassant Cyrus Gagnew, tendrement, devant l'immeuble où vivait la jeune fille, David le reconnut instantanément. La scène était filmée de l'intérieur d'une voiture.
D'une camionnette, se dit-il. Évidemment.
– Ne t'inquiète pas.
Du son. David sursauta. Il y avait du son. Mauvais, mais du son quand même, il aimait mieux ça.
– Fais-le et ne t'inquiète pas. Je te protégerai, je t'aime.
De nouveau, Muriel et Cyrus s'embrassèrent.
Quelques instants plus tard, comme désarmée dans la lumière encore tendre du matin, Muriel disparut à l'intérieur du vieil immeuble et son peignoir laissa en David une vague orange et bleue, d'éponge mousseuse.
Maintenant, la caméra pénétrait dans l'immeuble, elle y suivait une personne vêtue d'un long imperméable vert olive, le col relevé. Brune, blonde, allez savoir, la personne grimpait les marches d'ardoise grise d'un pas décidé.
Zoom sur une porte : *Muriel Zardo.*
Gros plan du poing qui frappe la porte.
Du poing ganté.

Exactement comme si on me menait en bateau. Exactement ça, soupira David. Spectateur docile à qui l'on fait semblant d'octroyer une piste, un détail, et qu'on rejette d'une hypothèse vers l'autre comme les bouées de mouillage, sur la mer des ports de plaisance.

La porte s'ouvrit sur Muriel Zardo qui fit deux pas en arrière, le regard saisi d'effroi. Elle cria. Un cri muet sur la bande sonore : il n'en fut que plus déchirant.

L'imperméable vert pénétra dans l'appartement et se jeta sur la jeune fille, en la giflant à tour de bras.

Enfin, le son vint, pas formidable :

– Qu'est-ce que c'est que ce cirque ? criait Muriel, assez vulgairement. Tu viens me voir avec une caméra maintenant, ça va pas ?

– Toi qui as toujours rêvé d'être actrice, fit l'imperméable vert.

– Si je le deviens, ce ne sera pas grâce à toi.

– Parfaitement exact, chérie. C'est dommage : tu es tellement douée pour la simulation. La dissimulation.

Les sifflantes, quelle cruauté, fit David qui enrageait d'être pris pour le public le plus débile. Tant qu'on y est, on n'a qu'à me montrer les pieds.

Aussitôt pensé, aussitôt fait : en plongée, Frederick Foldan filmait les pieds de Muriel dans ses babouches et les chaussures de l'imperméable vert. Des *Clarks* chocolat. Anonymes.

– Je sais depuis longtemps que tu couches avec Cyrus, mais ça, à la rigueur, m'est totalement égal. En revanche, tes coups de téléphone et tes lettres aux journaux pour raconter nos petites soirées, ça, c'est difficilement pardonnable.

– Je l'ai jamais fait.

– Tu en as eu l'intention. C'est la même chose.

De nouveau, Frederick cadrait Muriel Zardo, Muriel seulement, qui ne savait plus si elle devait regarder l'imperméable vert ou la caméra. De temps à autre, elle levait les coudes, pour masquer à l'objectif son visage. Puis elle recula jusqu'au hamac en grosses cordes et s'y écroula. L'imperméable vert rentra dans le champ, bondit sur la jeune fille, la frappa à coups de poing, la bâillonna d'un morceau de sparadrap, et pour finir la matraqua.

S'il n'avait pas reconnu la voix de l'imperméable vert, David commençait, lentement comme toujours, à avoir une idée de qui pouvait se trouver à la tête de la machination. Il alluma une Pall Mall.

L'escalier de l'immeuble.

Frederick, toujours caméra au poing, image laide, éclairage presque nul, filmait Nicolas Feldman et l'imperméable vert portant Muriel Zardo sur une civière et passant devant la loge de la concierge qui, plus tard, dirait : oui, des boucles brunes, un chapeau. Parbleu : un postiche. Il y en avait décidément beaucoup dans cette affaire. Comment est montée la civière, songea David, ça, on me l'a épargné.

Muriel se dressa, la caméra tremblait de plus belle. On était sur un bateau, la mer était forte, Muriel cria. Rien sur la bande sonore. Elle cria, cria, secoua la tête, non, non, pitié, cria d'horreur lorsque l'imperméable vert déchargea en elle son 6,35.

Au plan suivant, le même imperméable, cadré de dos, arrimait d'un fil de nylon la cheville de Muriel au ponton de bois de la villa Morelli, avant d'abandonner la jeune fille à sa flottaison. On ne tarderait pas à la découvrir.

Glacé, terrifié, glacé, David se demandait pourquoi.

Pourquoi. Si on avait voulu le punir de ses habitudes de voyeur intermittent, on ne s'y serait pas pris autrement, mais qui pouvait savoir? Et combien de temps durait la projection? Dix minutes, douze, dix-huit? David n'avait plus conscience du temps. Image invisible au cœur de l'écran, il traversait chaque plan du film, en restait imprégné, prisonnier.

ALBUM DE FAMILLE

C'était écrit à la machine.

En très gros plan, la feuille blanche.

Blanche comme l'écran, brusquement immaculé d'images. Blanc. Comme un trou dans le récit. Un accroc dans l'histoire.

David n'était pas tranquille.

Et puis il vit.

Lynette Rochat. En photo. Son visage.

David fut ému.

Tandis que débutait l'un des *Concertos brandebourgeois*, la voix chuintante de l'imperméable vert olive murmurait :

– Un jour qu'elle était venue en visite avec sa classe, nos regards se sont croisés. Ce n'était pas de l'amour, ce n'en fut pas, je n'étais plus capable d'aimer. Mais Lynette m'a plu, et de son côté notre aventure lui fut un moyen de tromper, sans qu'ils l'aient jamais su, ses parents, ses pauvres parents ignares. Lorsque j'appris qu'elle était une amie de Lauren, de votre chère fille, j'eus une idée : ayant obtenu une photo de Lynette, je fis faire par mon fidèle Nicolas un montage montrant la jeune fille avec Morelli. L'un de vos indics, qui faisait également partie de nos groupes, n'eut plus alors qu'à vous la communiquer, histoire de vous troubler, de vous faire un peu mal. Puis Lynette, inconstante, voulut cesser de me voir. Je lui donnai un dernier rendez-vous, et la flèche de Nicolas lui transperça la nuque.

Sans sexe, c'était une voix sans sexe.

Hélène Morelli. En photo, elle aussi. Le visage. Belle star à peine fanée. Un halo de métal.

La voix : Cette idiote avait peur. La bourgeoise type. C'est grâce à moi qu'elle avait connu Paul, dans une de nos soirées. Elle avait le goût de la débauche. Je croyais la tenir, car d'où j'étais je détenais tous les pouvoirs. Mais la peur passe à travers tous les filets. Sa mort, devant vous, nous a tous un peu purifiés.

La folie. La folie froide. La folie, David ne voyait pas d'autre explication à ce déluge glacé d'horreurs, échappé d'on ne sait quelle justice immanente et démentielle. Dans son dégoût, un seul détail le rassurait un peu : même dissimulée, même truquée, la voix en aucun cas ne pouvait appartenir à Florinda. Comme si l'éventualité s'était présentée... Ça aurait pu, frémit David. Au point où j'en suis...

Charles Morelli. Photo fixe, lui aussi. Toujours le concerto.

La voix : Lui, je l'ai carrément envoyé à la mort. Longtemps j'ai supporté son arrogance. Douce arrogance, d'ailleurs : le brillant souvent fait avaler le reste. Lui aussi fréquentait nos soirées, lui aussi en était assez fier, en lui je croyais avoir trouvé un complice dans le mépris des autres. D'autant plus que je pensais le tenir, photo-montage, compromissions professionnelles, j'y viens dans un instant. Quand j'ai vu qu'il projetait de s'enfuir, je n'avais plus qu'une solution : le laisser aux mains de Nicolas. Or, Nicolas, je n'ai pas réussi à le joindre à temps : je l'avais affecté à une autre mission. J'ai bien cru que Charles Morelli me serait fatal, j'ai paniqué. Pas longtemps : cinq minutes. Finalement, le caractère de Charles Morelli a joué en ma faveur : son suicide-spectacle fut une de mes joies.

David nageait dans l'innommable. Par force. Et par force il s'y laissa couler, sans la moindre volupté, comme s'il récoltait, fataliste, ce qu'il avait semé en ne menant pas une enquête plus classique, des interrogatoires plus serrés, plus logiques, comme si se retournait contre lui, définitivement, sa naïve désinvolture à l'égard des lois et des méthodes. Mais s'il avait été dans les intentions de l'auteur du film de l'initier aux délices de l'abjection, c'était raté.

Le dossier du fauteuil en cuir, trop dur, lui collait aux épaules, au creux des reins. Il se sentait froissé, courbatu, impuissant. Sale, surtout. Terriblement sale.

Frederick Foldan. Encore le concerto. Frederick photo fixe. Un vieux gamin Brésil. Plus Brésil que jamais.

La voix : Son cas est plus ambigu, plus compliqué. A cause de Florinda, il détestait Cyrus, même si Cyrus avait admis leurs rapports incestueux, même si Cyrus l'avait introduit dans notre groupe. Immédiatement, je pense, Frederick a imaginé le parti qu'il pourrait tirer de nos soirées, auxquelles il assistait parfois. En observateur, précisait-il. En accord avec les membres, un jour il décida de filmer certaines de nos rencontres, pour intégrer, disait-il, ces scènes à son documentaire. Ce qui m'arrangeait à merveille : avec lui, je disposais désormais d'une personne qui graverait sur pellicule, pour l'éternité, les ébats de toute une ville, de tout un monde. Ce qu'il ne savait pas évidemment, c'est que ce film, je te le destinais aussi. Heureux d'être débarrassé de Cyrus, du jour au lendemain, il ne rechigna pas à aller filmer les préparatifs de sa mort, mais celle de Muriel, qu'il avait pourtant admise comme la vengeance d'une femme jalouse, lui a été, je pense, intolérable. Pas sa mort, en fait. Plutôt l'obligation de devoir l'enregistrer sur pellicule. Pourtant, je l'avais pris pour un sadique véritable : du moins, c'est ce dont il se vantait. Sans doute pensait-il aussi qu'à cette cadence j'allais finir par m'en prendre à sa tendre Florinda. Un jour, il m'a clairement laissé entendre qu'avec son documentaire il pouvait tous nous faire coffrer. Tous, tous. Ce qui, d'une certaine manière, n'était pas pour me déplaire. Mais c'était encore un peu tôt, je n'en avais pas terminé avec vous. Comme j'avais, entre-temps, placé par précaution Nicolas comme secrétaire auprès de lui, j'étais au courant des moindres faits et gestes de Frederick, de son plan de tournage. Aussi ma décision fut vite arrêtée : non seulement Frederick devait mourir, mais encore il devait mourir sous vos yeux. Nicolas, que j'avais chargé de guetter votre apparition sur le tournage, fut parfait, comme toujours. Avec sa bouteille. Pauvre Frederick.

Elle était entrée dans la salle de projection au moment où la voix disait « Pauvre Frederick » et elle restait là, ombre dans l'ombre, à se demander elle aussi ce qu'il pouvait y avoir de vraiment réel en ce lieu de cauchemar et si elle n'était pas en train de dériver vers les chambres sans écho, les chambres dorées d'où on ne revient pas. En d'autres circonstances, immanquablement, elle aurait plaqué ses paumes à plat contre les murs, elle aurait griffé des tissus, déchiré des étoffes, mordu un objet, même tailladé sa propre peau, mais devant la photographie agrandie de Frederick, un peu dure, assez ancienne, elle hésitait à appartenir encore à cet univers loin de toute réalité. Elle resta un moment immobile et puis, sans bruit, elle s'assit au dernier rang, pour faire mine d'être encore un peu Florinda.

ACTION

Cette fois, c'était écrit en rouge. Un rouge naïf. Toujours à la machine, au centre de la page blanche, de l'écran.

Action.

Enfin, de l'action.

David se préparait au pire, mais sa fascination était telle, malgré tout, qu'il en oubliait presque ce qui venait de se dérouler, ce massacre, cet holocauste, sous ses yeux, à l'étage inférieur d'abord, dans le film ensuite.

C'est alors qu'un chapelet de catastrophes s'égrena devant lui.

Des catastrophes pas très naturelles.

Un corbillard explosa dans un déluge de débris noirs, de fleurs rouges et de banderoles violines et la voix dit que l'entrepreneur des pompes funèbres à qui appartenait le véhicule avait voulu reprendre sa liberté sexuelle.

Le cocktail Molotov fit son office sur les marches de l'église du Vœu et la voix apprit à David que l'abbé Bonissant voulait lui aussi reprendre sa liberté en n'organisant plus ses petites séances, chaque mercredi, au son des grandes orgues, avec les jeunes garçons.

Quand les serres de M. Jean-Claude Vérola volèrent

en éclats dans un Niagara de couleurs filmé d'assez loin, des milliers d'œillets décapités mélangés aux miettes de verre, la voix informa David que le cultivateur avait tenu à quitter la France pour la Suisse, le temps d'une désintoxication physique et morale.

Le hall du cinéma Star n'était pas bien large et il le fut encore moins lorsque la déflagration en réduisit les panneaux en parcelles et l'un des pans de mur en tas blanchâtre.

– On ne pouvait guère compter sur la discrétion d'Alfred Costers, expliqua la voix, et dès qu'il eut pris ses deux décisions, d'abord de ne plus se fournir chez nous, ensuite de ne plus programmer, en première partie de ses films pornographiques, les courts métrages clandestins tournés par Frederick, j'ai estimé qu'il méritait une leçon.

Enfin, la porte d'entrée d'un cabinet de dentiste explosa sous l'œil en zoom de la caméra, plantée dans une autre aile de l'immeuble.

– Ce n'est pas parce que le docteur Norbert Bernon, qui s'appelle en réalité Bernoncelli, a jadis fait partie des Chemises Noires et qu'il a échappé, par on ne sait quel miracle, aux représailles, que son cabinet a été détruit, assura la voix, mais tout simplement parce qu'il avait décidé de ne plus fournir certaines ordonnances à certains de nos amis.

La voix de la justice, songea David, amèrement. Drôle de justice. Expéditive, atroce. L'équivalent névrotique des milices privées qu'on commençait à voir fleurir un peu partout en France. Et il ne fallait pas être sorcier pour deviner où étaient toutes les victimes de ces règlements de compte très spéciaux. En bas, dans la grange, sur des croix.

– Au commencement était le palfium, reprit la voix

tandis que la caméra, installée à l'intérieur d'une voiture en marche, révélait à David une pharmacie qu'il reconnut aussitôt.

Mais Suzanne Céruti et ses deux assistants devaient dormir encore, car la pharmacie avait toujours ses grilles en fer.

– Le palfium, continua la voix, le palfium est une étrange variété d'aspirine, savez-vous?

Sur l'écran roulaient maintenant de grosses pilules blanches.

– Sa puissance et ses effets rappellent beaucoup ceux de l'héroïne. Si vous étiez chef de la brigade des Stupéfiants, vous sauriez qu'on ne peut se procurer du palfium que sur ordonnance, et toujours au même endroit. Normalement, le malade qui en absorbe doit observer le repos le plus absolu, mais c'était beaucoup plus amusant de dissoudre les cachets dans de l'alcool. Alors tous ceux qui en ont avalé sentent leurs narines se pincer, commenta la voix sur des images de femmes inconnues, les yeux fermés, vacillantes, déjà planantes, et belles. Le teint se fait plus verdâtre, et à l'instant de la jouissance l'orgasme est exceptionnel et solaire. Vous comprendrez que nous ayons été extrêmement fâchés lorsque le docteur Bernon et sa maîtresse Suzanne Céruti, votre amie Suzanne, émirent le désir de ne plus vendre de palfium.

Suzanne et Bernon. C'était donc lui l'homme avec lequel elle prétendait recoller les derniers morceaux de sa vie. Espérons qu'il cicatrisera vite et qu'ils pourront quitter le pays tous les deux, se dit David, et puis il fut triste, encore plus triste, car les images qui avaient succédé aux jeunes femmes n'en montraient plus qu'une, très belle, une fois le matin, une autre à la tombée de la nuit, qui poussait la porte de la pharmacie, une jeune femme très mince qui avait fait des kilomètres pour acheter quelque chose à Nice. Florinda.

Dans la semi-pénombre, elle tenta de deviner les réactions de David, elle se souleva de son siège et l'accompagna d'une main pour qu'il ne se rabatte pas violemment. Quand il se retourna pour savoir s'il restait encore beaucoup de pellicule à visionner, elle se plaqua contre le mur et il ne la vit pas.

En majuscules noires, très très gros plan, sur la toile :

VINGT ANS AVANT

Puis ce fut la mer.

La mer à midi avec ses brillances. La mer vers le soir, de métal agité. La mer enfin la nuit, et la voix recommença à aligner des mots, des phrases, nouée d'émotion sembla-t-il à David :

– J'aimais. C'était la première fois de ma vie. Jusqu'alors j'avais refusé, je m'étais interdit d'envisager l'amour. De lui consacrer le temps, les efforts nécessaires. Et l'espace. De faire cette concession qui consiste, selon moi, à aller vers l'autre au lieu de l'attirer, comme le cobra sait faire venir à lui la mangouste. J'étais le cobra, jusqu'à ce jour où je la rencontrai. Si jeune, cynique, je l'ai su d'un coup d'œil, et si belle.

La voix se tut comme glissaient sur l'écran des vagues, des nuages et des lumières de la ville, à peine glauques dans la nuit d'hiver. David savait que la voix, l'auteur du film, lisait un texte. Florinda de nouveau recula vers le fond de la salle et bouscula Lauren qui venait d'entrer. Sans rien se dire, elles s'installèrent l'une à côté de l'autre.

Sur la promenade des Anglais bleu-noir s'élevait la voix, qui commençait, dans l'esprit de David, à avoir un sexe. La confirmation suivit :

– J'avais tout à la fois honte qu'elle fût une femme et que je ne fusse pas un homme, j'aurais tellement voulu me conformer à la normale! Toute ma vie, jusqu'ici, n'avait été que la recherche de l'intégration absolue, sans rien qui dépasse jamais, de mes penchants, de mes désirs. Dissimulant des goûts dont j'avais le dégoût et méprisant ceux-là mêmes qui en étaient affligés, je refusais aussi bien leurs jeux, leur parade que leur prétendue liberté. Je ne suis pas pour la liberté. Elle, elle l'était. C'était une fille sans préjugés, sans complexes, au bord parfois de l'illégalité, morale et judiciaire. Notre rencontre, c'était exactement là, sous la promenade des Anglais.

Cahotante, la caméra, toujours tenue par Frederick, car c'étaient des plans d'hiver, et d'hiver froid, la caméra balayait cet endroit de la ville où, sous la promenade, le Paillon se jette à la mer. On voyait plutôt mal, mais David connaissait : souvent à ses débuts, stagiaire zélé, il descendait y déloger les amoureux trop pressés, trop fauchés pour s'offrir une piaule dans un hôtel minable.

– Je promenais mon chien, elle était adossée à l'un des piliers. Quelqu'un était occupé à lui faire l'amour, mais elle préférait regarder par-dessus l'épaule de l'homme, en direction d'un garçon de son âge, quel âge pouvaient-ils avoir? Dix-sept ans et des poussières. Au bout d'un moment, le garçon se jeta sur l'homme en lui enfonçant un bout de bois dans les côtes. Croyant qu'il s'agissait d'une arme, l'homme sursauta, remonta son pantalon et s'enfuit à toutes jambes. Elle, elle éclata de rire, sans méchanceté, son copain aussi. Et puis ils me virent, mon berger allemand et moi.

Florinda et Lauren retenaient leur souffle. Devant elles, David embrasait sa huitième Pall Mall.

Des pêcheurs pêchant au lamparo. Musique d'Erroll Garner.

– Elle a glissé quelques mots à l'oreille du garçon, reprit la voix, le garçon s'est éloigné, elle s'est avancée vers moi, elle a caressé mon chien et, quand elle a relevé ses yeux clairs sur moi, il aurait pu y avoir dix de ses complices prêts à me bondir dessus, je n'aurais pas fait un pas pour m'enfuir, pas un seul. Je lui ai pris la main, puis l'embrassai, au creux du coude, là où il y avait le vestige d'une plaie.

La cicatrice, se souvint David. La toxicose. Elle avait eu la toxicose, enfant, on lui avait même carrément sorti la veine pour les transfusions. Cicatrice à vie. L'histoire qu'on était en train de lui raconter, David la connaissait.

– Nous avons été heureuses six mois, environ. Malgré mon mari, qui avait eu rapidement vent de notre liaison, mais qui était tolérant. Six mois, c'est peu. Tellement peu, dans la mer.

Quand la voix, une fois de plus, s'interrompit, David fut frappé pour la première fois par l'inconscience, l'inconscience et en même temps la détresse qui émanaient, par-delà l'abominable, du film et de son auteur. Le cœur d'un monstre bat comme les autres. Pas tout à fait comme les autres, rectifia-t-il pour lui-même : tant d'horreurs l'enrobent qu'elles le masquent, définitivement.

Puis David fit taire sa pitié.

– Ensuite, un homme est arrivé dans sa vie. Dans notre vie. De lui, elle m'a simplement dit qu'elle l'avait rencontré dans des circonstances religieuses mais qu'il surgissait de plus loin, de la mer, croyait-elle. Elle si lucide, et cynique à propos de tout, elle croyait, elle feignait de croire que cet homme était né dans ces vagues qu'elle allait regarder, chaque jour, inlassablement. Quand ils se sont mariés, j'ai su que je basculais. Depuis toujours, je savais que je n'étais pas tout à fait le modèle d'équilibre qu'on se plaisait à voir en moi. Alors, ce fut le déclic.

Maintenant, la caméra avançait dans sa nuit vers deux points lumineux qu'on ne distinguait pas nettement et David, en suivant le travelling lent, très souple, sensuel même, de la caméra vers le carré flou qu'encadraient les deux lumières, David commençait à comprendre enfin ce qu'on avait voulu lui faire, bien que sa raison s'y refusât encore. De plus, tout à l'heure, l'inspecteur de la mer buvait la tasse.

– Lorsqu'elle est morte, j'ai aussitôt décidé que celui qui me l'avait prise et qui l'avait menée à la mort, par sa propre faute, celui-là paierait. Tôt ou tard. Et plutôt tard que tôt : comme je savais quel métier il exerçait, je voulus qu'il fût plongé, par mes soins, dans une affaire pas comme les autres, qui le surprendrait, où il ne comprendrait rien. Cela m'intéressait davantage que de le faire tuer. Mois après mois, je suivis sa carrière, je lus des commentaires sur ses habitudes, des articles sur ses particularités. Le temps me donnerait des idées, rien ne pressait, j'aimais vivre avec ma douleur, avec la certitude qu'un jour, enfin, je pourrais me venger. En attendant, j'existais aux côtés de mon mari, sans ignorer ses penchants. Quelquefois, au Club de la Mer même, ce pauvre Cédric se laissait aller. Un soir, il m'avoua qu'il était tombé follement amoureux d'un rameur d'origine allemande et qu'il avait l'intention d'en faire son chauffeur. C'est ainsi que je fis la connaissance de Nicolas Feldman.

Avance, avance, bon Dieu. Avance.

David avait beau crier au fond de lui-même, la caméra lambinait, le faisait attendre, dilatait la durée normale.

Il grillait.

A devenir dingue.

– A cette époque-là, je vous parle d'il y a quelques années, Nicolas devint donc le chauffeur de Cédric Grant, président du Club de la Mer, directeur du zoo de Levens et, accessoirement, mon époux. Il y a environ huit mois, je fus, une nuit, alertée par des éclats de voix, qui semblaient monter du bureau de Cédric. Je descendis et surpris mon époux en grande conversation avec Nicolas. Je suppose que Cédric devait l'accuser de le délaisser, quelque chose de ce genre. Cachée dans l'encoignure de la porte, je vis Nicolas qui saisissait Cédric par le col de son peignoir et qui le traînait devant l'aquarium aux murènes. Je n'intervins pas. Lorsque Nicolas plongea, jusqu'aux épaules, la tête de mon mari dans l'eau, il y eut un bouillonnement, j'aperçus les animaux qui jaillissaient comme des javelots électriques, qui s'enroulaient autour de la tête de ce pauvre Cédric, je ressentis presque les morsures, je n'intervins toujours pas et, lorsque Nicolas laissa retomber le corps, prêt à s'en aller, il me vit. Je lui souris, nous nous comprîmes sans rien dire. Je le tenais. A partir de cet instant, Nicolas Feldman fut mon visage et ma chose.

Travelling, toujours.

La caméra était finalement parvenue à un point de sa progression où le carré devenait plus distinct, ses contours plus précis : une photographie, une de plus, dans un cadre métallique, entre deux chandeliers allumés.

David se racla la gorge.

Fumée, étouffante.

– Je lui dis qu'il n'avait rien à craindre de moi. Instantanément, j'avais senti qu'il pourrait m'aider dans ma vengeance, dont l'idée ne m'avait pas quittée un seul jour, une seule seconde; instantanément aussi, je l'avais reconnu comme appartenant à la même race que moi, une race pour laquelle compte peu la vie humaine, à laquelle l'amour est interdit.

La photo, un peu moins floue.

Une femme, semblait-il.

Lauren et Florinda se regardèrent.

Non, pensa David. Pas ça.

– Cédric avait un passe-temps utile : à leur insu, il mettait en fiches les membres du Club, après des enquêtes auxquelles Nicolas n'était pas étranger. Je n'eus, dès lors, qu'à consulter ses dossiers pour découvrir, parmi eux, un médecin compromis. Coupable de quelques injections d'hormones à de pauvres gamins de la Côte, le docteur Morelli fit parfaitement l'affaire : il donna de la mort de mon mari une version rassurante, qu'avala la police. Dès que je pris en main les destinées du Club de la Mer, il ne me fallut pas insister beaucoup auprès des membres pour les pousser à élargir le cercle de leurs plaisirs, qui ne réunissait jusque-là, toujours selon les fiches de Cédric, que quelques malheureux participants : pourquoi ne pas donner à ces amours de groupe des dimensions plus confortables? Ils me firent confiance, ils ne sont plus là pour le regretter. Naturellement, je demeurai dans l'ombre, Nicolas s'occupant, sans trop se montrer non plus, des questions administratives, tant au Club qu'ici, au zoo.

La photo, encore un peu plus découpée dans l'espace.

Une femme brune.

Sur fond clair.

– De mon côté, j'opérai un retour aux sources : j'avais fait des études d'infirmière, je redevins donc infirmière en m'imposant auprès des Morelli sous le prénom de Marie-Odile, assistante modèle. Comme ils ignoraient tout de mon projet de vengeance à votre égard, ils interprétèrent mon irruption chez eux comme un désir de les surveiller de plus près, et ils ne s'étonnèrent donc pas quand je te choisis, à dessein, pour mener l'enquête sur la mort de Muriel. Si Marie-Odile affectait de les aider, Valérie Grant était constamment là pour les tenir. Sauf la nuit, où je regagnais le zoo pour donner mes directives à Nicolas.

Lauren étouffa un cri.

Elle croyait reconnaître la femme brune, sur l'écran.

Travelling, interminable.

– C'est Nicolas qui t'a suivi, tout le temps suivi. C'est lui qui vous a poursuivis en hors-bord, affolant Hélène et son imbécile d'amant, c'est lui qui a recruté les albinos de nos soirées dans un cirque anglais de passage, où ils faisaient à la fois de l'équilibre et du trafic d'armes, c'est lui qui a circonvenu tes indicateurs en les menaçant, lui qui a subtilisé le corps de Muriel chez les Morelli pour aller le pendre dans ton garage, lui qui a, en changeant l'eau de la vasque aux poissons, permis à Hélène Morelli de finir flambée au gin, lui qui a tué cette pauvre épave d'Osiris, comme ça, pour t'inquiéter, ce soir-là. Son signalement avait été diffusé depuis sa disparition de l'expo où il s'était fait engager sur mon ordre? Et après? Qui, au Club de la Mer, se fût avisé de le dénoncer? Qui, dans ce monde immonde? Tout ça, c'était lui. Lui la corruption, lui les attentats punitifs. Lui partout, lui toujours. Lui pour moi. Lui, moi. Oui, vois-tu, c'est grâce à lui qu'après avoir soigneusement propagé les symptômes de la maladie par laquelle je comptais t'atteindre, je suis devenue une épidémie. Une épidémie dans la ville. Entre le dentiste qui délivrait les ordonnances, la pharmacie qui fournissait la drogue, les soirées intimes, les dépravés, parmi ces naufragés de la morale qui n'ont pas longtemps songé à se rebiffer, j'étais devenue une terrible, anonyme et respectable épidémie.

Image fixe. La caméra s'était arrêtée. Un siècle passa. David à la torture. Enfin, elle se remit à avancer. Lauren gémit, son père ne l'entendit pas. Trop malade, beaucoup trop pour ça.

– Voilà pourquoi ce soir, juste avant que tu ne voies ce film qu'a terminé, à la hâte avant notre grand départ, mon fidèle Nicolas après la si belle mort de Frederick, voilà pourquoi j'ai voulu t'achever, toi aussi. Te transmettre la gangrène de la ville, ma gangrène. T'humilier, te salir, toi à travers Lauren. Lauren qui menait sa petite enquête derrière ton dos, qui commençait à fureter partout, avec son drôle de poète. Lauren. Cette enfant que j'aurais tant aimé lui faire, à elle, à elle, à elle...

Lorsque l'objectif, enfin, cadra, en plan très rapproché, la photographie, David se mit à secouer la tête, de plus en plus vite, pour ne pas avoir à soutenir le regard de la jeune femme qu'on voyait, très brune, inimitablement brune et si fraîche, immobilisée pour toujours dans sa pose, la tête à peine penchée vers l'insouciance, la confiance, le bonheur peut-être. Une jeune femme rayonnante, avec un sourire. Marianne.

La première, Lauren bondit vers l'écran, vers ce visage qui ne voulait pas quitter la toile. Dès qu'il vit sa fille passer tout près de lui, David bondit à son tour et parvint à la saisir par la taille, au moment où Lauren collait ses lèvres sur la joue de sa mère, et tous deux ils demeurèrent longtemps immobiles, très longtemps, dans le silence, unis et bouleversés par ce regard qui ne les avait jamais vus ensemble.

Pendant toute la durée du film, les policiers, les tireurs d'élite, le préfet n'avaient rien fait, sinon les cent pas dans les allées, le long des grilles, autour des bassins aux bêtes, pour tenter d'oublier avec la fin de la nuit le massacre auquel ils avaient été conviés. Du côté de l'espace aux fauves, délimité par de hauts grillages disséminés dans la nature, ils avaient bien entendu des bruits de pas, mais cela leur avait paru tout à fait naturel : après le vacarme de la fusillade, les lions avaient, comme tout le monde, le droit d'être réveillés, de grogner, de tourner en rond. Si bien que lorsque David, après avoir confié Lauren à Florinda et à Don Lionel, rejoignit ses hommes, il les trouva calmes, fatigués, sans voix. Même le préfet semblait en dehors de tout.

Prévus pour les visites en nocturne, les projecteurs hauts sur pattes faisaient du zoo un théâtre de feulements et d'ombres mouvantes. C'est en allant, d'instinct, vers les grillages que David les aperçut : de l'autre côté, Nicolas et Valérie-Marie-Odile. Lui armé d'un étrange pistolet en acier brillant, elle un peu en retrait, et David pensa, en voyant, découpés sous cet éclairage cruel, le visage de Marie-Odile, la silhouette de Nicolas, qu'ils avaient fini par n'avoir plus qu'un corps à deux têtes, l'une le jour l'autre la nuit.

– Ne bougez pas, ordonna Nicolas. N'avancez pas.

Comment l'aurait-on pu ? Les grillages étaient d'une solidité à toute épreuve, et leurs portes sans aucun doute cadenassées de l'intérieur.

– Maintenant, supplia Marie-Odile. Maintenant.

– Comme tu veux.

Alors, Nicolas Feldman se tourna vers elle et lui tendit le pistolet. Deux minutes elle le regarda droit dans les yeux puis tira, tandis que les projecteurs qui balayaient d'un mouvement régulier les rochers et les arbres révélèrent, haut parmi les branches, des yeux injectés de sang.

Le pistolet n'avait pas craché des balles, mais un éclair blanc, et, tandis que Nicolas Feldman s'écroulait, Lauren, juchée près de Don Lionel et de Florinda sur un promontoire en granit, se rappela qu'il l'avait menacée de la même arme, cet après-midi.

Valérie murmura :

– C'est une arme qui vous immobilise totalement. Vous ressentez tout mais ne pouvez rien faire. Vous êtes morts, mais vous êtes vivants.

Et elle retourna le pistolet contre elle.

Éclair de feu blafard.

C'est alors que, n'attendant que cela, rendues furieuses, déjà, par le premier éclair, les panthères noires plongèrent. Et, avant qu'on ait eu le réflexe, le désir de tirer, elles déchiquetèrent le couple.

– Je me force à croire qu'elle n'a pas assez souffert, dit Lauren. Pourtant, elle s'est vu dévorer, ça a dû être atroce. Pas assez.

– Si, assez. Bien assez.

– Tu as raison, oui.

David caressait doucement la nuque et les petits cheveux de sa fille : ils repousseraient vite.

Et puis le silence, apaisant, que n'abîmaient pas vraiment les craquements de la barque où ils se tenaient tous les deux, blottis l'un contre l'autre, face à la baie des Anges, dans le matin rose. Elle n'allait pas tarder à penser à son poète, il s'attarderait un instant sur Florinda; il regarda la mer, c'était l'été. Sa douleur, entre les côtes, était revenue.

Si c'était un cancer?

LA COMPOSITION, L'IMPRESSION ET LE BROCHAGE DE CE LIVRE
ONT ÉTÉ EFFECTUÉS PAR LA SOCIÉTÉ NOUVELLE FIRMIN-DIDOT
MESNIL-SUR-L'ESTRÉE
POUR LE COMPTE DES ÉDITIONS BOURGOIS
LE 21 AOÛT 1989

Imprimé en France
Dépôt légal : août 1989
N° d'édition : 1940 – N° d'impression : 12376